11

王小泉

著

狐狸的浪漫史

the romantic history of fox

中国纺织出版社有限公司

内 容 提 要

　　职场"小狐狸"李浅在一次商业谈判中遭遇了"恶魔恩师"宁成明这条"老狐狸",狭路相逢,李浅为拿下订单,跟踪宁成明,却目睹了一场意外。宁成明被撞后失忆,李浅为了防止意外再次伤害宁成明,谎称自己是他的未婚妻。宁成明虽失忆,但智商在线,慢慢发现了不少破绽,峰回路转,李浅不知不觉已失足掉入了"老狐狸"挖好的坑……

图书在版编目(CIP)数据

狐狸的浪漫史 / 王小泉著 . -- 北京:中国纺织出版社有限公司,2021.3
ISBN 978-7-5180-8352-7

Ⅰ.①狐… Ⅱ.①王… Ⅲ.①长篇小说 – 中国 – 当代 Ⅳ.①I247.5

中国版本图书馆 CIP 数据核字(2021)第 022914 号

策划编辑:李满意　胡　明　　　　责任编辑:张　强
责任校对:王花妮　　　　　　　　责任印制:王艳丽

中国纺织出版社有限公司出版发行
地址:北京市朝阳区百子湾东里 A407 号楼　邮政编码:100124
销售电话:010-67004422　传真:010-87155801
http://www.c-textilep.com
中国纺织出版社天猫旗舰店
官方微博 http://weibo.com/2119887771
三河市宏盛印务有限公司印刷　各地新华书店经销
2021 年 3 月第 1 版第 1 次印刷
开本:880×1230　1/32　印张:10.25
字数:238 千字　定价:39.80 元

目 录

CONTENTS

第一章

窗外鸟语花香，是东南亚炎热的上午。

李浅坐在沙发上掰着手表看时间，有些耐心失守。二十分钟前顾柘窝进了十米外的洗手间里毫无动静，眼下更是声息全无。她简直要怀疑对方是不是得了痔疮，趔趄摔在马桶旁，哽哽咽咽不敢告诉自己，凄凄惨惨宛如偶像剧女一。

又过了一分钟，李浅等不下去了。

她上前捶门，尽量显得有些节奏："我再给你最后一次机会。"

大抵是声音过于阴森，渗透了门板。顾柘瞬间不由自主地打了个寒战。他看看手机里心爱的游戏大赛直播，又看看门口，眼前浮现出李浅以往凶神恶煞的姿态，倍感酸涩委屈。"我说我的大小姐，我求求你，你能不能给我那么一点，就一点点，私人空间？"

"三……"

顾柘麻溜儿地扯下耳机，迅速动作。

"二……"

顾柘一边整理仪态，一边赶紧打开手机上的国际资讯页，盖掉DOTA2的页面，营造出自己在看业界新闻的假象。然后踩着李浅牙缝里挤出"一"字的点儿，打开了洗手间的门，冲着李浅嘿嘿一笑。

行云流水，一气呵成。

面对对方这种心虚的掩饰，李浅见怪不怪，回应道："谁赢了？"

顾柘揣着明白装糊涂："这、我哪儿知道谁赢了，我又没看比赛！"

见李浅未置可否，顾柘赶紧又补了一句："我就说我在看资料呢！刚甜甜给我打电话，我都给拒接了！这等会儿不要谈判了吗？我不得做做功课？也不能每回都给您拖后腿啊！"

——话是这个理儿没错，但您老本身就是那条难拖的后腿啊！

李浅忍住翻白眼的冲动，转身出了房门，顾柘忙不迭掏出小本本和笔，紧跟其后。

李浅在走廊里步履不停，有条不紊地交代："恒指整体的缘故，甲方公司在跌，牵扯到合作回款，数据不用和他提。但是季度业务的环比增长在同类公司中是最好的，必须重点强调。"

顾柘思索："可万一对方刻意要聊资金问题呢？"

李浅忽然转身，笑容可掬地看着顾柘，宛如面对智障。顾柘忍不住回以嘿嘿一笑。她冷不丁笑容骤然消失，站在电梯间猛然"啪"得拍了下电梯按钮！

"当然是坚决岔开话题。你能不能别什么事儿都让我给你加备注？能不能让我对你的智商有点信心？"

被劈头盖脸的一通训斥，顾柘吓得忙不迭："能能能！您继续！"

"叮咚"一声，电梯来了。

顾柘利索地将李浅迎入，而李浅仍是一脸恨铁不成钢："咱们这次来如果拿不下合作，公司会面临什么样的局面，你到底有没有点儿危机意识？"

"有！我怎么没有危机意识了？我都准备好等会儿和他们好好哭一哭……哎哟！"

李浅二话不说上去就弹了顾柘脑门一下，疼得对方龇牙咧嘴："你是想谈判筹码被贬得再低点是吗？"

顾柘正想辩驳，为李浅打断："听好！要记住的就三点。第一，抬高对方。第二……"

到了会议楼层，二人一前一后走出电梯。

"为对方感到遗憾。"

顾柘正低头记，闻言诧异抬头："嗯？！遗憾？"

李浅转身拿过顾柘手中的 Pad，调出一份 PDF 分类图："Alex 是英国人，在他带领下的 GC 业务结构里，所有产线都运营得较为成熟，但唯有一个短板——智能工业设计。而我们恒星夸克的门面业务是什么？"

顾柘露出一脸恍然："智能工业设计！所以要为对方没有和我们合作而感到遗憾！"他眼珠一转："哎？那第三点是不是就我们擅长的特色做重点介绍，绝对不给对方任何喘息的机会，一鼓作气争取拿下产线？"

李浅忽然站定："错！"

顾柘一抬头，这才发现他们已经来到了会议室门口。李浅接过顾柘手中的笔记等物，向后退了一步，一改适才"女总裁与男小助理"的画风，突出眼下顾柘的站位。

李浅看向顾柘："是要时刻记住，你才是恒星夸克的总裁。"

没错。李浅在内心一声叹息。眼前这个长相帅气、身材高大、衣冠楚楚、贵气逼人，仿佛处世从容、张弛有度的男人，实则是个"扶不起阿斗"，"遇事怂为上""难堪大任"的废物总裁，全司"甩锅"第一能手。

入司两年，李浅能够成为上下皆知的全能董秘，全凭顾柘太无能。

至于自己为什么非得跟着这么个老板，李浅解释，谁让顾柘是自己的发小兼死党呢？当然，在面对闺蜜余青青的逼问时，非官方的真实答案就有些残酷了。

——"他给的实在太多了呗，还能是为啥？"

眼看顾柘依照自己的叮嘱，和对方聊得其乐融融，李浅不禁有些放下心来。只要今天这出谈判不出意外，恒星夸克与GC在东南亚的产线顺利挂上钩，那就意味着接下来的两年，她能替顾柘少擦点屁股。辛苦这一时，快活在后头，她撇撇嘴，心里可算是有了点盼头。

一低头，电脑上弹出了余青青的对话框："A. 十秒后你给我打过来；B. 十秒后我给你打过去；C. 死女人，你敢不接我电话试试。"

李浅算算时间，距离她"坑蒙拐骗"顾柘来聊合作，答应了要给他买游戏大赛现场票的交货时间也不远了，便借口去洗手间暂时离开了会议室。

与此同时，他们所在的酒店，也正处于极端危急时刻，从大堂到礼宾部再到餐饮部无一不人心惶惶。

这始于十分钟前VIP客服部的主管毛瑞尔·披拉昆接到的一通电话，对方亲切地告之贵酒店的SVIP NO.11号客人宁先生即将抵达，请提前准备好接待工作。

毛瑞尔挂了电话，首先确认今天不是愚人节，且相关知情人士无一有这样的胆量能开这样的玩笑。再次如侦探一般对自我进行了审视，妻子是导游，他们有两个孩子，大的刚准备上中学，小的患病仍在治疗，这一切实在让人没有当场提离职的底气。他血管加速、心悸慌张了一分钟，只得叹了口气，告诉副手，通知所有相关部门——宁先生要来了。

新来的客房部女服务员是菲律宾人，从未见过这位来自中国的宁先生，传言倒是七七八八听了一大堆。见原本有条不紊的日常工作间里同事们立刻忙作一团，恐慌写满了每个人脸上，禁不住燃起了浓重的好奇。

到底是什么样的恶魔，能让人这么害怕？

恶魔长了几个角，有没有翅膀？

如果有人看见了恶魔的脸，会不会被它烧死？

于是她将这疑惑吐露给交好的另一位服务员，对方露出无可奈何的神色。不，亲爱的，我们不叫他恶魔，没到那个地步。我们一般叫他 MR.Fox，因为过于精明，且没法预测他究竟会对什么感到不满。

除此以外呢？

他冷酷、不通情理、近似刻薄，且为人毫无情绪。

可如果仅此而已，大伙儿也没必要这么怕他吧。

当然。如果他的精明没有驱使他坚持投诉到让你轻松丢掉工作的话……

小菲律宾若有所思，大学时常听中国同学说相由心生，那么这样刁钻的人，必定长得也很可怕吧？

"亲爱的，你应该从长辈那儿听过，"对方突然停下了脚步，一脸严肃，"有时候，恶魔通常长得比天使还美呢！"

李浅拿着一杯咖啡，用脑袋夹着电话，从两名忽然在过道中停下步伐的服务员旁穿过。余青青一直在电话那头絮絮叨叨地教育她，提醒她不是顾柘的妈，也不是他的女朋友，只不过是董秘，不负责对方的吃喝拉撒以及身心健康成长。李浅哼哼唧唧地应付过去，直到在电梯里挂了电话才反应过来，刚才那两名服务员是在用英语交流着恶魔的长相问题。

李浅拉了拉自己的衬衣领子，觉得为了赶着谈判慌慌张张买了件新衣服没洗就上身果然不行，隔得她脖子有点难受。她瞥了眼电梯里的镜面壁，妆容精致，衣着得体，唯有眼角泄露了疲惫，脑海中又回想到刚才捕捉的单词——"Fox"。

叫 Fox 的恶魔啊……

虽知道对方所谈论的和自己记忆里的一定不是同一个人，但……这辈子总还是不要再遇见那个人的好。

她一哆嗦，呼出一口寒气，走出了电梯。

另一边，长得比天使还美的恶魔，MR.Fox——宁先生正坐在车里朝窗外看了一眼。五个多小时的飞行本该让人头昏脑涨，但他却反而觉得更清醒了。

郁郁葱葱的绿意从眼前倏忽而过，间隙夹杂着不知什么的反射点，折射出强烈的日光在他的视网膜上闪烁，令他又重新梳理了一遍东南亚之行的真正目的。

GC 的东南亚大区总裁 Alex 是他在英国时的同学，因为彼此做的领域有千丝万缕的联系，也就逐渐发展成了那种毕业后还会偶尔往来发发邮件的关系。得知他即将来到此地考察产线，Alex 便顺水推舟，请他务必给自己即将达成的一项合作提些参考意见。

举手之劳，还能混淆视听，让人对自己此行的真正目的摸不着头脑，何乐不为？

正想到此处，车停了下来。助理齐伟如往常一样恭谨地替他打开车门。

他接过对方手里的咖啡和资料，打算走进酒店，却突然感到一丝不妥，他扭头瞥了齐伟一眼。

这本是个惯常的举动，但在齐伟看来定是别有深意。

很快齐伟就领悟到了，他强忍懊恼表示面对今天与 GC 一同参加的正式会议，自己却疏忽了着装，没有佩戴领带，甚为失礼。会议结束后他会向行政部发邮件说明，自领扣薪处罚。

等齐伟抬头时发现对方已经一只脚踏进了酒店。他不由得松了口气，庆幸自己说得是正确答案。

酒店大堂前台处，李浅从接待员手里拿到了黄牛留下的信封，往回刚走了两步便接到了余青青发来的文件。她有点儿不明所以，点开竟是洋洋洒洒一份 Excel，全是余青青要她从泰国带回来的免税化妆品清单。李浅将往下拉了半天才终于见底。她顿觉脚底形成了两只风火轮，恨不得立刻回去，敲打这位闺蜜的小脑瓜。她忿忿地驱动手指秒回道：你当老娘我是来度假的？

对方反应也极为灵敏：只许你帮顾柘，就不关心关心你闺蜜我？

李浅鼻孔里出气，懒得再回她。顺手打开信封确认票单，这才发现接待员拿错了，这分明是两份歌剧票。她无奈又折回了前台。

等折腾完换回了正确的游戏大赛现场票，李浅气还没来得及松一口，便再次收到了顾柘的求救微信："赶紧回来救驾！"

李浅强忍白眼，心中默念"以德服人"十遍，同时不禁犯嘀咕，就算他顾柘是个天生废物，可说到底 GC 和他们的合作早在来泰国的半年前就开始推动沟通，眼下就剩 5% 的临门一脚，出门前她还确认过 Alex 流露出的意思，不至于自己刚离开会议室 10 分钟就天翻地覆了啊？

正疑惑，顾柘又追了一句："你快来，这里有个怪物！"

这下李浅全明白了，敢情出了个"程咬金"啊……行，我倒要看看，到底是哪路神仙。她端起斗志，捏紧手中的咖啡杯，冲回到会议室门外。刚敲了一下，顾柘便开门露出令人熟悉的怂包脸。

李浅瞪他，低声道："谁啊？"

顾柘撇嘴："我哪儿知道？"

李浅一把推开他，刚挤进半个身子，一眼瞥见坐在主位上的人，寒意便犹如闪电，从头到脚击穿了她。

对方淡淡地瞥了李浅一眼，不以为意。

反倒是李浅盯着对方怔愣了两秒后，条件反射退了出去就要关门。但被顾柘一把拦住。李浅瞪着顾柘，顾柘回瞪，坚决不撒手。

她伸手一弹顾柘脑门，顾柘"哎哟"一声疼得捂住脑袋，手离开了门却依然关不上。

李浅低头一看，发现顾柘竟拿脚堵住了门，震惊之余，低声质问："你干吗？"

顾柘委屈得咬牙切齿："我还想问你干吗？难不成你要丢我一个人在这里？我跟你说我分分钟死给你看！"

考虑到没脸皮如同顾柘，倒真有可能下一秒倒地不起装死给所有人看。她脑中百转千回，再三衡量，只在刹那。最终硬着头皮于众目睽睽之下坐回到先前的位置。

李浅竭力稳住自己哆哆嗦嗦的手，端起咖啡杯喝了一口才发现，这并不是自己刚端的那杯。她下意识地看向主位人面前放的那杯看起来和自己一模一样的外卖咖啡杯。

杯口白底上赫然印着与今天自己口红色号一致的唇印。

李浅抬了抬眼皮，那人似乎也意识到了这件事，正冷冷地看着自己。

什么时候交换的她为什么毫无觉察？

记忆迅速倒转，最终在和前台接待员两次交换入场券票时有了停顿。她隐约记得自己只在那时放下过咖啡杯，跟着接待员从左边前台走到了右边，可究竟与谁擦肩而过，却是丝毫也想不起来。

气氛一度尴尬，让 Alex 都觉察出了什么，他面上挂起绅士的笑容，为她做起了介绍："Lily，这是我同学，观鼎总裁宁成明，你应该在业内听说过他吧？"

李浅报以不失体面的笑容，然而脑海中满屏就只有"完了"两个字。

回到客房的顾柘不出意外地闹起了脾气。每当以往此时李浅总觉得自己当年选修的专业可能并不是金融管理，而是幼师。

"我发誓，在他进来之前一切都非常美好！眼看着就成了，可就一句话，他真的就说了一句话，气氛就全变了！"

李浅揉揉额角："他说了什么？"

"他说我讲了半小时的废话，都不过是为了掩饰我们上季度同比降低了 12 个百分点。要么解释为什么，要么闭嘴。别浪费大家的时间。"

李浅看向顾柘，这倒是有些令人意外了。关于细节数据他们恒星夸克可丝毫没有对外界透露，至少没有在公司层面上对外公开过。这是她竭力避免在谈判中要被对方获悉的信息之一，对方为什么会知道？

"他到底从哪儿得到的数据？"李浅忍不住嘀咕了一句。

顾柘从沙发上弹射而起："我怎么知道？"

眼见对方从衣柜里拎出行李箱，打开，作势往里收拾衣物。李浅油然而生一股不大妙的感觉，上前一把拦住。

"哎哎哎，姓顾的、顾总，您不会又要跑吧？那明天的二轮洽谈怎么办？"

顾柘手舞足蹈囫囵囵将衣服丢入箱子："我不管！是你说来聊产线合作，所有事儿都你兜着的。那个什么宁成明，一看就很难对付！老规矩……你是我的秘书，这事儿自然是你负责搞定！"

李浅顿觉一口锅又一次沉沉地飞了过来，重重地扣在了她脑袋上。寻常人遇见困难起码还知道挣扎一番，到了顾柘这儿，他只有两个选项：A.躺平；B.丢给李浅。不论单选还是多选，最终的结果都是她来收拾残局。

若论平时，李浅定不会浪费口舌再做任何沟通，就当个能好好解决问题的下属，彰显自己的职业度就好。

但这次不一样。她仅仅只在脑海里闪回了一下对方的脸，就一阵头皮发麻："顾柘，实话实说，这个宁成明，我觉得我赢不了。"

岂料顾柘充耳不闻，收拾好了行李，开始对员工进行"甩锅式洗脑"。他拍拍李浅："你是谁？你是我万能的秘书李浅！你以前不是和我说，只要思想不滑坡，办法总比问题多吗？你想想办法，努努力，别让那个宁成明瞎搅和。"言罢拖着行李箱就往外走："我去看比赛散散心！没准等我回来的时候，你就已经解决问题了呢！加油，李浅！"

等门"砰"的一声关上，李浅方才回过神来，稳住眩晕坐回到沙发上。

方才 Alex 问她是否在业内听说过宁成明……岂止听过？李浅想起

格雷厄姆·格林在某本书的开头曾提过，人们永远不会知道，打击会在何时到来。此时此刻她窝在沙发里，回到了某种熟悉的挫败感中，被迫开始从记忆深处反思，自己人生究竟是在哪一步走错了，以致沦落到今日这般难解境地。

坦白说，李浅不认为自己的童年是沉重的。

虽然她常常面临需要从母亲任玥的嘴里分辨出哪种生活常识是真的，哪些又是她煞有介事胡诌出来的情况。且在有意识后，与其相依为命的二十三年里，李浅也没弄清楚自己的生父究竟是谁。毕竟自上一年级起她就明白，必然不会是母亲信手拈来的那些类似蝙蝠侠、蜘蛛侠和国际巨星的答案。

李浅总是在语文课上边偷看小说，边代入母亲的处境，假设自己同她一样，是个原本出身南方富庶家族的小女儿，十指不沾阳春水，除了绘画对其余一概不感兴趣，聪慧但总揣着明白装糊涂，远赴法国留学实则逃婚时遇见了什么人，后来意外怀孕又偷跑回来，那么这种措手不及和养育本能并存的情况，是不是百分百能铸就任玥身为母亲的"不可靠"。

任玥不擅长烹饪，不擅长家务，如果没有现代科技发明的各种便捷工具，诸如微波炉、洗衣机，李浅几乎怀疑她没法养活自己。

可这些、那些也没有让她觉得这就是所谓的身世凄惨。相反，任玥虽让人有时觉得不大像个母亲，平日里总让人有她像孩子，而李浅老成持重的错觉。但关键时刻任玥总还是知道为母则刚。且她神经大条不走寻常路，和李浅关系反倒比一般母女亲密。总结下来，李浅很好贯彻了母亲想要灌输给她的那种思维——世界并不轻松啊，嗯，并不轻松。可没必要苦着脸吧？既然不能退档重来，那就好好玩好当下这局吧，全力以赴，输了之后还能哈哈哈，拥有快乐大多时候比赢更重要。

于是李浅理所当然在初、高中与顾柘同校后，又不以为意地数次"拔刀相助"成了"罩"着废柴富二代顾少的"浅姐"。毕竟在她看来，这不过就和武侠书里写的没啥差别，"匡扶弱小，伸张正义"。谁知这一"扶"就持续到了现在。

顾柘因为李浅进了C大死活也要念同一所，但不敌家中老爹的威胁，只得在大二转学去了国外镀金。李浅差点以为自己"奶孩子"的学生生涯终于结束了，正积极准备展开新的职场副本，谁知顾柘又杀了回来，创办了恒星夸克，并一哭二闹三上吊，求"浅姐"和上学时候一样，继续"罩"着他。

对此余青青的点评是：这是找秘书？不，这是想上全托幼儿所。

自C大初识以来，余青青一直是个可遇不可求的好闺蜜。与自己同校不同系的她聪明、直率，头脑与脸蛋一样漂亮。李浅偶尔会庆幸，对方的内在永远比她的外表看来沉稳得多。话说得再绝，总绕不过身体里那颗豆腐心。这使她即便知道顾柘是名扶不起的"阿斗"也没法放任李浅不管，遂在取得律师从业资格证后毅然决定来恒星夸克做法务总监。

至于宁成明……

李浅发誓，如果事先知道《经济学》的授课副教授是他，自己一定会在高考前就更改志愿。

五年前，李浅尚未毕业，宁成明彼时稳居C大校园传说榜首位。都说他个高腿长，帅气精明，姿容儒雅俊秀，宛如狐仙降世，可惜是个油盐不进的阎王，人送外号"老狐狸"。不但要求所有学生手写论文、全勤打卡，且挂科率、重修率为全校第一，不论编什么天衣无缝的借口，死都糊弄不过去。选了他的课，轻则压线过关，从此罹患PTSD（创伤后应激障碍）；重则拿不到学分，数年重考，难以毕业。

李浅当年是斗智斗勇，苟且偷生，好容易才修满了学分，但自此也就得了不论是提及名字还是闪回这段记忆都会通体恶寒的后遗症。

任凭李浅抓破头皮也想不通，自己到底是违反了哪条物理原则，要在眼下这等关键时刻，与对方以最猝不及防的方式狭路相逢。

"狭路相逢勇者胜啊！老李，你可不能怂！"余青青在电话那头给她打气。

李浅将视线努力从窗外逐渐下落的夕阳余晖中聚焦回来，叹了口气。眼下她面色苍白，如丧考妣，已经切实地意识到了问题的严重性。

"可我真的只想跑路。"

"顾柘呢？"

"老规矩，自己遁了。"

"呵，这王八蛋倒是从不让人意外。不过……你说这'财大老狐狸'宁成明，他不好好继续在学校里教书，跑出来当什么总裁啊？"

李浅从茶几上端起 iPad，审视自己刚查到的资料。"他和他师弟马昊一起创立的观鼎。才两年多，就是业内新秀了。"

"是吗？那要我说，不如趁这个机会，干脆从顾柘这儿跳槽去找他得了！宁老师再怎么说，和你也有师生情谊在的嘛……"

李浅禁不住又打了个哆嗦："得了吧，当年被他支配的恐惧还历历在目呢！你不是号称学院街八面玲珑独领风骚的余律师吗？有什么方法，能耽搁他两天……嗯，他这样的，恐怕寻常招数不顶事儿……我换个说法，就是那种能光明正大关他两天的法子？"

电话那头停顿了两秒："这我得想想，等会给你回电话。"

就在余青青不知几方沟通完，总算攒出了个主意的空档里，李浅也没闲着。她捏着鼻子给参与谈判的合作方对接人电话，打听到了宁成明所在的房间。不消片刻，便蹀躞在酒店走廊里，寻思自己到底是该以一种什么设定状态去和宁成明叙旧，却见对方却穿戴整齐地出门了。李浅没有半分犹豫，不由自主地跟了上去。

二人一路来到车库。

李浅有些意外，宁成明没带助理，这是和谁约了要去哪儿？难不成他是要去见 Alex？打算给对方上眼药，干扰恒星夸克和 GC 签约？

李浅摸出了顾柘留在房间的车钥匙，打算征召老板在这儿预约的车，等会继续跟踪。却不料余青青恰在此时打来了电话。

铃声刚响了半声便被李浅眼疾手快的按掉，转了静音，却还是惊动了宁成明。

李浅缩在一辆车后，大气也不敢出。

宁成明推了推眼镜，四下扫视了一番，却并未发现有其他人的身影。就在他敏锐地往李浅藏身的车走了几步后，一旁却突然窜出两只打架的猫。

见两只猫一路又打闹着跑远，宁成明才转身上车，驶了出去。

李浅松了口气，上了顾柘的车，接通余青青的电话，谨慎得跟上了前面的车。

"老余，你知不知道车库里回声很大的，你刚才险些害我暴露！"

"抱歉抱歉，我不知道啊，哎，你在干吗？"

"我开着顾柘的车，跟宁成明出酒店了。你刚想着招儿没？"

"那当然！我有一大学关系不错的男同学去泰国了，后来毕业找了个当地老婆，现在人已经入赘，还在那儿做了警察。他说今晚罗勇有人举报一家夜店内有不法交易，你只要想办法骗宁成明去，灌醉了丢那儿，就能连累对方至少被关一周！"

李浅跟着宁成明左转："骗他？你当我有几个脑子？"

"随便你是叙旧，还是表白，随便用什么法子！……哎，别废话了，那家店地址我这就发你！"

李浅趁着红灯点开了余青青发来的定位，不料却是反方向。且绿灯亮起，宁成明的车还在朝前行进，越来越远。

李浅叹了口气，再次拨通余青青的电话："哎，我说，这地方也太远了吧？"

"实在不行，你就假装追尾事故，撞他一下，然后叫个拖车，再以赔礼道歉为由带他去酒吧喝两杯，怎么样？顺水推舟这点子是不是可执行性很高？"

——可不可执行不确定，是个馊主意倒是真的。

此时，李浅注意到，不论是从地图的显示，还是周遭的环境看来，宁成明都在驱车去往郊区，周遭的车辆越来越少，逐渐只剩了他俩一前一后。纵使李浅看得刑侦剧再少也意识到，眼下已经不适合再跟踪了。

"我怎么觉得有点不太对啊，老余。"

"怎么了？"

突然，宁成明在二人行驶的小道上忽然停了下来。李浅条件反射也跟着停了下来。旋即便发现宁成明下了车，径直走向她的车。

李浅一怔，手忙脚乱地开始倒车："不好！他、他好像发现我了！"

宁成明远远看向仓促调头离去的车，像是一目了然，却无动于衷地又回到了自己车上。

李浅从后视镜中见宁成明又折返，不禁大松一口气。此时路口的指示灯变绿，宁成明发动汽车，二人的车背道而驰。

"哎呀，老狐狸真是太吓人了……"李浅忍不住抱怨。

话音刚落，宁成明的侧面忽然冲出一辆小货车，将其撞向了路边！

李浅惊得猛然踩了刹车，回头看了一眼，发现小货车在撞人之后根本不做停留，马上驶离了现场。

一切似乎发生在须臾之间，李浅目瞪口呆，撞车的巨响让她耳膜中泛起震耳欲聋的嗡鸣。她觉察到自己因为惊吓而急剧跃动的心脏频率，时间仿佛停滞了几秒。而在这间隙中，适才的视觉碎片在脑海中被反复播放确认。

直到自远处传来的余青青慌张呼喊刺入脑海。

"——李浅？！李浅你没事儿吧？刚那是什么声音？李浅？"

"我等会儿再给你打过去。"李浅神色一凛，挂断电话，摔下蓝牙耳机，打开车门，朝着宁成明奔去。

*　　*　　*

同一时间，顾柘正百无聊赖地坐在一家餐馆内的包间，食不下咽，心绪难平。

他轻车熟路再次当了甩手掌柜，将事儿都丢给了李浅，按照往常的情况，即便过程再艰难，全能秘书李浅最终也会摆平。可不知为何，他脑中总时不时闪现出李浅对他表示，她觉得自己真的搞不定宁成明的画面。

这不是以往李浅会向他表达的信息。

顾柘抓抓头，有点疼。以他单线程的大脑即便觉得"宁成明"三个字有些耳熟，可对方在 C 大执教时，他早已去了国外留学，绝无可能得知那两人此前的瓜葛。

他无可奈何地翻了翻手机，不知是不是该给李浅打个电话。此时蓝牙耳机里的音乐播放不知为何暂停。顾柘调出 APP 决定换首歌，却意外发现好友分享里出现了女友甜甜的头像。APP 提示他，该名用户目前距离他只有不到 150 米。

顾柘眨眨眼，甜甜？她怎么来泰国了？自己出差没告诉她，难不成对方是暗中准备要给自己一个惊喜？

他嘿嘿一笑，反手给甜甜发了条语音："宝贝儿，你在干吗呢？"

甜甜秒回："我正在家泡澡呢！"

我、正、在、家、泡、澡、呢……

嗯？

顾柘将这几个字翻来倒去地在心里回味了几遍，终究按捺不住，冲出了包厢。

甜甜当然不在家。她此刻正和自己的男友 2 号亲亲热热地走在大街上。面对顾柘突如其来的问候，2 号有些揶揄道："怎么，姓顾的查你岗了？"

甜甜不屑："得了吧，就他那脑子，80% 装的是吃喝玩乐，18% 是闯了祸如何让秘书摆平，剩下最后 2% 才是女朋友，智力还欠费，能想得到查老娘的岗才有鬼！"

然而下一秒 2 号脑袋上便结结实实地被砸了一下，猝不及防，翻倒在地。甜甜惊叫，扭头一看，顾柘正怒发冲冠地站在离她五米远的地方，边冲过来，边爆喝道："敢绿老子？活腻了你！"

二人扭打起来，甜甜手足无措。

2号身材比顾柘高且壮硕。顾柘不是对手，很快便鼻青脸肿，形容狼狈。

周围人三三两两，好奇驻足。

终于，2号一记凶猛左勾拳，顾柘被掀翻，晕了过去。

顾柘电话打过来的时候，李浅已经听不到了。她正趴在宁成明的病床前，沉沉睡去，做着一个漫长而又纠结的梦。

梦里她先是坐在医院门口发了个很长时间的呆。今天的信息量像是分别坐了无数辆车，小轿车、大货车、中巴、洒水车，等等等等，然后它们一同在自己的脑内神经高速公路上堵车堵了个结结实实。

她怕宁成明真的遭遇不测，可等他侥幸活下来，李浅又琢磨要和他怎么解释自己如何凑巧能够救下他。一切必须充满意外，却又富含情理。她摸出个小本本，开始画逻辑线。画了一会儿觉得差不多了，就想回去看看宁成明醒没醒。

可等她推开门，就发现自己大概是在做梦。

眼前浸满夕阳的光晕，院子里的花草和记忆里一模一样，一楼的小客厅里传来母亲熟悉的音调。

"妈妈不是和你说，对男孩子，下手不能太重的吗？"

"谁让他老抓我辫子！我就教训他一下，都没使劲！"

李浅拨开门帘，果然看见母亲坐在桌旁，正努力憋笑地看着眼前气鼓鼓的小李浅。

母亲伸手拍拍小李浅，小姑娘头也不回甩开了，气劲很大。

母亲无奈抿嘴一笑："你很讨厌他？"

"讨厌死了！"小李浅扭过头，"妈妈，我知道打人不对，但我也不知道怎么办。"

面对女儿有些无措的小脸，母亲伸手替她拨了拨头发："换种方式。换种……和现在完全不一样的相处方式。"

小李浅似懂非懂，最后摇了摇头。

母亲还要说什么，却一抬头发现了她的存在。她对小李浅道，"乖，去院子里帮妈妈看看小兔子吃饭了没？"

等到小李浅蹦蹦跳跳地消失，李浅便撇撇嘴走进屋里，靠近母亲坐下。

"妈，你说你以前到底忽悠过我多少事儿？"

记忆中的任玥理直气壮："妈什么时候骗过你？"眼见李浅胸有成竹地打算开口，她赶紧抢先道："你爸的事儿不算。"

"嗨，妈，你知不知道有个词儿叫'双标'？"

任玥不置可否，只忽然神秘地看了一眼客房的门："哎，有人来找你，在里面等很久了。"

李浅一怔："找我？谁啊？"

任玥冲她挤挤眼，笑而不语。李浅只得起身去打开门。不料里面的人转过脸，竟是宁成明？！

宁老师怎么会出现在这儿？李浅再次陷入宕机，记得上学时他从没来过自己家啊！

宁成明如同仍在学校那般，冲她丢出一份补考通知单。

"补考。"

"什么？"李浅手心冒汗，眼见宁成明冷漠地坐回桌子边，摘下眼镜擦了擦，又戴上，将令人恐惧的感觉演绎得慢条斯理。她找回了熟悉的慌张感。

"拿不到我的学分，你就准备在大学念一辈子书吧。"

"哎哎哎，不要啊！——"

李浅猛地睁开眼，心悸的感觉尚存，她一动胳膊便发现自己趴得太久，已经半身麻痹，这个梦叫人感觉实在不好。

等她迷迷瞪瞪地眨眼，揉着手臂，等那种麻痛感消散后，一抬头才发现，宁成明已经醒了，正同样迷迷瞪瞪地看着她。

李浅好一会儿才发现自己忘了喘气。

"你是谁？"

李浅莫名其妙地看着宁成明，老狐狸这是……什么战术？他能不知道自己是谁？鬼都不信吧。

可宁成明面上出现了李浅从未见过的无措，还带了些许茫然，左右环顾："这是哪儿？"

李浅逐渐冷静下来，她盯着宁成明："你还记得自己是谁吗？"

他眨眨眼似乎经历了什么艰难的思考，但仍然一无所获，只得带着茫然又看向李浅，摇了摇头。

昔日她李浅学生生涯的拦路虎，曾令人闻风丧胆的财大老狐狸，宁成明——他、失、忆、了！

一时间李浅仿佛来到了脑海中那条信息堵塞的高架桥上，过往的那些信息点蜂拥而至，盘根错节将一切都堵得死死的。

余青青提醒她即便关了宁成明，也有可能会招来他的合伙人马昊干扰谈判。

顾柘哭哭啼啼地要李浅摆平一切。

医生说宁成明脑部受损，目前仍不清楚损伤程度。

李浅穿过一辆辆塞满了信息的车，宛如手拿菜刀砍电线，一路火花带闪电，于冥冥之中产生了一个念头……

她回过神来，见宁成明仍用以往截然不同的无辜神色看着自己。

不由得坐直了身子。

"你听好了。"

宁成明点点头，带了些懵懂，认真地看着她。

李浅稳了稳身形，仿佛在竭力显得端庄。

"你叫宁成明，我是你的女朋友。哦不，未婚妻。"

＊　　　＊　　　＊

两周前。

C城CBD中心位于长三角经济带一隅，观鼎实业集团伫立其间。

在这家成立了两年有余便引起业内广泛关注的公司总部内，上上下下流传着不少关于总裁宁成明的段子。

撇去那些夸张的表达和各种戏剧性的情节，归纳起来总不外是为了传达宁成明这个人死板、刻薄、不近人情的形象。而观鼎的今日却又离不开他的果决与犀利，就像硬币的正反面。

与之形成反面的，还有马昊。

马昊是观鼎的副总裁，曾是和宁成明一同在曹教授门下学习的师弟，亦是他主动寻找宁成明，并提议组建的观鼎。至于看起来不会与任何人合作的宁成明，为什么会答应马昊，众说纷纭。

下了班除了刷抖音就是逛淘宝、看电视的年轻女职员比较倾向于师弟对于师兄来说，是特别存在这类的无稽之谈。

当初马昊向宁成明提议时，宁成明第一是为了验证自己的学术猜想在商业中是否能够践行，第二是觉得当初在实验室里的马昊总是表现得很刻苦，较为踏实。遂答应了合作关系。

——这就让眼下的发现，显得有些不合时宜。

八千万，这在任何公司都不会被当作小数目。

位于十八层的总裁办公室里，宁成明的目光落在茶几的账册上，不带任何情绪地扶了扶眼镜。

反倒是马昊面色逐渐涨红，最终像是放弃了什么一般松了口气："师哥，你能不能，给我点时间？"

宁成明抬眼看着马昊，发觉现金流的问题出在对方身上没花费太多时间。只是从他的角度，不太能理解马昊的选择。在他看来，公司眼下的发展虽然称不上飞速，但足够稳扎稳打，换任何人看远景都是非常好的，用眼前的蝇头小利，断送那样的未来，实在得不偿失。

马昊猜测宁成明不置可否的态度："师哥，这件事的确是我的错。我请你稍作延缓，并不是为了拖延什么。只是若眼下暴露咱们的资金问题，实在是对我们下一步的融资，影响太大了。"

"你既然知道，为什么还要这么做？"

"我……"

"据我所知，你除了偶尔喝酒，没有别的不良嗜好。既然没有欠债，你短期内需要这么多钱做什么？"

"我、我做了点个人投资，失败了。"

宁成明不再说话了，他按下了呼叫铃。马昊忙道："师哥，你再信我一次，我一定会把钱神不知鬼不觉地还回来！师哥，你信我！求你了，再给我一次机会！"

齐伟推门而入，马昊便闭了嘴。

宁成明接过齐伟递来的文件翻看，似乎房间里已经不存在马昊这个人了。马昊觉得心里的石头仍在下坠，尚未触底。恐慌与畏惧已在转化为怒气的边缘。

他拉上门把，正要关门出去。忽然听见宁成明头也不抬道："两星期。"

马昊喜出望外，看向宁成明，重重地点了点头。

从宁成明办公室出来，马昊就给曹玫打了个电话。二人约了晚点在隐蔽的地点见面。

曹玫是宁成明与马昊恩师曹教授的女儿，一枝独秀，学得是法律，目前是观鼎的法务总监兼副总裁。她与宁成明曾是订婚关系，但不满一年便由宁成明单方面取消了婚约……没有哪个"天之骄女"能够接受自己被别人轻易放下。

纠缠不休和咄咄逼人都会让淑女显得掉价，于是曹玫决定换个方法，要让对方付出代价。只不过这些小心思，她没有义务和马昊交代清楚。

入夜，马昊和她坦然宁成明已经发现了假账。

"你和他要了时间拖延，接下来什么打算？"

"我、我在想他两周后不是要去泰国吗？"

曹玫知道马昊自上学以来就对宁成明多有妒恨。此时被对方抓住把柄，新仇旧恨，现在怕是满脑子就只想让人永远闭嘴。

她想着马昊这类人，会被肾上腺素本能操控，就算学历再高，也依然是个蠢货。"他去泰国是聊产线合作，和你挪用的钱有什么关系？"

马昊有些焦躁："我在那边，联系了个人……"

"打住，我不想听。"曹玫起身，"本来只是钱的事，大家还好解决。可你要是发了疯，动了别的念头……那就是在自杀。"

见马昊低头不语，曹玫继续道："账的事除了他还没别人发现，这次他出差是个好机会，让你的人耽搁他回国的进度。下个月是股东会，如果在这之前将公司卖出去，他无法参与决策，既定事实很难再寻找相关证据……"

"好主意，这是个好主意！"马昊一个激灵，上前扶住曹玫，"谢谢你曹玫！"

曹玫嫌弃地挣脱，"我不是为了你。要记得你欠我的那份。"

马昊在阳台上确认曹玫离开后，回到房间，微笑着在暗网上给某人下达了指令：

——动手，不留活口。

宁成明并不相信马昊愿意将钱还回来。甚至他很清楚，今日与马昊的沟通，就已经让对方撕破了最后的假象。他已做好了必要时刻，要请经侦介入的准备。他只是在赌对方仍对公司与法制有一丝信念和敬畏之心。既然是 50% 薛定谔的猫，那么他就不得不充分进行各种假设，来尽力确保将马昊带来的损失降到最低。

他以视察东南亚产线的目的做掩饰，计划前往与马昊有勾结嫌疑的空壳公司，获取一定证据，印证自己的猜测。他做了各类安排，最好的，最坏的都做了。

然而不论是马昊，还是他，大抵都没料到，这件事里竟然出现了一个变数。

罗勇府嘈杂的警局大厅内，各种吵闹声此起彼伏。墙上的电视机内，正在播报一则当地新闻：昨夜，罗勇郊区发生一起车祸，伤者已被送往医院……

鼻青脸肿的顾柘坐在巡警面前，狼狈邋遢。一旁坐着同样脸上挂彩的男子和哭肿了眼的甜甜。

颂文塔纳的母亲是华人，他便成了局里唯一会说中文的警察。举凡是遇到华人纠纷，都是他处理。诸如游客当街打架这类事，他早已见怪不怪。"事情经过都搞清楚了，谁先动手的不重要。现在你们有两个选择，一是通知领事馆走他们的调解流程，二是按照我们当地的规矩来。"

甜甜一听，刚止住不久的眼泪又泛滥了。"不要，人家不要通知领事馆，肯定会被传回国内网上的啊，好丢人的！呜呜呜呜……"

男友2号，哦，现在可能转正了。总之，男友忙不迭从旁安慰："乖，宝贝儿别哭了，哥不会让你丢人的。"

顾柘嫌弃地瞥了二人一眼："我选通报领事馆。"

男友瞪着顾柘："怎么，还没被打够？"

顾柘不为所动。

男子气得站起来，上手对着顾柘又是一记猛抽。

二人扭打，甜甜继续爆哭，颂文塔纳拉架，场面好不热闹。无人注意到，大厅后方，李浅正低头经过，跟着带路的巡警走进了高级警司的办公室。

两个小时前，李浅在医院说出了自己是对方"未婚妻"的身份，这答案显然在宁成明的脑内超纲，他现在记忆一片空白，对这个身份既熟悉又陌生。不敢断然否定，却又找不到佐证依据。

"你说你是我未婚妻？可我什么也想不起来了……"

"医生说你头部受伤，记忆可能有些影响……"

宁成明木木愣愣地点头，延续逻辑再次提出问题："可我为什么会受伤？"

"这都怪我！"李浅暗中掐了一把大腿，疼得眼中水气弥漫，面上哀泣之色立现，"是我非要来泰国度假，如果不来你也不会出事儿，呜呜……"

眼见李浅泪流满面，真情实感满满，让如今相当于刚恢复"出厂设置"的宁成明反而有些招架不住，他想安慰李浅，下意识地伸出手，又半路缩回，不知到底该作何应对。

这让李浅大开眼界。精明如老狐狸，何时表现出过如此"蠢萌"？回想当初在学校时，面对李浅的苦苦哀求，既不给补考，也不给学分的过往。她内心报复的快感油然而生，便一股脑地展开了二人曾如何恋爱的大型杜撰现场，认真地捏造起"未婚妻"人设。

"你那会儿在学校可严肃了，但是唯独对我特别好，特别温柔。"李浅绘声绘色说得极为笃定。她不过是将事儿反着陈述一下，并非全不是事实。

宁成明举起小手，有些疑惑："为什么？"

为什么……这不就是个设定！你吃下去就完事儿了，你一个失忆病人，要这么和我抠逻辑细节吗？

李浅忍住翻白眼的冲动，立即双手托腮，做出了一个可爱的表情。

可宁成明只盯着李浅，一言不发。李浅被他看得发毛，默默收起动作。

老狐狸一本正经："不是做个可爱的动作，就能解释说明一个人可爱的。"

——严谨、缜密，毫无破绽！老狐狸失忆了也并不好糊弄！

李浅心想，那我只能耍流氓了。她立即露出一个不知所措的委屈神色。果然宁成明意识到了自己过于犀利反应，补充道："但我也不是说你不可爱，或许你以前是，只是我记不起来了。"

李浅顺水推舟："一时半会儿记不起来没关系，咱们慢慢来。"

算是勉强糊弄过去，宁成明还想再问些什么，李浅赶紧制止，表示自己还有很多事儿要去替他处理，诸如医院的账单啦、和警察沟通车祸情况啦诸如此类。让宁成明等她回来再说。

李浅盘算了一下，和GC的谈判不会超过两天，在此期间她只要能让宁成明踏踏实实地待在医院里，时间一到她就联络宁成明的助理让对方来将人接走就好。等到宁成明恢复记忆，想找她算账也没用，自己早跑得没影了。她既完成了签约，又报了老狐狸当年在学校折磨自己的"一箭之仇"，简直完美！

此刻她心不在焉地坐在警司办公室里，本打算以"未婚妻"的身份公事公办应付完毕。可还没等她询问那辆肇事逃逸车的下落，警司就开门见山地表示，他们发现左轮制动轴失灵，急刹会造成车辆偏移，但没有明显的人为痕迹。而车身上的凹陷，与路边栏杆被撞的部分基本吻合，所以警方判断这是一起意外事故。

意外？

李浅仔细回忆了一下当晚，那辆突然杀出的小货车的速度与撞车后立即驶离现场的行为反应……怎么想这都不可能只是个意外。

"请问，你们有查看事故的交通监控录像吗？"

警司懒洋洋地靠在座椅上，一脸理所当然："女士，你这是在质疑我们警察的办案能力吗？那不然请你说说，宁先生为什么会遭遇车祸？"

李浅脑子瞬间就清醒了。她四下观察了一番，对方桌子上有一份英文学校资料，办公室的角落里还有高尔夫球具。以罗勇府在泰国的产能，一介地区小警察局的警司还不至于就能过上如此富足无忧的生活。

见李浅仍一言不发，带着些质疑的态度。警司显然也很是不快：

"照你的说法，你昨晚与未婚夫争执后，他一怒之下开车出门，而你紧随其后。如果不是意外，那恐怕肇事者就只有你了！"

李浅莞尔。她还是将这件事想得有些简单了。不论如何眼下到底是在别人的地界，轻举妄动、一着不慎就可能给自己惹麻烦，她心念一动："可您也说了这是个意外啊，不是吗？"

言罢，她从桌上摸出一支笔，又撕下桌上的便签，一并递给警司："我十分理解您的工作，但我的准婆婆是个很难缠的女人，未婚夫忽遭车祸，仅仅是现在的说法，回去后我很难交代。不如我们……合作愉快？"

警司有些狐疑。

李浅更进一步："我想，您应该不介意，我看一下道路监控并拷贝一份吧？"

"监控在那晚失灵，什么都没有拍到。"

李浅将笔塞进警司的手里，"只需要一个安全账户，我们就能合作愉快了。"

警司又盯着李浅看了一会儿，最终了然一笑，落笔写下了一串数字。

等李浅从警司办公室出来，大厅内的械斗还在鸡飞狗跳地继续。顾柘与男子一番缠斗，正要举了板凳要砸过去，却忽然发现李浅站在面前。

顾柘立时丢了板凳，一溜烟地跑到了李浅身后。甜甜见状，停止了尖叫，上前扶住男友，不屑道："好了，亲爱的，帮他擦屁股的人来了。咱们应该很快就会离开这里了！"

李浅压根不用前情提要，打量了一番几人，就将他们为什么会出现在这里的事儿在心下脑补了个七七八八。不外乎顾柘被绿，她早就不意外了。因此她也没搭理顾柘，上前对着甜甜皮笑肉不笑。"糖糖小姐，你好，我是帮顾柘擦屁股的秘书——李浅。"

甜甜不甘相让："你好，不过，我是甜甜。"

"噢，不好意思，我这脑子有个 bug，只记重要的人和事。"

甜甜被怼得眼冒金星："——你！"

李浅懒得搭理她，转身对着颂文塔纳："现在的解决方案是什么？"

"走领事馆或者老规矩。"

"那请问你们的老规矩是什么？"

颂文塔纳耸耸肩，转身指了指身后的墙，只见上面挂了两排各种被打得鼻青脸肿的人，搂抱在一起做着比心姿势的合影。

虽然不知道这究竟是他们哪一任警司的恶趣味，但的确有点意思。李浅心领神会，转头看顾柘。顾柘垂死挣扎："打死我也不干！"

但下一秒，顾柘便被迫和男子一起搂抱着，对着颂文塔纳的镜头比心。

顾柘泪流满面，委屈地呜咽，却还是被李浅强行指挥："抱紧点，对，往左，顾柘你笑一笑，赶紧给我用力笑！"

顾柘笑得难看，"咔嚓"一声，相片定格完成后，顾柘"哇"得一声哭了出来。

出了警察局李浅压根没给顾柘说话的机会，如机关枪一般突突扫射地交代："Alex 的秘书刚联系我了，等会儿你就回酒店继续商谈，时间不多了。合同和交涉的具体细节我都整理好了，在你邮箱里。他们意向还是很强烈的，你快刀斩乱麻别给对方更多协商空间，基本今天下午就能搞定。预计晚上的飞机，机票已经订好了，等会儿把相关信息发你，完事儿之后，你自己先回国。明白了吗？"

顾柘晕乎乎的接收完信息，点点头。

"说话。"

"明白了。"

李浅将顾柘送上酒店的车，正要关门，顾柘却忽然回过神来，拦住了她："哎，你等等，我去签约了，那你干什么？还有，咱们一起来的，为什么不一起走？"

李浅丢给他一个眼刀："老板给我的任务自然是要舍生忘死地完成。您今天下午不会遇见任何程咬金了。怎么……这种人命关天的事儿，您想知道得仔细点？"

这下顾柘彻底意识到李浅现在是"老虎"状态，哪儿哪儿都摸不得。想必那个宁成明很是难搞，正确做法就是按部就班照李浅的意思，完成一个老板该做的就好。于是他捂住耳朵摇了摇头，示意司机赶紧开车，一溜烟地撤了。

李浅马不停蹄地自己打了辆车，赶回医院。路上她将从警司那儿获得的视频用转接口在手机上播放了。画面虽不清晰，但却显示从旁突然杀出的小货车目标明确，一举撞飞宁成明的轿车，透露了一股蓄谋已久的味道。

忽然之间，她有了一种不好的预感。

＊　　　＊　　　＊

医院外，夕阳西下，主楼的屋檐上渡了一层金边。天色正缓慢黯淡。

一名男子驱车来到后面的停车场，他轻车熟路地挑了个监控拍不到的死角停稳。从副驾位上拿出了一份资料，首页赫然就是宁成明的照片。男子正是马昊联络的杀手，他已经查清宁成明所在的房间，打算去斩草除根。

住院部副楼的这一层住院区此时没什么人，病人们都在病房里休息。正值交班时刻，护士站里也仅有一名护士。

走廊里有盏灯坏了，正忽明忽暗地闪着。杀手戴着鸭舌帽，不疾不徐地来到宁成明所在的903号病房，悄然打开了房门。

光线昏暗的病房内，杀手拉开一张病床前的帘子，手起刀落，干净利索。眼见着对方呼吸的律动停止，他便迅速离开了。

不一会儿床下便落了一小摊血。

回到医院时，李浅脑子里已经整理出了两套方案：A. 告诉宁成明自己之前几小时内告诉他的话全是假的，都是开玩笑。自己其实是他的学生，二人凑巧在泰国遇见，撞见他出车祸纯属意外。然后就联系齐伟，将证据给对方，请他接收宁成明。自己马上跑路，和对方从此江湖不见。B. 什么也不跟宁成明坦白，只留下相关证据，给到齐伟提示，让他来接人。

李浅盘算着等电梯，还没想好到底执行哪套方案。此时一名头戴鸭舌帽的男子从电梯里出来，与她擦肩而过。李浅看着对方背影，一个转身，腰间露出了一枚匕首。她心下一沉，电梯门便关上了。

等电梯门再次打开，走廊内便是慌乱的景象，李浅连忙冲上去拦住一名看热闹的病人询问发生了什么，对方说903房似乎出了意外。

903……宁成明？李浅一个激灵，转身朝宁成明的病房跑。

跑过转角，李浅忽然看见903病房里被推出个人，半身全是血。她下意识地朝病房内探去，原先宁成明的床位是空的？！

李浅耳朵里突然一阵嗡鸣。她返身追出去，只见医生和护士正推着急救车一路飞奔，已经上了电梯，病床里滑落一只满是血的手。

她心想，不可能吧？不至于吧？就凭老狐狸你在财大的风评，好歹也算个祸害，就算撑不到千年，长命百岁定不成问题！

只见电梯内，男医生将白布给死者盖上，已放弃了抢救。

李浅泪水几乎夺眶而出，她拼尽全力赶在电梯门即将关上之际，用力撑住，拦住医生护士，喘了口气，把心一横，上前一把拉下了白布……却瞪圆了眼，怔住了。

死者并不是宁成明，而是他此前隔壁床的病人。

所有的医生护士都奇怪地看着李浅。对这突然出现的宛如《情深深雨蒙蒙》的情节有些不明所以，出于对这尴尬气氛的尊重，李浅边道歉，边退了出去。

虚惊一场李浅浑浑噩噩地回到宁成明的病房前，却见他正站在门口，一脸茫然。

李浅焦急上前："你刚去哪儿了？"

"洗手间。"

李浅指着临床的病人："你们，刚才换床位了？"

宁成明懵懂地点头："嗯，他刚才跟我说空调正对着他不舒服，坚持和我换床。哎，他人呢？"

管它什么狗屁的 AB 方案呢，李浅心想。她一把拉住宁成明。

"我们收拾一下，出院吧。"

护士给宁成明量完血压，记录好数据，委婉地劝阻李浅，说医生还是建议你们留院再观察几天比较好，现在出院的话先生的伤口随时都可能感染，这会很危险。李浅自然不能直接告诉她，自己是觉得待在他们医院宁成明可能活不了三天，这样更危险。

护士无奈离开后，李浅将宁成明的随身物品简单收拾了一下，装在一个袋子里。又摸出一套男士休闲服丢给宁成明。

见对方怔愣地看着自己，李浅耐住性子："换上吧，你不会是想穿着病号服出院吧？"

宁成明不解地看着李浅："你不会是想我单手就能穿上这件衣服吧？"

李浅看着宁成明被缠着绷带的手，一拍脑袋："我去帮你把护士叫回来。"

"你不帮我换吗？我不想别人看到我不穿衣服的样子。"

宁成明一脸理所当然，倒显得李浅考虑不周。她心下犯嘀咕，你不想让别人看，就想让我看吗？问题是我并不想看啊！

但从逻辑上推敲，这仿佛也没错。"未婚妻"这人设是她给自己守的啊，那换衣服这种亲昵的事在眼下看来，由她来代劳是不是合情合理？

于是硬着头皮死撑："好，那我帮你。"

她磨磨唧唧地拉上帘子，背对着宁成明，面色宛如上坟。拿起衣服靠近宁成明，却不知该从哪先下手。万万没想到有一天会在这个环节，面临暴露自己是个母胎 SOLO 的危机。

沉住气啊老李，她心里给自己打气。豁出去般解开了宁成明衣服最外面的带子。衣服瞬间松开，好看的锁骨和部分胸肌露了出来。

李浅开始在心里给自己催眠。这不是宁成明的胸肌，这不是宁成明的胸肌，这只不过是动物世界里老母猪的脊背，是老母猪的脊背。

一边在心里睁眼说瞎话，她一边继续解宁成明腰部内侧的带子，指尖不小心触碰到宁成明的身体。嗨，这老母猪的脊背倒挺光滑，手感倒还挺好，整得她面色涨红，不敢轻举妄动。手上却更慌乱了，一不留神带子便在手中打成了死结。越想解反而越紧，她有些恼怒。

宁成明却因被碰到了伤口，低头吃痛地闷哼一声。

"啊，对不起。"李浅慌乱地抬头道歉，却方才觉察，宁成明正低着头，此刻二人挨得极近，显得格外亲密。

宁成明看着李浅，轻声道："没关系。"

长长的睫毛遮挡了眸中的星星点点。她一时恍惚，以前怎么从没觉得老狐狸帅过？五官这么好看，还是个真人吗？！面上烧起来，李浅心一横，掏出口袋里的指甲剪，有些气急败坏地剪掉了死结。宁成明低头看着近在咫尺、羞得面红耳赤的李浅，眼中隐隐带笑。

待衣服脱下后，宁成明光着上身坐在李浅面前。

"穿衣服吧。"李浅不敢与其对视，只板着羞红的脸的拎起衬衫。宁成明乖巧地伸出一只手。

李浅给他套上衣服，看着眼前的扣子和胸肌，李浅忍不住低声叹息：我为什么要买带扣子的衣服给自己出难题？就我这职场小机灵鬼，恒星的万能董秘，顾柘的救世主女超人，怎么最近总干给自己挖坑的事儿？

哆哆嗦嗦，好不容易扣了四个之后，宁成明忍不住开口："你好像扣错了。"

"啊？"李浅定睛一看，衣服没对齐，扣子挪位了，这等奇耻大辱，说给余青青听，大概能让对方笑到打嗝不止，只能去急诊救命。"不好意思，我重新弄。"

见她尴尬慌张，宁成明却忽然笑了。伸出手，轻轻挑起李浅的下巴。带着一分迟疑，两分温暖，以及七分懵懂，轻声吐露道："我记不清了。可是你好像……真的很喜欢我。"

李浅在让自己五迷三道的荷尔蒙里怔愣了一秒，心想：得了，宁老师这是入戏了啊？她原本还自诩当初憋出"未婚妻"人设复仇、签单两不误，实乃机智过人、灵机一动呢！此时方觉狗屁不通、猪油蒙心。这种"狭路重逢"的戏码，自己还没勇够，就已经开始怂了。

第二章

　　顾柘在机场给李浅发短信，编辑了几条都不甚满意。不是显得像在邀功，就是有些仗着老板的姿态在刺探对方何时回来。不好不好。最终只得老老实实地陈述自己已经签完合约，准备回国。信息发过去了，却是久久等不到回复。他尚不知落地之后，国内还有比"李浅不搭理他了"更麻烦的事在等他。

　　另一边，李浅带着宁成明进了提前和酒店沟通调换好的房间。

　　宁成明习惯地换上摆在合适位置的室内拖鞋，并将换下的鞋放好。李浅见状，机灵得有样学样。

　　宁成明顺手倒了一杯柠檬水，李浅正打算继续学，想不到对方却将柠檬水递给了自己。

　　二人端着杯子转头一看，双双被眼前震慑。

　　房中布置宛如婚房。阳台的小茶几旁，放好了两张单人椅，茶几上，也放好了双数的点心。床上还用毛巾叠好了曲颈相对的心型天鹅，四周铺满玫瑰花瓣。

　　一切成双成对，红红粉粉，氛围尴尬且令人窒息。

　　飞机的班次订在顾柘起飞后，他们还有不到三小时。李浅继续给自己洗脑，打算等会儿去找齐伟住的房间，先和没失忆的明白人沟通清楚，这样落地国内后再交接，也算是对宁成明安全有了个交代。

谁知这么点时间，宁成明也还是能给她整出岔子："李浅，你能不能，和我说些咱们以前的事儿？"

嗯？什么什么以前的事儿？是我费尽心机在打工之后好容易攒起来的论文被你零分处刑，还是我没脸没皮求你给个补考机会被你断然拒绝搞得全系人尽皆知那种？

李浅信口开河："你以前特别认死理，特固执，但只要惹了我生气，就会陪我去游乐场玩。"

呵呵，是我惹了你生气，就会被你零分处罚玩耍。

"那，我们有没有什么合影？"

快拉倒吧，毕业时班里拉你合影，你怎么怼班长来着？算了这不重要，重要的是你现在需要一个合理的借口。

李浅露出泫然欲泣的神色："我也想和你多些合影。可是，每回我提，你都会拒绝我，你说你不喜欢拍照。"

宁成明愕然："我、我原来是这样的人？"

李浅点头，赶紧追加一棒槌："你总是特别忙，又永远工作优先，和你看个电影，我都觉得像在过年。"

宁成明不知为何，顿时失了底气："对不起。"

"没关系，虽然想起这些事情会让我痛心，但如果能帮到你，我都愿意。"李浅见好就收。但宁成明还没放弃："那我们，究竟是怎么在一起的？"

行，看来你是想要听故事。那我也不介意再多给你点心灵上的锤击。毕竟老娘那三百部韩剧，也不能是白看的。

李浅清清嗓子，开始了持续性杜撰。

先是掰扯改编了《太阳的后裔》的经典桥段，又嫁接了《回家的诱惑》。不消片刻便将过往的宁成明打造成了一个没什么礼貌、自大狂妄，且对感情极其敷衍，极度自私自利堪比渣男，形似"绿茶BOY"的存在。

宁成明听罢，懵圈中带着些自责："对不起，我居然还说过这么过分的话。那我们又为什么来泰国？"

李浅谎话说顺了嘴，张嘴就来："本来趁你休假，高高兴兴来泰国度假，结果中途你又因为我没买对你想要的牛奶品牌跟我发脾气，我实在委屈，就抱怨了几句，谁知你摔门就走……然后……"

说着说着，戏到深处，她逐渐哽咽，硬是挤出了几滴眼泪："然后我追出去……就看到你被车撞了……对不起，都是我不好，不该惹你生气的。"

宁成明越发过意不去："对不起，这不是你的错，真的是我不对，是我之前太过分了。"

李浅含泪摇头："不怪你，这都是我自己的错，谁叫我比你爱我，要更爱你一些呢？无论如何，只要你现在还在我身边就好。"

——这是得亏没人在旁边，若是余青青或是顾柘，随便什么对她了如指掌的人从旁观摩，怕不是要扼腕，李浅你个神经病，怎么就没去考个戏剧学院，当真浪费演技。

宁成明拿起纸巾拭去李浅的泪水，然后伸手握住她的手："那你能不能告诉我，你为什么这么爱我？"

哎？李浅一时语塞，只能哭得更大声。本还得意的小心思，忽而翻车。妈，您要是在天有灵就帮帮我，这句台词我是真的忘了想啊！

也许是任玥不正经的基因真的回应了她不着调的祈祷，竟让李浅再次脱口而出："情不知所起，一往而深。我根本就不知道自己是什么时候对你动的心。"

她不知廉耻地眨眨眼，甚好，能想到这样什么都说了但又仿佛什么都没说的答案，不愧是我！

宁成明看着李浅，有些手足无措，迟疑了一会，抚了抚李浅的背。看李浅慢慢平静之后，又面带愧疚地问道："那我有没有告诉过你，我为什么爱你？"

哎哟，这我倒是可以给你七国语言一起编段子都不带重样的给你缓缓道来！

当初写论文，宁成明你不是当着全班的面嫌弃我耍小聪明，说我为了偷懒，没正经用索罗经济模型阐述而直接写了结果，然后大义凛然地给了我零分吗？

李浅眨眨眼，努力做出深情的姿态，看着宁成明："你，喜欢我的机、敏、聪、慧！"

还有那时，她成天打工，为了不让他因为缺勤而扣学分，常常赶时间直接从宿舍穿着拖鞋去教室，结果被他发现还当众好一顿指桑骂槐，意指她不修边幅。

李浅甩甩头："你，欣赏我的，不、拘、小、节！"

宁成明听完若有所思，好一阵没开口。

李浅不禁有些紧张："你是想起什么了？"

"具体的记不清了，不过，倒真有些模糊的画面，像是我在找你谈话。"

李浅暗中松了口气，故作娇羞："没错，你那时总想故意接近我！"

宁成明郑重点了点头："这么说来，应该是我……先追的你？"

"是、是啊。虽然你那时在学校也很受欢迎，收到许多礼物。但你都当着我的面扔掉了！"

老天爷和老妈，谁来都行，赶紧救救她。李浅觉得自己快憋笑而亡了。

　　另一边，余青青得知顾柘已经上了飞机，她这个做法务总监的，倒也并不关心，她只留意李浅什么时候回来。前台金一却表示，浅姐这次没让她订票，说自己晚点有些为顾总收尾的工作，完成了就自己订票回来。

　　余青青在办公室里边埋怨顾柘个混球，总让李浅操心，边在日历上美滋滋地写下"李浅回国，面膜收货"，心里充满了快乐与期待。

　　门外有人敲门，余青青端起桌上的咖啡杯："进来。"

　　财务总监走进来："余总，你找我？"

　　"我刚收到你邮件……这无缘无故的，怎么突然有审计要来我们公司？"

　　财务总监被问懵了："顾总没和您说？"

　　余青青摇摇头："不是，还没到半年核算，审计来做什么？"

　　话说到这份上，财务总监已经意识到自己给顾柘捅了娄子，有些话恐怕已不方便继续说了。

　　反倒是余青青见怪不怪："说吧，不说我怎么配合工作？对了，是哪家派的审计？"

　　"厉融。"

　　余青青重重地将咖啡杯顿在桌上，这下啥都清楚了。厉融资本的审计要进恒星，这不是摆明了是来做尽调吗？

　　可以啊顾柘，您真是出息了呢！

　　余青青面色黑下来，对财务总监道："行，我知道了，谢谢你。"

　　等财务总监出了门，余青青难掩内心恶气，站起来拍了桌子。尽调完之后就是收购。顾柘啊顾柘，谁借你的狗胆，居然敢背着我和李浅想卖公司？其心可诛！

她抄起手机想给李浅打电话，又忍住了。还是等收拾完了该收拾的人，再和李浅说好了。

余青青寻思片刻，摸出手机给老同学欣怡打了电话，约对方出来见面。

酒店内，李浅在宁成明的要求下继续给他唠子虚乌有的那些二人过往的故事。一度得意忘形，越说越亢奋，已经站着开始手舞足蹈的表演了起来。

李浅转了个圈："有一回，咱俩出门约会，我穿了一条巨好看的裙子。你还记得吗？"

宁成明摇摇头。

这种信口胡诌的事儿，你能记起来才有鬼啊。李浅佯作遗憾，继续往下编。

"我还记得的你当时看到我穿那条裙子的样子，目光就没从我身上挪开！那天刚下过雨，有个地方有积水，我当时提着裙子想一步跨过去。"她做了个虚空抓裙子的动作。仿佛彼时彼刻，确有其事，"结果踩到马路沿上的时候，脚一滑，你一个箭步就冲过来抱住了我。"

李浅连说带比画，演得分外投入，结果跨步的时候没站稳，向着床边倒去。

千钧一发之间，宁成明却出乎意料且十分完美地复制出了李浅口中所说的一幕。他一个箭步上前，右手揽住李浅的后背，一个转身，双双摔在床上，宁成明在下，李浅在上。

李浅的手被压在宁成明身下抽不出来，只能尽力地抬起自己的上半身。

此时宁成明的脸，近在咫尺。他的鼻息掠过她的脸颊，李浅屏住呼吸，不敢轻举妄动。

宁成明则瞪大无辜且迷人的眼，认真追问道："是这样吗？"

内心坦诚如李浅，只觉得以前怎么没发现过，老狐狸为什么这么帅？当初只觉得他凶神恶煞分外讨厌，从来没观察过他眼睫毛这么长是成精了？不对不对，李浅稳住，你俩的剧本里你可不是这么设计的。这不是个复仇剧吗？你可千万别整成偶像剧！

她压根不记得自己是怎么晕乎乎从宁成明身上落荒而逃的，只胡乱找了个借口出了房间，恨不能直奔泳池跳下去清醒清醒。好容易躲在酒店天台吹了半天风才醒过神来，决定还是提前去和齐伟打个铺垫。

可齐伟的日子，也是分外不好过。

从他和宁成明失联的那一刻开始，这心里七上八下的水桶，就没消停过。他一直按照出差前宁成明给自己的提示"小锦囊"行动。

没错，精明如宁成明竟然在落地泰国前给齐伟发了三封标号123的"小锦囊"并提醒对方，如果在泰国期间发生了意外，就打开第一个信封。

齐伟当初还觉得蹊跷，宁总虽然为人冷血刻薄，但这出既不像火烧新野，又不是白帝城托孤，咋还整了仨"锦囊"出来，他葫芦里到底是想卖哪样啊？可他齐伟是谁？是拿人工资替人解忧的好员工，是公司和宁总的好狗腿。宁总让办啥照做就是。

第一封信里写的是：如若发现我失踪，不必报警，从酒店附近5KM 内的医院开始找。

齐伟依计行事。不但一无所获，甚至还遇见了个神经病。对方戴着鸭舌帽，会几句中文，他不过是拿着宁总的照片朝他打听了几句，就被打了个半死。齐伟戚戚然，他八字真的也太背了，人没找到，倒落了一身包。

不得已，他缩缩瑟瑟的在酒店打开了第二封，里面写的是：如果没找到我，就假装同我发生争执，被骂回国。

等等，这什么意思？宁总这是不让我找他了？

齐伟订完机票仍有一肚子的疑问，想找人商量，更想找宁总问个清楚。他一眼瞥见了三号信封，忍不住也拆开了。

里面竟还有个小信封，上书：回国 3 天后拆开。

齐伟满头问号，宁总这么神的吗？他连自己忍不住会看也知道？本着不信邪的心理，他一鼓作气打开了这个小信封，谁知更绝望了。

信封上又是一行字：知道你一定会忍不住提前看，所以我设置了定时发送，72 个小时后会自动发送到你邮箱。

齐伟又气又无奈，百爪挠心，无处发泄，只得丢了信封使劲捶床，却又牵动伤口疼得直咧嘴，忍不住又呜呜咽咽得哭起来。委屈，简直太委屈了。这工作干的，要不是工资业内最高，自己早就揭竿而起了。

齐伟不知，此时此刻酒店内正有两个人正从不同方位朝着他的房间移动。一是想对他如实交代，全盘托出的李浅。另一位正是他在医院碰见的男子——马昊雇佣的杀手。

＊　　　＊　　　＊

C 市咖啡馆里，欣怡正坐在角落里，文艺范儿十足的各种自拍、摆拍。

忽然有人从后面直接抄走了欣怡的手机。

"哎哎哎！干什……"欣怡横眉冷对一抬首，见来人是余青青，便霜化春归，"来了？说吧，今儿找我这么急，到底什么事？"

余青青将手机屏幕关了还给欣怡："之前太忙，一直也没问你。什么时候进的厉融？"

此言一出，欣怡基本上对余青青今天为何突然召唤自己，心里有了底："有一年半差不多。怎么了？"

"听说李敬凡想投恒星？"

看来不出所料，欣怡微微一笑："我听业务三部的同事说，已经在准备尽调了。这事儿你不知道？"

余青青将欧式大双眼皮一翻："要不是审计快进场了，我可能还被顾柘蒙在鼓里。"

"所以……李浅也不知道咯？"

余青青无奈地点了点头，欣怡见状，顿时了然。

大学时，欣怡、小君、李浅三人是同宿舍的室友，余青青和他们不同系，是因为李浅的关系好，经常来宿舍找她才与欣怡、小君熟络起来。毕业后几人也时长联系，偶尔约着出去散心逛街。

服务员端上来咖啡和点心，欣怡将东西往余青青那里推了推，等人走了，才道："我们评估中心觉得，恒星够优秀，厉融也有实力，合作其实是好事一桩。要我说，可能也不用太担心。到底是父女，有什么解不开的？你也劝劝李浅。咱们几个毕业到现在了，就她还兢兢业业地给人做秘书，也该为自己想想。"

余青青忍不住看向窗外，在欣怡和小君他们眼里，大概都觉得，有李敬凡这么个爹挺好的。多金、帅气，还是个商界大佬，不论是不是什么所谓的私生女，只要对方肯认，能让自己少奋斗二三十年，何乐不为？

欣怡仍在对面喋喋不休，"厉融是业内投资失败案例最少的公司。我觉得，可能这事儿没你想得那么复杂，他兴许就是单纯对恒星的业务感兴趣……"

窗外天还亮着，却让余青青想起了那个晚上。

彼时她和李浅已经大四，她即将实习，而任姨刚离开没多久。她们像往常一样，来到学校北门斜对面红色雨棚搭出来的路边摊坐下。倒春寒的天气让余青青还是有点冷得哆嗦，她冲里面招呼道，"老板娘，两碗瘦肉汤。"

"好嘞，马上！"

李浅别过头去看路上的行人和车，神色淡淡的，有些低落。

余青青知道今天李敬凡来学校堵她，搞得人尽皆知，李浅不是很开心，于是故意逗她："哎，宁成明又给你不及格了？"

李浅不为所动地摇摇头，却突然道："好奇怪啊。"

"什么？"

此时瘦肉汤上来，李浅看着面前的汤，浮起一丝微笑。

余青青分了只汤匙递给她："赶紧趁热吃吧。你不是最喜欢吃这个吗？"

李浅用汤匙搅着碗内："小时候每逢考试，我都很害怕。我妈就会带我来吃瘦肉汤。她说，人生很长，总有许多形式不一的考验，每跨过一次，不论结果如何，人都会成长。她想让我明白，'害怕'是阻挡不了时间的。"

余青青心下一沉，但仍故作轻松："任姨这么哲学？"

"我就什么也不想，呼噜噜地喝下一碗，然后告诉她，我害怕，是因为不论结果的成长，我不想要。"

言罢，李浅呼噜噜地喝了一口："真奇怪，她现在不在了，我反而觉得，这世上许多事，没什么好怕的。"

真奇怪，她不在了，这世上许多事，再也没什么好怕的了。

余青青从没见过李浅这么低落，心里正不是滋味，绞尽脑汁想能说点什么让气氛别就此凝固。

一旁的桌上两名男生的对话就在此时传了过来。

"哎，我听说今天来学校的那人叫李敬凡，特别有钱。"

"那家伙做投资的，是厉融资本的董事长。好像他女儿在咱们学校。"

"女儿？我只听说他有俩儿子，没听说有女儿啊……该不是私生女吧？"

"应该是。姓李的好像从大学时期，就在外面有不少花边新闻。可真好啊，我要是个富二代，哈哈哈哈哈，我也……"

余青青听不下去了，当即起身，将一碗瘦肉汤浇到其中一男生身上："不会说人话，就得勤漱口知道吗？！"

对方暴跳如雷："你干什么？！找死是不是？"

"我还想问你呢，倒抢起我台词了。"余青青将碗拍在桌上，"哪个系的？问你话呢！"

余青青正全力发飙，此时另一名男生看清她之后，顿时露出胆怯的神色，拉住了同伴，低声说了句，她就是咱们法学院的余青青学姐……

原本还在暴躁的男生瞬间安静如鸡，面上亦浮起一丝胆怯。

"就那个……大二就过了司法考试的非人类女妖精？"

"走走走！"

见二人落荒而逃，李浅留下钱，也拉着余青青走出摊子，去往热闹的街市。

李浅好笑地戳了戳余青青气鼓鼓的脸颊："其实我无所谓的。"

"你是能听，我可受不了。"

"哎哎哎，余老师，您这也太双标了吧，就许你平时数落我，言论自由你懂不懂？"

余青青没吭声，李浅别过头，见她低着头，也有些闷闷不乐的样子。

行吧，风水轮流转，轮到她来调动气氛了："哎，你是不是喜欢TK？下个月你生日，我请我二哥帮你去要了张签名照。"

余青青两眼一亮，正要欢呼，忽然疑惑："太好了！等等……你什么时候认了个哥哥？"

"是同父异母的二哥李琛。"

李浅见余青青忽然之间神色凛然，不禁莞尔："我偶尔会见见他。他不太喜欢听那个人的，所以自己出来做了家影视公司，好像见过不少你的爱豆，回头介绍你认识。"

余青青鸡血点头，又犹豫着问道："你……就真打算一辈子不见他？"

二人来到路口，李浅摇摇头，看向前方的红灯："我总觉得，我妈还在。我们一直在没有他的时空里吵闹地生活着。但他一出现便总会提醒我，这只是我自己的梦……我不想见他。"

"可任姨希望你去他那儿，也是因为担心你……"

"没必要。我已经成年，有没有父亲这件事，早就没意义了。"

李浅看着余青青："幼稚不？"

余青青摇头，上前忽然挽住李浅，笑了。拉着她趁着灯变绿，一路朝前跑去："刚那瘦肉汤，我还没吃饱呐。陪我再吃个二轮呗！"

……

欣怡放下咖啡杯。

余青青回过神："有没有什么办法，能让我绕开你们前台预约，见到李敬凡？"

"你该不会是想当面拒绝他的投资吧？"

"我想在李浅知道之前，就结束这件事。"

欣怡扶额，寻思半天："今晚是厉融的半年客户答谢晚宴，往常李敬凡和李隽都会出席，就在 AFK 大厦。我给了一家机构两张邀请，但他们今天刚和我说来不了了，要不你去？"

"成，那晚上联系。"余青青站起来穿上外套。

欣怡诧异："哎，你不陪我吃个饭，干吗去啊？"

"去抓人和我一块见李敬凡。"余青青回头冲对方招招手，边走边给金一发了条短信：金一，顾总的航班几点落地？

杀手来酒店不为别的，只因他在医院没法确认昨天自己是不是杀错了人。原因有很多，下手太快干完就跑，看似利索，实则因为内心慌得不行；突然想起来没拍确认照片，等到再回去发现人已经被推走了，自己逃着逃着还撞见个蠢娃娃特别耽误时间呀，诸如此类。然后今天雇主忽然追加需求要照片确认目标死亡……神经病啊，哪个职业杀手杀完人还给尸体拍照片？除杀人以外的一切附加需求都是要加钱的好吗？！

总而言之，潜入了酒店获得了宁成明助理房号，假扮成服务员的杀手，如今不是很高兴。

因此当齐伟打开门时，对方凶神恶煞的神色让他惊慌失措，困惑堆得是满头包。只一个劲儿地反思，自己上次不是在医院门口和对方已经解开了误会吗？为什么还要追到酒店来？莫非……齐伟不敢细想，异国他乡的，他只好先好言好语熟络地请杀手先等等自己，他房间太乱，收拾好了就请他进来慢慢沟通，但关了门他便拨了前台的电话，驱逐对方。

这思路没错，也的确顺利地在五分钟后让酒店的招待和保安成功发现杀手，逼得对方落荒而逃，心情变得更糟了。

只是齐伟并不知道，就在他"温和"地请杀手稍等的时候，这一幕刚好被来找他的李浅看到。她远远地瞧见齐伟同一名男子搭话，而那人……不就是医院里自己遇见过的杀手吗？！

李浅忙不迭躲入安全通道，内心震撼。宁成明的助理齐伟，和杀手认识？为什么？难道他俩是……雇佣关系？宁成明啊宁成明，你身边危机四伏你到底知不知道？她看看手表，时间不多了，她这就带这个麻烦精回国！

等杀手气喘吁吁地从安全通道逃到酒店后面的小巷里时，仍在忿忿不平。本来目标就只有宁成明，可自己还没展开威胁，就被那个小助理耍滑头给暴露了是怎么回事？奇耻大辱！他思索自己该如何伺机好好收拾对方，却接到了冤家好友黑客的电话。

黑客开门见山地揶揄他是不是还想进酒店。杀手极度不耐烦地打断对方，表示自己可没时间和他废话。

黑客只好善意地提醒他看看自己的账户。

杀手讶异的发现，自己已经收到了雇主的全款。这倒是有些奇怪了，他还没将照片发过去，怎么对方就打了尾款？

黑客得意洋洋地邀功，说自己用 AI 技术做好了照片和视频，已经给雇主发过去啦。为了弥补杀手做事不小心留下的漏洞，不过举手之劳要杀手别太感谢自己。杀手嗤之以鼻，反问对方这样不会被发现吗？

黑客老神在在，阴阳怪气的将问题又丢回给杀手，说这得取决于他啦，只要杀手肯将一部分酬金分给自己，他就将杀手的个人信息从全网删除，反之，雇主就会收到杀手的全套资料。

杀手张嘴就想问候黑客祖宗八代，但对方已挂了电话。他气得紧紧捏住了手机，几次想摔，都被脑中理智提醒这是最后一个安全手机而放弃。

——就没有做过这么憋屈的单子！

杀手气得冒泡，给自己点了根烟。好一会儿头顶隐隐飞过一架夜航班机，他方才消了气。算了，也是时候离开这个城市了。杀手丢掉烟蒂，转身隐入黑夜。

与此同时，马昊正在家里独自喝酒，心情似是好得不得了。门铃响起，来者正是曹玫。

"什么事情这么急？非得这个点儿让我来？"

马昊端了杯酒给对方："庆祝一下。"

"庆祝什么？"曹玫有些狐疑，但还是接过酒。

"宁成明永、远、都不能再破坏我们的事了。"

"什么意思？"

马昊掏出手机放到曹玫面前："想看看吗？不过，有点恶心。"

良久，曹玫从失神中恢复，别过头，抬手将酒泼向马昊："你是不是疯了？知不知道买凶杀人什么罪？！"

马昊拨了拨面上被酒淋湿的头发，冷笑一声："我疯了？是谁告诉我常规手段对他没用的？现在后悔了？心疼了？"

曹玫盯视马昊扭曲的脸，将酒放在吧台上："本来事成之后，宁成明就算出现也拿我们没办法。泰国和我国之间有引渡条例。致伤他人，和让人死，量刑是天地之别。你这样不但多此一举，还会连累我！"

"别担心。大律师，事儿是我干的，算不到你头上。"马昊摆弄着手上的戒指，"转售股权的事，近来有不错的消息，确认了我马上告诉你。到时候……我去买座岛怎么样？你有没有兴趣？"

"没兴趣。马昊，你还不明白吗？我告诉过你，别动宁成明，你今天所作所为，已经让自己没有回头路可走了。今天开始，我和你不在一条船上了。"

曹玫转身要走，马昊一把把她拉住，粗鲁地将她推到墙上，强吻上去，马昊钳制住她的双手，却禁不住对方奋力挣扎，嘴唇被咬了一口，他吃痛地松开了曹玫。

马昊狞笑地看着眼前妆容凌乱的曹玫："装什么，只能他碰你？"

"蠢货！"曹玫抬手一个耳光，推开马昊就走。

马昊站在原地，舔了舔嘴唇上的血痕，等听到门口传来一声重重的关门声，他突然拿起曹玫端过的酒杯，狠狠地砸在地上。

*　　　*　　　*

顾柘拎着提包走到地下停车场，手机震动，顾柘快速瞄了一眼，是金一发来的："顾总，小孙今天有事，我来接您，B2 入口处车位"。

顾柘险些没感动得涕泪满面，心想：哎呀，小一，关键时刻还是你靠得住！他拐了个弯，果然在入口处看到一辆黑色轿车，面上一喜，拉开了车门就往后座一瘫，故作虚弱："今天可累死我了，差点误机。

李浅根本就不心疼我这个老板！金一，全公司只有你对我好！"

"那是，可比我和李浅对你好多了。"

等等，这声儿不对啊……顾柘一阵哆嗦。

余青青调动后视镜，顾柘看见了一双带着凌厉杀气的眼睛正注视着自己。顿时被吓到语无伦次："不、不、不是金一来接我吗？"

余青青冷笑一声，拿出手机又发了一条微信。

顾柘手机震动，刷新微信，刚才金一说话的窗口居然头像名称都已变成了余青青。

顾柘愕然震惊之余，还有些出离愤怒："余青青！换头像、改昵称，骗人这种事你都做得出来？！"

"别吃惊了，骗你真是一分力都不用花，毫无成就感。"

意识到顾柘正靠近车门，意图偷偷打开。余青青从前面"咔哒"一声，锁住了车门。

顾柘努力稳住自己即将被吓哭的小情绪："那个，怎么能劳动您大驾来接我呢？我自己打车回去就行，要不我先送您……"

余青青不耐烦地打断："别贫，我是来接你的吗？"

"那您是……？"

"自己想！"

顾柘拿出了高考猜选择题的试探大法，"是我吐槽李浅不顾我这个老板身娇体弱为了省点公司运营费，将我连夜往回赶的事儿？"

"八竿子打不着。"

"那就是因为我中途跑去看了两天比赛？"

"这事儿有人和你算账。"

顾柘愁眉苦脸，实话说，他智商库基本猜到这儿就濒临枯竭了。李浅不在，谁能给他个提示啊！

前方传来导航的电子音：目的地已确定，AFK 大厦距您 5.4 公里……

顾柘思绪内难得电光火石一闪，惊呼道："厉融！今天厉融酒会在 AFK 大厦！哈哈哈哈，我是不是答对了！？"他刚兴奋得说完，忽然意识到什么，放在头顶摇摆的双手缓缓放下，取而代之的是油然而生的恐惧："你、你、你都知道了？"

"能绕开我聊框架协议，这会儿都要上门尽调了……我看金一知道得都比我早。"

顾柘在恋爱关系里从来没出过轨，鬼使神差地，他现在觉得自己有种比出轨还慌张的心虚感，总觉得这两类事没什么区别，重点就在于，死都不能承认。"嘻！这、我就……李叔叔的面子得给吧，就走个过场而已。"

"你的意思是，你并没有真的打算卖给厉融？"

顾柘一脸坚决："那必须的！这、就是个形式，我都没当真！余娘娘，啊不对，青青，我劝你也别当真啊！"

余青青闻言，不置可否，换上笑眯眯的面容，平稳发动汽车："好，既然如此。那就请您当面拒绝李敬凡先生的钱吧，顾总？"

"好嘞。哎？"这是要当面对质？顾柘一脸惊恐，下意识拍打着车窗，妄想逃脱，"不不不……救命啊！"

汽车驶离了车库。

厉融资本的大楼耸立在城市中心。

总经理办公室内正站了一排垂头丧气的员工。办公桌后，坐着不苟言笑的总经理李隽。他三十出头，衣着精致、面容冷峻，正低头看着一份报告，员工们大气也不敢出。

忽然，李隽冷笑一声，员工中有人抖了抖。

"三个季度前我就说了，把影视投资的钱都收回来。Q2的财报为什么还有两家公司在白烧我们的钱？"

众人噤若寒蝉，无人回应。

李隽将报告摔到前面，冲所有人吼道："都哑巴了？说话啊！"

一名女员工看看其他人，无奈道："隽总，那两家公司都是琛董占了股份的。"

不提这茬还好，一听见李琛的名字，李隽的火气就从脚底板蹿上来了，他冷哼一声，正要开喷，忽然有人敲门。

被人强行打断，李隽一脸不快："谁？"

李琛开门，探身走入办公室。见眼下这阵仗也猜了个八九不离十，他抿嘴冲职员们一笑。

行，烧钱败家子正主来了。众人见状，俱是各自暗松一口气，心照不宣，赶紧退出办公室，关上门。

房内只剩李隽和李琛。李琛理着寸头，穿着休闲装，和李隽气质完全不同。他神态自若得一屁股坐在沙发上："大哥，叫我来什么事儿？我这拍戏每天忙着呢……"

李隽清清嗓子，将姿态勉强调整到"尽可能"和蔼可亲的兄长模式："爸问李浅知不知道厉融投资恒星的事。"

李琛叹气："问我干吗啊？李浅不搭理你们，难不成就会理我吗？"

自从任玥去世，李浅晴天霹雳知道自己还有个亲爹，而李敬凡因为激动过度直接找到学校之后，李浅就处处回避，摆明了不接受。

对此，李琛是理解的。试想谁和母亲相依为命二十年后突然知道自己有一堆莫名其妙的亲戚能坦然接受？对这个妹妹，李家上下三个男人，李敬凡、李隽、李琛，都有自己不同的态度。

李敬凡碰了壁，这两三年也算明白李浅的意思了。李隽向来以兄长心态自勉，对妹妹倒不排斥，只是也不愿过度激化她和李家的关系，多半也就尊重她的意思。唯有李琛，绕开了李敬凡和李隽，剑走偏锋地接触过李浅。这点父亲和哥哥也都是心知肚明。有人和李浅保持联系，总比没有好。

只不过，出于对李浅的保护，李琛从来不和父兄多聊李浅的事。好端端的，父亲不告诉李浅就突然对恒星夸克出手，这不是挑事儿吗？

今天李琛这态度，摆明了就是不想掺和。李隽脸冷了下来，"哥给你脸了是不是？"

"她不是说了，别插手她的生活吗？人已经成年了。我说你俩这样累不累啊？"

"跟我在这儿横什么呢？你怎么不去和爸说啊？"

李琛撸撸头发，有点儿烦躁："要我和爸讲几次啊？从来都是她有事儿找我。大哥……我觉得，既然缺席了这么多年，那咱就做个在她需要的时候才出现的亲人，也挺好。真的。"

李隽看着他不说话。李琛算是明白了，不是李隽没劝，而是李敬凡不听。一时间也没了主意。"听顾澜说，爸这次是借了顾柘的手。你也帮忙劝劝，照李浅的性子真要晓得，可能就干脆辞职，玩消失了。到时候爸后悔也没用。"

刚说完，李琛手机震动，收到了一条短信：二哥，我今天回国，有空咱们通个电话。他不动神色地起身："我说哥，你要没别的事儿，我就先走了。"

"等等。爸说今天晚上的半年客户答谢宴，你必须得在。"

李琛惯常推脱："我这还有事儿呢。"

"爸说，你要是不来，就撤了你那电视剧的投资。反正也没什么盈利……"

李琛在心里唾了一嘴，这都什么父子亲情啊？！这家人还有点亲情吗？不是投资人和影视公司之间残酷的交易，就是赤裸裸的金钱利益关系啊，别说李浅了，他都不乐意在家待着，哼，一股子铜臭味！啊呸呸呸！

他努力堆出个兄友弟恭的微笑："行，没问题。跟爸说，今晚上一定见着我！"

李琛刚从停车场电梯里出来，李浅的电话就打了进来，他果断接起，一边走到自己车旁上车。

"喂？是我。你不是今儿回国吗，怎么了？"

"嗯，你说。"李琛摸了车里的便签本和笔，记录了起来，"嗯、嗯……毛巾、被褥、衣服……好嘞，没问题……嗯……"

嗯？！要男、男士的？！还要和男人的合影？

李琛忽然笑了起来，转了转眼珠子。忍不住揶揄："李浅，你说你交男朋友，怎么还搞一条龙服务？话说回来，私人物品这么多，我上哪儿弄去？不是男朋友？行，唔、唔。宁静的宁，成功的成，光明的明……"

李琛在小本写上，"宁成明"三个字。

"成，都听明白了。哎呀，放心吧，哥是专业的。肯定跟真的一样！不说！谁也不说，你又不是不知道，我见着爸跑得比你还快！哈哈哈哈！行，回来见！"

李琛挂了电话，面容霎时收敛。他拍了拍方向盘，一脸为难。哎呀！李浅啊，我的好妹妹，给你哥出这么大难题，总共就一宿，我上哪儿给你置个天衣无缝的景去……

李琛看了看手表，又拨了个电话。交代手下人查个曾在 C 城大学教经济学的，叫"宁成明"的男人，还叮嘱人将自己公司里的剧组美术指导、戏用道具组长全套人马都叫上，要他们半小时后在他妹李浅家门口见。

李琛挂了电话，拉下车上的挂坠，里面有两张照片，前面是李敬凡、李隽，后面是李琛、李浅的合影。

李琛看着，叹了口气，面色凝重。踅摸李浅这到底是上哪儿绑了个良家妇男回来……啧啧啧，后面的日子怕是不好过，自己还是得有替她兜着的觉悟。

国际机场，李浅已和宁成明办完值机，过了海关，正在商店里晃悠。

李浅刚借着去洗手间的时机，和李琛通完电话。她深知自己这通电话打完，就是做好了得和失忆的宁成明打长久战的准备了。想着从最初的《三天两夜复仇一时爽》，神不知鬼不觉就成了《失忆假男友难伺候》，李浅内心苦涩，难道自己眼下就毫无翻盘希望了吗？

等等！倒也不是没有。

李浅想起她花钱从警司那里买来的 U 盘，只要有了那么是不是落地之后她就能直接报警把宁成明这个烫手山芋丢给警察叔叔处理了？

好主意！

可李浅翻遍所有包也没找到 U 盘，思来想去也没有放行李箱里……这救命玩意怕不是丢在酒店忘了带吧？！这下可好，没法回国直接报警。而在确认他安全之前，还是需要保证不能穿帮，免得节外生枝……到底怎么办才好？

见李浅愣在柜台边很久，宁成明有些疑惑。"你怎么了？"

李浅被打断，赶紧打开了手机里的一份 Excel，比对着货架，一脸愁苦："哦，没什么，我帮人代购呢！这个是……蜂胶提取精华凝露……哎呀，不管了，买回去要是她敢不收，就跟她算总账！"

李浅比对着 Excel 在免税店内一通暴走。决定先不考虑别的，完成余青青交代的任务再说，否则她回去之后绝对吃不了兜着走。

而宁成明在店门口一脸懵圈地围观，李浅时不时将结完账的袋子丢给宁成明拎着，带着对方去下一家免税店，再疯狂对着 Excel 扫货，再结账丢给宁成明。

如此循环，将机场免税店雨露均沾。

直至大采购结束，李浅已是面皮泛绿，颇为不喜。每人各自手中均是大包小包，李浅看看宁成明，顿时有些不好意思："对不起啊，这都是我朋友要我帮忙代购的。"

"没关系。"

"哎，差不多了，咱们去登机口吧……好像在下面。"李浅看了眼时间，拉着他走向电梯。谁料她一转头，却从宁成明身后的玻璃上看到了正走来的齐伟。

齐伟脸上亦贴着纱布，面色也不太好。

这货怎么也在？难不成是同一班飞机？那可不能让他发现宁成明还活着！李浅双手大包小包，赶紧背过身，企图用身体尽力地挡住宁成明的脸。她一边通过后方的玻璃观察着齐伟的动向，一边踮起脚，仰起头，努力向宁成明凑去。

齐伟似乎也在寻找登机口，眼看着就要走过来。

这厢李浅身陷危机，又不能对宁成明直说。在对方看来倒是有些举止古怪，颇为不解。又不知是该怎样配合，开始有些手足无措。宁成明将头别到左边，李浅便也赶忙顺着他头的摆动，左右摇晃身体，还想着挡住宁成明。

这下宁成明更加迷惑了。

莫非，这又是什么因为自己失忆，而不明所以的未婚夫妻之间的保留节目？宁成明一抬头，越过李浅，瞧见不远处有一对异国情侣正拥抱在一起，身高差与他和李浅类似。情侣中的女生此时垫脚仰头，而男生则深情的拥吻了她。

宁成明看看情侣，又看了看眼前李浅的姿势，瞬间恍然大悟！

此时电梯正好来了，发出了"叮咚"一声，而周围原本在等电梯的人逐渐散去进入电梯。

眼看着齐伟步步逼近。李浅心急如焚，脑内宕机，不知接下来该如何是好。谁知宁成明丢下自己手上的大包小包，将脖子上的也取下。紧接着他单手揽住李浅的腰，然后低头印上了李浅的嘴唇。

李浅对此猝不及防，双目圆瞪。

身后，齐伟踩着最后时机挤入电梯，电梯门缓缓关上。

可宁成明的吻还未结束，李浅一脸惊恐，嘴中发出呜呜的声音，气得一脚踩在了他脚上。

"啊——"宁成明痛得低呼，有些无辜地看着李浅，"你、你不是这个意思吗？"

李浅正要爆炸，突然意识到宁成明无辜地看向一旁接吻的情侣，又看看自己，一脸不解的神色，瞬间秒懂……这个、这家伙……哎，您想错了！哎哟喂！

李浅简直百口莫辩："不是！"

宁成明睁着困惑的双眼，眼见又不知道要从嘴里蹦出啥让人尴尬的话，李浅连忙推了宁成明一把，扼制对方："电梯来了，赶紧走！"

宁成明被推进电梯，扯动到左手手臂，嘴角不自觉抽动了一下。李浅注意到，无奈之下于心不忍："疼不疼，我这里有止疼药。"

然而宁成明正直地摇摇头："止疼药对肠胃不好。"

李浅别过头，拿眼白对着外面。行，不识抬举活该自己疼。可一转念，这老狐狸这怎么得了。打不得骂不过，急了还会撩人……真要坐他旁边几个小时那势必是要疯的。也不知李琛那里准备得如何了，这场戏如今已是摆明了她搬起石头砸自己的脚，不想配合，也只得配合下去了。

她心想，等会儿得找空乘给宁成明升个舱，离他远点儿才好。

第三章

AFK 大厦的宴会厅内，厉融资本的年度客户答谢宴上觥筹交错，宾客众多，正分群聚在一起谈笑风生。

余青青硬拉着顾柘大步踏入宴会厅，正好看见了远处的李隽。余青青正要抬脚，顾柘却纹丝不动，余青青瞪他一眼："你干吗？"

顾柘垂死挣扎："余总，怎么说也是恒星的总裁，这好歹要去见人，让我整理一下衣服不过分吧？"

余青青瞥了眼顾柘有些皱巴巴的领带，松了手。"快点，别磨叽！"

顾柘假意整理衣服，忽而抬头看向另一边，作势打招呼："李叔！"

余青青应声看去，却并没有发现李敬凡的影子。再回头，顾柘已不见了！她气得咬牙切齿："顾、柘！你躲得了初一，躲不了十五！"

顾柘弓着身子藏在人群里，躲避余青青，眼看着就要溜出宴会大厅，一个不察，被人一脚绊倒。他"哎哟"摔倒，怒目起身正要发火，眼前便怼了张语笑嫣然的脸。顾柘已经到了嘴边的"芬芳之词"又全给咽回去了。

眼前的女子不是别人，正是顾柘出生以来最大的敌人——他亲姐顾澜。

见到弟弟垮下去的脸，顾澜倒是一副心情好得很的模样："哎呀，让我看看是哪个小可爱摔倒了呀？"

"姐，你怎么在这儿？"

顾澜露出夸张的惊讶神色："听你这意思，我不能来吗？"

顾柘赶紧赔笑："姐，我有急事儿，您大人有大量，就把小弟我放了呗？"若是等会儿动静太大，不小心又被余青青抓住就不好了。当然这话他决不能和顾澜明说，不然只会横生枝节。

打从瞥见他出现开始，顾澜就觉出了顾柘这小子有猫腻。这会儿他显然是想尽快脱身，可她怎么能让他如意呢？顾澜哀哀戚戚："哼，李琛不陪我玩，你也不陪我玩。人家好难过啊……"

顾柘满头汗："姐，今天真的不行，我明天给您赔罪，您要啥我买啥，行不？"

眼见余青青已经发现了顾柘，正远远走来，顾柘咬咬牙，掰开顾澜拉着他的手臂就想走，却被顾澜转头提溜住了耳朵，

顾柘疼得眼泪都要出来了："哎哎哎，松手，松手，疼疼疼！"

"顾柘你本事大了啊！丢下我你准备走哪儿去？"

话音刚落，余青青就搭在了顾澜的手腕上，一使劲，解救了顾柘。

"他准备跟我走。有问题吗，小妹妹？"顾澜打量了一番半路杀出的余青青，面上皮笑肉不笑，"姐姐教育弟弟，有问题吗，阿姨？"

余青青恍然，看了眼顾柘。早就听说顾家二少有个姐姐，长得好看，脑子也够聪明，性子外柔内刚，如今执掌顾氏，管理上有些天赋。人嘛是哪儿哪儿都好，就一样例外——热衷捉弄弟弟，从小如是。姐弟俩相爱相杀已是业内"佳"话。

余青青撇撇嘴，冲着苦瓜脸的顾柘道："她就是顾澜？……这么看，你爹妈都挺辛苦的啊。"

顾澜闻言忍俊不禁，看向顾柘，"弟弟，你死心吧，她看不上你的。"

现在这叫什么？顾柘觉得自己就跟被丢进狮虎山的猴子一样，正被迫围观两只母老虎 battle。既然横竖都得死，他一脸厌世，有气无力地指了指前面，不远处李敬凡正和几个人交谈着。"都别说了。余青青，赶紧带我去见李敬凡。"

"那么，顾小姐，告辞。"余青青对顾澜打了个招呼，便拎着顾柘走向李敬凡。

李敬凡刚和人寒暄了一轮，瞧着来到面前的余青青顿觉眼熟："你是……李浅的同学？"

余青青没回答，只将顾柘推到前面。

顾柘抓耳挠腮，如坐针毡："呃……那个……李叔最近身体好吗？我爸说您好久没去家里喝茶了……"

余青青阴着脸，咬牙低斥："你到底说不说？"

顾柘一脸放弃："我真没法说！"

余青青冷笑："我再给你最后一次机会……"

"不是……我、这！"

听到这儿李敬凡心下已猜出了七八分："是为了尽调的事吧？"

话既然挑明了，也没必要再拐弯抹角，余青青冲李敬凡鞠了一躬。"李总，希望你在做这个决定的时候，能考虑一下她的感受。"

都是聪明人，他李敬凡也不是靠遗产继承才走到今天的位置。余青青已经将自己的态度撂下了，至于对方听不听，一时半会儿也急不来。她见李敬凡不言语，闻讯赶来的李隽只见着了二人的背影，见余青青的态度，有些计较："父亲，尽调的事？"

"继续。"

"是，明白。"

李敬凡环顾会场一周："李琛呢？"

"电话打不通，估计是堵在路上了。"

"和他说，今天要是不来，他以后的项目都不会有人投资了。"

李琛早把家里老爷子交代一定要出席的事儿忘到了脑后。接完李浅电话，他便轻车熟路地来到位于城北的一栋独门独院的李浅家，内里建筑面积不大，但有个可爱的小院，是任玥留给李浅的。

李琛从院子里的花坛底摸出一把钥匙，身后站在一群统一服装的工人。

他将钥匙丢给美术指导："基本情况都知道了吧？离天亮还有不到6个小时，时间紧、任务重。大家加油！"

美术指导看向道具组长，组长心领神会，面对众人鸡血亢奋，慷慨陈词："弟兄们，我再强调一遍，我们是做文艺的，不是搞装修的。要矜持造梦！为所有想在当下寻找美好的人们造场真实的梦！我们是他们进入精神世界的引路人，是每位追梦人的守护者！"

组员们热烈鼓掌，其中有几位更是眼泛泪花。李琛一脸复杂地看着组长。虽说他们做影视行业的最擅长忽悠人打鸡血，但这位美术组长的功底，显然登峰造极了。

组长双手下压，示意大家安静："刘指导整体把控风格调性，美术组会以最快的速度出陈设建议，道具、采购要迅速贯彻执行，务必保证和宁成明这个人物相符。"

组长一挥手："开工！"

众人随即齐声回应："梦想不止！"

置景团队热情高涨，展开工作。一行人进入李浅家，李琛就势坐在小沙发上四下环顾，李浅不和他明说，可凭李琛做了这么多偶像剧和言情剧的功底，已经脑补出了部分结论，小妹今天来电话要他在自己家里营造出一副和这个男人同居的假象，怎么嗅，都是股恋爱味道。李琛此时笃定，小妹这么单纯，保不齐是这姓宁的想骗妹妹，他拿起宁成明的资料翻阅，心下犯起嘀咕，这男狐狸精哪儿冒出来的？能骗的李浅五迷三道的？本事不小啊！

另一边，工人们迅速运作，依据宁成明的个人资料，有针对性地换上符合对方人设的个人用品，诸如"他是个经济学者，那么书是按照首字母排列还是按照颜色分""床单用那种款式符合他的生活习惯，是否合理"，等等等等，从照片、合影、书桌款式，以及书房物件的摆设等。完全按照成熟的影视制作流程，将"宁成明"这个人物正与"女友"同居的生活场景给完完整整地打造了出来。

有名工人在整理李浅书架时发现了一封信，内容像是"女友"写给宁成明的情书，洋洋洒洒，情真意切。他左右看看以为是同事做的道具，忍不住和组长夸赞。道具组长接过来一瞧，发现并不是自己做的。当下和其他组员一核对，推测这可能是"女友"本来就留在房子里的，众人一致决定，虽说不是自己做的，但绝对是个"推动剧情"的好道具，遂直接放在了给宁成明陈设床的枕头下。既然道具不违反设定，又符合大剧情框架，那何不给角色一个"惊喜"呢？

李琛看完资料抬头，只见房中置景工人忙碌不停，一名路过的工人掉了张照片。他捡起一看，照片上是推着自行车站在巷子口的李浅。

——这正是那晚，他们第一次见面时拍下的。

那段时间李敬凡每天都去学校等李浅，希望能和她开诚布公地聊聊。但李浅不想见对方，总是用各种方式回避，今天刚回到家附近的巷子口，便被窜出来的李琛拦住了。

还没等她寻思清楚这人是谁，对方就提醒她，前面有人在等她。李浅只瞥了眼影子就知道是李敬凡换了地方在堵自己，顿时没了回家的心思。

李琛见状，冲她扬扬头，示意跟他走。李浅犹豫了一会儿，跟上了李琛。

二人遛到了附近的小公园，李浅这才看清对方和自己年纪相仿，穿着休闲装，理着清爽的平头，倒不像个坏人。他丢下李浅，兀自爬上了游乐器材滑滑梯的顶端。

李浅遂将自行车停好在一旁，上前有些好奇地看着李琛："你怎么知道那些人在等我？"

"不喜欢李敬凡是不是？巧了，我也不喜欢。"

李浅一怔："你认识他？"

李琛笑笑："有时偶尔说几句话，十有八九是为了骂我。不过……他倒挺喜欢你。"

她坐到一旁石凳上，看着李琛。对李敬凡的状态，在任玥走后，她七弯八拐也听了一些，她开始在内心猜测，眼前的到底是李隽还是李琛。

"可我以前都没见过他，不知道该和他说什么。"

李琛看着李浅胳膊上带着的小白花："听说……你妈是个很好的人。她没和你说过李敬凡？"

李浅摇摇头，好半晌才出声："我妈以前说，我爸是蜘蛛侠、蝙蝠侠，再后来变成了某位国际巨星。"

李琛没忍住，"扑哧"一声，越笑越大声，李浅也跟着李琛笑了起来。

"想不到她还挺可爱的。"

"她呀，除了画画干什么都不行。小时候给我做饭，差点儿把厨房给烧了。我同学都觉得我能活这么大是个奇迹。"

李琛禁不住感慨："真好啊，有妈的孩子，是个宝呢。"

李浅看向李琛："你妈妈呢？"

"生我的时候，难产。我没见过她。十岁以前，我爸都懒得正眼看我。可能是觉得，要是不生我，我妈就不会死……李浅，我以后不高兴了，可以来找你聊天吗？"

李浅心里基本确定了，他是李琛。她低头看自己的手指。路灯打李浅头上，显得形单影只。

"你怎么知道我叫李浅？"

李琛从滑滑梯上滑下来。来到李浅面前，伸出手："我叫李琛，是你二哥。以后谁欺负你了，就和哥说。"

李浅抬头看李琛。这位同父异母的二哥给人的感觉，实在和李敬凡不一样，她没有觉得被冒犯，相反倒是觉得有些什么想倾诉。

李琛抖抖裤子上的沙子，立在李浅身前，用一种熟络的口吻道，"走吧。哥饿死了，带你去吃好吃的。"

她看着李琛伸来的手，迟疑了一下，握住了。

＊　　　＊　　　＊

余青青推测得不错，她话说得不多，却如同一块巨大的石头，投入了李敬凡内心的湖泊。

从客户答谢会上出来，他坐在车里忍不住摸出怀中的一张照片，是一名约莫二十八九岁，穿着小雏菊长裙的女子，正在一条河边写生，仿佛被人呼唤，转过脸来笑靥如花地看着镜头。

她正是任玥。

那时在法国本打算求婚的李敬凡被一件事耽搁，稍有迟疑，等回过神时，任玥已经不告而别。半年后李敬凡在国内再找到她，是在一所医院门口。

她穿着一身休闲的孕妇装，左手拎着一小袋药品，右手拿着B超的照片，正独自从医院里走出来，边走边看，小腹已有些微隆起，看着B超照片不禁自己笑出声。

李敬凡记得自己当时的愕然，任玥从未告诉自己怀孕的事。如果早知道，他根本不会让内心小小的犹豫给对方造成任何误会。他憋了一肚子的话想问，但临到嘴边，也只是请任玥跟自己回去，表明自己一定会娶她。

但任玥却拒绝了。

"我不想她过和我一样的生活。"她那时这样说着，离开的背影从容轻快，一次也没有回头。

往后的几年里李敬凡一直关注着任玥，成为单亲妈妈这件事，使得任玥被家族孤立了。除了住在母亲留下的房子里，她失去了所有的支持。他试过各种方式对她予以资助，但都被她邮寄退回。

最后一次退回的支票背面，还被小李浅拿着任玥的油画笔歪歪扭扭地画了一只蝴蝶。

这下李敬凡总算是有点儿明白了任玥的意思，他叮嘱家里人，别再去打扰她们母女的生活，一切保护都只能以不露面的形式。

此后，李浅就在搞不清楚自己爹到底是谁的背景下长大了。但因为任玥的乐观豁达、不走寻常路，她也并没有觉得自己的人生有所缺失。直到任玥罹患重病的某一天，李浅坐在任玥床侧，正专心致志地削一个苹果。

"妈，你听说过没？只要削苹果的时候皮不断，许的愿望就能实现。"李浅削掉最后一下，苹果皮一整条非常完整，"妈，你看！"

李浅抬头见任玥看着窗外，似是被什么吸引了："你看什么呢？"

任玥微笑："浅浅，你有个爸爸。"

李浅一怔，顿觉好笑："我当然有爸，我爸可多了。"

任玥自顾自道："我本来觉得，就咱们娘俩一直这样过下去，挺好。"

"是啊，多开心呀。"李浅不胜赞同。

任玥再次转向外面，冲着窗外努了努嘴："你爸在那儿。"

李浅伸脖子一看。

外面立着面巨幅广告牌，乃是厉融资本的周年庆宣传，上面是李敬凡西装革履的照片和签名。

她见怪不怪，将苹果喂到任玥嘴边："行，这个爸比蜘蛛侠、蝙蝠侠看着亲切点儿。"

任玥费力地咬了一口："前几天，我给你爸打了个电话，和他说……以后请他来照顾你。"

李浅按照母亲不着调的性格，压根没当回事，拿过一边的抽纸给任玥垫着，还抽了湿纸巾给她擦了擦嘴："哟，这么说，您终于肯告诉我，其实我是富二代，之前全是为了磨炼我？"

"妈这回，真没跟你开玩笑。"

李浅给逗乐了："好嘞，那我等着我爸开迈巴赫来接我，告诉我有十亿家产可以继承！哈哈哈哈！"

谁知数月后，李浅站在任玥墓前时才知道，母亲当时，的确没跟自己开玩笑。"妈，那人今儿来找我。迈巴赫是有了，可说好的蜘蛛侠、蝙蝠侠呢？"

墓园内，阴雨连绵。

头上的雨滴却变作花瓣飘落。

李浅惊诧，低头一看，道路却变作红毯。任玥不知何时又来到她身旁，将她向前一推："快去，妈等着呢。"

李浅内心诧异正想：等什么？一抬头，却是宁成明站在面前。吓了她一跳："宁、宁、宁老师你怎么在这儿？"

"李浅，你要清楚骗我的代价！"宁成明表情严肃，步步紧逼，突然向李浅伸手，掐住了她的脖颈！

——李浅吓得猛然惊醒，才发觉自己刚睡着了，脖子卡在了座椅和窗户的缝隙间。

飞机平稳地持续飞行，李浅继续闭上眼，但换了几个姿势，感觉都不舒服。

李浅赌气地睁开眼睛掏出手机，划开锁屏，主界面亮起的是她自己 P 的和宁成明的合影，李浅端详片刻："我妈要是见我带你回来，不知道该哭还是该笑。"

距离她前方的飞机头部舱位内，宁成明正闭目沉沉睡去，但快速颤动的眼皮显示他正陷入一场梦境。

梦里似乎是在医院的急救室外，一名医生从手术室出来，对着几位围观家属，摇了摇头。一名女子哭倒在地，几名家属连忙架住她。

人群外，有名五岁的小男孩正在发呆，脸上没有哭过的痕迹。只是好奇地看着面前那群人哭得声嘶力竭。

一名女护士蹲到他面前，安慰道："小朋友，别难过，你要坚强。"

"我不难过，我想吃汉堡。"男孩面无表情，用清晰稳定的声音回答。

清亮的声音让手术室门口霎时安静。

适才仍在哭泣的女子猛地冲到男孩面前，猛烈地摇晃着他的身体，声泪俱下。

"孽障！你爸妈为救你命都不要了！你、你怎么能说这种话？！"

众人见状上前将她拉开，但她还是铆足劲给了男孩一耳光。伴着号啕大哭，不能自已地对着急救室的方向呼唤着："姐——姐呀——"

众人投向男孩的目光也充满了不解与愕然、不忿。

但男孩依旧面色如常，低声自语："我真的饿了。"

场景在此时变换成了一间医生办公室。

男孩独自安静地在远处的沙发前玩着玩具。医生手拿报告，端详良久。对着面前仿佛监护人的一男一女道："这是种情绪认知障碍。这种病不是说没有情绪，只是他对情绪的判断和常人不一样，能引起正常人情绪变化的事，对他来说都难以理解。"

男子小心翼翼问道："那，还有的治吗？"

医生看向男孩，摇摇头："目前没有针对性的治疗方法，只能说需要一直训练孩子的基本沟通、情绪控制、压力处理，等等，但掌握了这些也不是说他就拥有了正常的情感，只不过是看上去与常人无异。"

客厅内，男子带着孩子一起看录像。在某一处暂停，男子指着电视中的人物特写。

"小明，你看他现在的表情，叫失望。"

叫小明的男孩点头："失望的意思是希望落了空，或者是因为希望未实现而不愉快。所以我要表现得有些遗憾，但又不能是愤怒。"

男子夸赞了小明，又要他试一试，自己表达一下失望的情绪。

小明努力叹口气，想做出一副失望神色，却显得僵硬而怪异。

男子有些怜爱地抚摸着小明的头："对，你做得不错。我们来看下一个情绪。"

他打开遥控，在电视上继续播放录像。

转眼小明似是长大了，他来到小学教室，原本喧闹的同学全都安静了下来，一起转头注视着他。

小明的课桌上被倒满了垃圾，他沉默地拿起垃圾袋，收拾桌子。

几名同班男生上前，开始嘲笑他。

"宁成明，你妈是不是也跟你一样有病啊？"

宁成明无动于衷："我母亲去世了。"

"因为她是神经病！"

宁成明思考了一下，露出了生气的样子看着男生甲："我现在很生气。"

男生甲大笑，上前推搡宁成明："生气？你还会生气？你倒是气给我看看啊。"

周围传来同学们的窃窃私语。

"宁成明真是神经病？"

"神不神经不知道，脑子感觉有问题。"

"脑子有问题年年考第一？"

"你看过《雨人》没？好多人有些方面特别天才，可还是个智障啊。"

渐渐地，宁成明升上了高中，他开始收到一些女生留下的粉红色情书。面对女孩子们的局促而害羞，那是种他不能理解的情绪。

"这是什么？"

"给、给你的……"

宁成明打开信封，合理推断："你喜欢我？"

直白的表达往往让女生们招架不住，更加羞红了脸，"我、我……"

怎么办？他在脑海中搜寻着姨父对自己的教导，有人向你表达了喜欢或者是赞赏，你该如何？该如何？

——高兴，我应当表现出高兴。

宁成明哈哈一笑，用仍一丝不苟的面容，冷冰冰地说道："我很高兴，但对不起，我不能完全理解你的喜欢，我建议你将精力放在更有意义的事上，而不是对我做无用功。"

女生们大多会诧异地看着宁成明，片刻后才想起来要哭。

于是后来有很多女生觉得，他长得帅、成绩好又如何，可惜……是个神经病！

后来，他自己也放弃了。管它什么和人交流，给予什么情绪反馈呢！既然给出去的表情、神态统统都不对，那不如就一视同仁，什么都不表达得好。

除了工作与必要接触，他还是不要和人有什么亲密的交往关系好了。甚至不只是交友。就连本来还有些兴趣的拳击练到后来，当教练和他说，情绪对于拳击手来说很重要时，他也果断地选择了放弃。

是的。如果拳击是需要情绪作为驱动的话，它就不适合宁成明，相比那些单人就能完成的运动会更好，比如跑步。

不交流、不接触，就不需要情绪表达。

那么未婚妻呢？

他真的有和人缔结这种亲密的、需要情绪供养的关系吗？潜意识里流出的问题，在大脑深层髓质不停翻找。

脑海中形成了一些断断续续的碎片，他正坐在办公室批改作业，门口传来了敲门声。

眼前的门打开，却是一片白光。

面前突然出现一个盒子。他打开盒子，里面蹦出一个手举"宁老师您辛苦啦"的牌子的小丑。耳边传来女孩的声音，"宁老师你怎么不笑呀，面瘫再帅也只能远观，你这样下去没女孩子会喜欢的！"

"有很多。"

"真的?！"

眼前景象慢慢模糊，宁成明觉得很是刺眼，他捂住眼睛，听见对方的笑声。

"宁老师，聊聊呗？初恋几岁啊？"

耳蜗中猝不及防得响起如潮的嗡鸣。

……

宁成明在机舱的轰鸣和震动中醒来，起身去洗手间洗了洗脸。这个掺杂着回忆的梦让原本空白一片的脑海似乎有了些依附。

他扶着门走出，忍不住走向经济舱，借着一点机舱内的光看向坐在那里正睡着的女孩。

……李浅。记忆里似乎的确有关于她的碎片。

她真的是自己的未婚妻？

＊　　　＊　　　＊

天色逐渐亮起，日光照耀在 C 市的大街小巷，市中心恒星夸克的地下停车场内，顾柘几番联络确认余青青不在之后，又一路偷摸推开自己办公室的门，又张望了一番，才小心翼翼地关上门。

他坐回自己的老板椅，刚舒一口气，表情却在脸上凝固。

只见余青青正坐在对面冷笑着看着他："躲谁呢？顾总。"

顾柘干笑："我、我没，在自己公司用得着躲谁。"

余青青起身把手机往顾柘面前一拍。

"哟，还知道是自己公司啊。你和厉融到底到哪一步了？是不是合同都签好了？"在余青青咄咄逼人的目光下，顾柘不知哪儿来的胆儿，干脆站了起来。

"对！说得没错，我就是签过字了！"

这倒让余青青有些莫名其妙了："你就这么想卖公司？"

"我不是为我自己。"

"那你为谁？"

顾柘张嘴欲说，又闭嘴坐了回去："也算是为自己。现在不说，到时候你就知道了。"

余青青被他气笑了。当初李浅答应了要来帮顾柘时，她就因十分不看好顾柘能力而大放厥词过，说遇着事儿顾柘绝对只想着自己跑路。你瞧瞧，这还没出什么事儿，好端端的，就已经背地里琢磨卖公司了。

顾柘见余青青面色，大抵心里也知道她在想什么，但无奈自己这会儿实在不能提前说，心里好不憋屈。

"这刚签了单子，公司前景算不上大好，也不至于要卖了跑路，你心里怎么想的，你是老板我管不着，也不用解释给我听。不过从你非要李浅给你做董秘到现在，她尽心尽力、兢兢业业……"

余青青拿过顾柘桌上的手机，放到他面前："你把公司卖给李敬凡，不能让李浅最后一个知道吧？"

李浅家外，一辆出租车刚刚停稳，宁成明好奇地打量窗外。李浅心里那叫一个七上八下，能在机场临时想到让二哥李琛帮忙，纯属是逼上梁山。她记得有一回去片场撞见李琛的美术团队在置景，能将剧本里莫须有的场景从无到有地实现，那想必做个假，让宁成明相信他们就是住在一起的未婚夫妻关系，理论上来说，应当是小菜一碟。

　　李浅下车后，做了个长长的深呼吸，等待司机搬运行李，她见宁成明正认真端详面前的小楼，故作轻松地试探："怎么样，熟悉吗？"

　　宁成明茫然地四下打量："有些模糊的记忆，不过感觉很久没来过了。"

　　李浅看着宁成明一本正经的思考，转过脸来，讪笑着打开了门。她伸手打开玄关灯，只扫了屋里一眼，心下就被震慑了。

　　原本唯有她和母亲居住充满了女性生活习惯和审美的小屋，真可谓焕然一新。各种男士生活用品看似不经意，却又仿佛有着生活轨迹地随意摆放着。

　　鞋柜里的男式皮鞋与女士靴子并排放置，衣帽架上男式围巾与女士软帽款式相配，两双室内拖鞋也整齐地摆在客厅入口。

　　李浅忍不住在内心给李琛的美术道具组竖起了一个大拇指，二哥你这些专家真的相当厉害啊，我以后再也不吐槽你做的都是小破剧了！

　　两人走入客厅，李浅先环顾一周，见没有破绽，便观察起了宁成明的反应。

　　"你看看，有没有觉得熟悉的东西？"

　　宁成明点点头，首先走向挂着几张两人合照的电视墙。端详片刻，宁成明指着其中一张李浅笑得特别开心的照片。

　　"这是在哪里拍的？"

李浅从后面探过脑袋。再次在心里给道具师们的修图 P 图水平点了个赞："哦，这是在夏石植物园，怎么啦？"

"我都忘了……要不，咱们下次再去吧。"

李浅心虚的打哈哈："好啊！如果对你恢复记忆有帮助的话。"

宁成明点点头，又转身走向茶几，看着上面放着一个木制小风车。李浅走上前拨动发条，小风车呼呼转起，底下磨坊门打开，露出里面的小石磨和两个小人。

"可爱吧，我妈以前给我做的。"

宁成明隐约感到此处自己似乎应该有些反馈："阿姨……"他顿住了，似乎觉得这个称呼有点生疏："伯母……"也不太合适，"令堂手真巧。"

李浅忍俊不禁："你就叫阿姨吧，她喜欢听上去年轻一点。"

宁成明又拿起桌上一对情侣杯，李浅见状，顺势问道："你挑的杯子，怎么样，想起什么没？"

他摇摇头："对了，我的房间在哪儿？"

李浅转身走上楼梯半截，朝下方的宁成明说道："在上面。"他跟了上去。

李浅打开原来属于母亲任玥的画室房门。阳光中沉淀的微尘里，她似乎还能看见任玥坐在油画布前，正在光里微笑地看着自己。

回过神来却发现一切都变了模样，李琛找人重新布置后的房间以灰色调为主，布置简洁清净。书柜上还放着各种经济学类的中英文著作。

宁成明环顾一圈，李浅看出他甚是满意。

"怎么样？"

宁成明并未觉出丝毫怪异："我记得就是这样。"

李浅心下不由好笑，你记得个鬼嘞。恐怕是二哥的美术指导们根据打听出来宁成明的性格和职业，做了相应的爱好推断和设计。

"我是不是后来不在学校教书了？"

李浅警觉："你想起什么了？"

"没有，只是总觉得这些现在看着，感觉离我有些距离了。"

李浅暗松一口气："嗯，是啊。两年前你说对教书没了兴趣，只想专心做经济学研究、出书，便从学校辞职出来了。这也是你的书房。"

宁成明驻足在书架上的相片前，指着一张自己和一位中年妇女的合影，女人表情严肃，穿着一袭旗袍。

"这位是？"

"这是你妈——"

李浅余光一扫，发现相片后放着一本与书架上其他书籍格格不入的《穿旗袍的姨妈》。"——妈的妹妹，你的姨母。"

"姨母？"

"对对对。"

宁成明简单扫视了一下几张照片，发现并无其他同年龄段女性的照片。

"我父母的照片是在……？"

李浅回想起自己刚下飞机时，接到李琛发来的微信中提到，宁成明五岁父母双亡，由姨父姨母收养，有表弟，曾在海外留学。

她小心拉起宁成明的手："那个，你别激动，听我说，你五岁的时候，父母就去世了。"

宁成明依旧面无表情："所以我一直和姨母生活？"

"对，你还有个表弟，在国外上过学。"

"我和他们关系怎么样？"

"嗯……好像挺久没见的了。"

宁成明点点头，表情平静，只是一直看着眼前的那张照片。

——他当然是已经想起了自己的情绪认知障碍和父母双亡，以及为姨父母收养，虽然细节还不清楚，但足以论证李浅在这部分并没有骗他。

李浅不知他内心想法，只觉气压低沉，忍不住拉了一下他的衣袖。

宁成明带着询问的神情望向她时，李浅神秘一笑："你也不用太难过了，我，我给你表演个节目吧。"话说着，她肚子里传出一阵咕噜声，随即一本正经道："我给你表演一个用肚子唱歌。"

谁知恰在此时，宁成明的肚子也传出一阵咕噜声。他用同样一本正经的态度回道："嗯，我学会了。"

短暂的尴尬后，李浅忍不住笑出了声："哎，既然饿了。我给你做饭吧！我跟你说，我做的饭可好吃了！"

她带着宁成明，快步下楼，走向厨房："你要是喜欢粤菜，我可以给你煲汤，你要是喜欢淮扬菜，我就给你做个清炒虾仁，其实煎牛排我也拿得出手……"

李浅拉开冰箱，拿出一盒鸡肉："宫保鸡丁吃不吃？呃，过期了。"又翻出另外一盒鱼片："酸汤龙利鱼？呃，也过期了。"

也难怪，自己毕竟出差了好几天，最近太忙也没顾得上收拾冰箱。她正愁接下来该怎么办，身后忽然一热，有人贴了上来。

宁成明右臂从李浅肩上越过，指着冰箱里一盒变黑的牛排，拿到李浅眼前说道："这个，也过期了。"

说话的温热气息自耳边掠过，李浅意识到自己此刻正宛如被他环抱，为这突如其来的暧昧气氛，霎时僵直了身体。

见对方毫无反应，宁成明不禁转过头，有些好奇："你耳朵怎么这么红？"

李浅被人说破，条件反射得急忙转过头，二人鼻尖堪堪擦过。她本能地想要回避，紧急向后退去。而宁成明担心她摔倒，一伸手，紧紧揽住了她。

另一边，操劳一宿置景的李琛，妄图神不知鬼不觉地在李敬凡发现之前赶回家。可他刚衣衫不整，轻轻关上门，猫着身子通过客厅，便听见了李敬凡下楼的脚步声。

李琛当即闪入一旁的洗手间内，赶紧脱下外套，将装有宁成明资料的文件袋放在一边，洗了把脸。

而李敬凡已走到客厅，他循声来到洗手间门口。

李琛洗完脸，将文件袋用外套盖住，抱着外套将门打开："父亲，早。"

李敬凡一言不发转身回客厅，在沙发坐下。李琛紧了紧手里的衣服，从李敬凡身后走过。

"站住，你昨晚去哪儿了？"

李琛脸不红心不跳："陪人吃饭拉投资啊。"

"那看来，有了新资方，是不需要家里的钱了。"

想起自己误了昨晚家里的大事，李琛赶紧解释："爸，我这早就约好了，也没想会撞客户会的日子，这不是……"

"你哥说你答应了要来。"

"那是我哥为了蒙您老瞎说的！"

话音刚落，头上挨人拍了一下。李隽穿着家居服，从楼上下来，见着李琛面上亦有不满："哟，学会栽赃你哥了啊。"

"嘿嘿，哥。你也醒了啊。"

李隽一眼瞧见李琛手上的外套："谁允许你又穿我衣服？"不由分说，上手就要夺。

李琛转身闪避："哥哥哥，别这样，别这样，都是自家兄弟，说什么两家话。"

李隽不屑："你一皮包影视公司出品人，还真当自己是行走的荷尔蒙，谁给你的勇气，我的衣服都想驾驭？"

打闹撕扯之间，忽然文件袋不慎跌落在地。兄弟俩一齐看看地上的文件，又对视一眼。

下一秒，二人同时上前，抢夺文件袋。

李琛一手拿着文件袋，一手按在李隽脸上："哥我告诉你啊，这是我公司的机密项目文件，你看了可是犯法！"

李隽冷笑："呵呵，吓唬你哥，长本事了！鬼鬼祟祟一晚上没回来，谁知道这是什么？"

"行，我数123，你想看就看，但这里头要真是项目文件，你就给我两千万投资，怎么样，敢不敢赌？"

果然，李隽秒松手，但仍是嘴不饶人："笑话，我有什么不敢赌。你手上的项目，没有一个配让我投资。"

李琛一语被激怒，扬起文件。正要反驳，却忽然被人抽走文件。他慌忙转头，发现竟是李敬凡。

见对方已经打开了文件，李琛吓得愣住了："爸……"

李敬凡翻看了一下，将文件递给李隽："说说吧。"

李琛深知大难临头，但仍想适当挣扎一番。遂干笑两声，又梗着脖子："打死我也不说！"

李敬凡冷笑一声，往他屁股上踹了一脚，压根没当回事。

李浅费了很大力气，才将自己的注意力从宁成明逐渐靠近的双唇上收回来。明明心里知道这样实在不妙，但更糟糕的是刚才那一瞬间，慌乱和急速攀升的心跳让她对自己的内心产生了不可控制的感觉。

她刚才竟忍不住咽了一口唾沫？

——一切竟有些扑朔迷离了。

忽然，她肚子里再次传来一阵咕噜声，以尴尬化解了尴尬。实在令人意外，但也恰到好处地将清醒从她的头脑中再次拎了出来。

李浅借机拉开自己与宁成明的距离，从对方身前钻了出来，为让刚才那段"诡谲"的小插曲尽快过去，她故作轻松："要相信我啊，我真的会做饭的……"

宁成明关上冰箱门："我们出去吃吧。"

出去吃？不不不，这附近街坊四邻的，谁知道会在哪个点垮场啊？

"也挺麻烦的，要不还是叫外卖吧。"

"我想去附近我们经常去的餐厅，也许能记起什么。"

见宁成明一脸诚恳的坚持，再否决会显得反常。李浅脑中开始迅速运转，究竟哪里才是合适的地方……文慧阁？不行不行，老板肯定会问他是谁。轻易餐厅？也不行，李嫂家儿子好像在那儿打工。啊，如果是那家的话，应该勉强还行……

李浅强颜欢笑："好呀，那就去那家餐厅吧！"说完她边往外走边摸出手机，准备伺机给顾柘打个电话请假。

而顾柘办公室内，气氛并没有缓解。余青青横眉冷对，顾柘左顾右盼，二人中间放着手机。

余青青忍无可忍，欲动手拿手机："你不打是吧，我来。"

"哎哎哎，还是……我自己来，我自己来！"

他的手在李浅的电话号码上犹豫不决，就是按不下去。余青青白眼一翻，暴躁已经在她喉咙眼就位了。

孰料，李浅的电话却在此时打了进来，顾柘下意识接起。

"喂，李浅？"

"顾总，我这两天有点事儿，想跟你请一天假。"

顾柘借坡下驴："没问题！这趟泰国你辛苦了，得好好休息休息！一天够吗？要不两天？"

余青青瞪了顾柘一眼，将手机夺去，点了免提："不用了，一天就行。顾总你今天有事找我？"

余青青给顾柘使眼色，顾柘假装没看见："没有没有，就是……嗯……想问问你，累不累，要不要请个假。"

电话一阵沉默，半晌："那好，我手机没电，先挂了。"

余青青起身作势要抢顾柘手机，顾柘连忙躲避，赶在余青青动手前把手机挂了。她火冒三丈："我告诉你，让你主动告诉李浅实情是在救你，等她发现，你连自己怎么死的都不知道！"

说完余青青摔门而出，留下顾柘在原地呆若木鸡。

走廊上，余青青脚下生风，指尖飞舞：我有件事儿想跟你说……

想了想，她又将文字删掉，直接拨通李浅电话。不多时，耳边传来女声提示音："对不起，您拨打的用户已关机……。"她挂了电话，哀叹着走回自己办公室。

李浅和宁成明坐在一家小店内，西装革履小油头的店老板热情地迎了上来。李浅冲他眨眨眼："老板，今儿还有特色菜吗？"

店老板圆脑袋圆眼睛圆肚子，全身上下充满了富态感，他笑眯眯的招呼，"那肯定有啊，老妹儿，你多久不来了，哎呀，你看这男朋友，真是又帅了！"

宁成明有些新奇，又有些难以置信地看着老板与李浅互动。李浅心里不禁洋洋得意。没错，这家店的特色就是——老板热衷跟所有人，装熟。因此选择带他来这家店，绝不会穿帮！

宁成明给李浅倒上热茶。从店老板手中接过菜单后，也首先反过来放到李浅面前："就点我们常吃的菜吧。"

李浅猝不及防，倒是老板反应灵敏，迅速接过话茬："那就清炒藕片、蟹黄豆腐煲，再来份特色菜。"

Bravo！李浅忍住喝彩的冲动，对老板点头："行！快点啊！"

宁成明顺手将李浅面前的餐具摆放整齐。趁老板走远，他小声问李浅："特色菜是什么？我不记得了。"

李浅对宁成明眨了眨眼："一会儿你就知道了。"

等菜上得差不多，宁成明吃了一会儿，李浅问他："怎么样，是不是熟悉的味道？"

宁成明点头："不过，我刚发现隔壁桌点的也是特色菜，为什么服务员给他们上的是土豆鸡块，而给我们的却是香酥带鱼。"

就说什么来着？老狐狸没那么好糊弄！都这个点儿了，他居然还知道注意消息考证！不过正因为是这家店，所以这些都不是问题，她眼珠一转，"因为这家店的特色菜就是，老板会根据客人的不同喜好，专门定制专属的特色菜。"

这倒有点超出宁成明的常识范围了，他由衷称赞："那倒真是个特色。"

话音刚落，一对情侣惊喜的尖叫吸引了两人的注意。李浅扭头一看，店里不知何时在角落布置了一面照片墙，而那对情侣正开心的指着一张照片。

"去年拍的还在呢。"

李浅虎躯一震，果然宁成明看她："我们以前常来，照片也在的吧？"

"也……没那么经常。"

"可你刚才还说我们以前经常来。"

李浅眉头一皱，铁了心的招呼道："老板！"

店老板一溜烟小跑过来："两位有什么事？"

"我们之前在这儿拍的照片呢？怎么不见了？"见李浅有些兴师问罪的意思，店老板一脸懵圈。

借他两脑子大概都不知道自己开着饭店好好的，有一天居然会被卷进偶像剧都不敢胡编乱造的伪装情侣情节。他一个群演，高级路人，戏份不会太重了些吗？

李浅内心深感理解与同情，同时疯狂给店老板递眼神。

事实证明，能把饭店开好的，都不是普通人。他竟在这一刻感受到了李浅传达的那种微妙的求援。他就势一拍自己脑门，将戏接上了："怪我怪我，店里翻修把二位照片给弄丢了。小王，拿拍立得来。照片吗，时新时有，我再给二位拍一张。每次来的心情不一样，所以都值得记录。来，今天也是甜蜜的一天哦！"

店老板拿起拍立得示意二人摆出 pose。

李浅赶紧配合地拉着宁成明，只是带了些许不自然的僵硬。

"这位男友可以再靠近女友一点哟。"

宁成明将头靠近李浅。

"表情可以再开心一点哟。"

宁成明看了一眼正在比耶的李浅，也伸出自己的食指和中指。

"咔嚓"一声，画面定格，店老板取出相片纸。

李浅见照片中僵硬的宁成明，忍不住笑了。宁成明不明所以，见她笑，也跟着笑了。

"二位真是天仙配！我得贴在正中间。"

见店老板将照片贴到了照片墙的正中，李浅跟着宁成明走出店门时，忍不住默默冲着身后的老板，比了一个大拇指。

不得不说，这简直就是戏剧界天才一般的演技和接戏能力，前辈，晚生李浅，敬佩您！

眼见一场危机圆满解决，李浅站在路边，正欲伸手招出租却被宁成明拦住。

"现在就回家？"

李浅懵圈："那你还想去哪儿？"

"去趟超市吧，冰箱里的菜都过期了。"

她迅速盘算，今天不是周末，超市里应该不会遇见什么熟人，且买菜之后就不用再出来吃饭了，长期风险更低。可行！

"好呀，我们就去常去的那家吧。"

两人前脚离开店，后脚另一对情侣就踏进了店面。里面传来店老板熟悉的招呼声："老妹儿，你多久不来了，哎呀，男朋友又帅了，快快快，里面请。"

在布置得华贵古典的书房里，李敬凡坐在主位，两个儿子则分坐沙发两边。李敬凡和李隽二人神色郑重，分别看着手中的资料。李琛则闷声低头，不发一语。

良久，李敬凡轻轻叹了口气，将手中的文件放在了茶几上。

李隽见状，亦放下了文件。

李敬凡看向长子："李隽，你说说。"

"父亲，这个宁成明毕业于伦敦帝国学院，主修金融经济，在国内学术界小有名气，儿子早前还看过一两篇他的论文，但两年前不知为何，忽然弃学从商。创办的观鼎涉足颇广，是在咱们投资界也被看好的新兴企业。"

李隽言罢，李敬凡面色如霜："名校出身却回来任教，怕是不求上进。学术搞了一半，就弃学从商……"

好，兄弟俩对视一眼，内心将这意思翻译了一下，看来李敬凡对这个宁成明是极为不满。举凡是牵扯到李浅的，李敬凡都比他面上表现出来的，要紧张十倍。

按照平时的聊法，李隽要说点什么试探一下父亲对宁成明的厌恶程度了："他父母双亡，自小寄居在姨母家……"

李敬凡出言打断："出身不幸，不是他选择弃学从商、利欲熏心的理由。"

李琛暗里翻了个白眼，心想资料里哪一句写他"利欲熏心"了啊，老爷子，您自己别给人胡编乱造行吗？这厌恶值起码得有百分之一百。

李隽清清嗓子，慎重道："资料里写他不常和学生私下进行交流，但唯独与李浅交流甚多。"

李敬凡看了李隽一眼，面色铁青："这还不够说明问题吗！"

看来厌恶值百分之两百，已经爆表了。

李隽继续补充道："为人师表，却如此冷漠，说明此人没有责任心，但留心小妹，却像是蓄谋已久。"

李敬凡闻言点头，神情凝重。转头看向李琛："你……"

"我也就知道这么多。"

李敬凡显然不信:"嗯?"

李琛赶紧表明立场:"这个宁成明只怕是居心叵测,有意接近小妹,不可不防。我是李浅的二哥,虽答应她这件事保密,但对宁成明这个人,我也有疑问。"

"嗯。"李敬凡点点头,知道这俩儿子和自己还是齐心的,踏实许多。他给李隽下了指示:"你去查,我要知道这个人接近李浅的真正目的。"

"是,父亲。"

李隽答应完,又和李琛眼神交换了意见,得,这下他俩得保证亲爹不给妹妹造成困扰的前提下,小心打探清楚事情,爹和妹妹手心手背都是肉。一言以蔽之,生活的担子更重了。

兄弟二人不由自主,同步暗暗叹了口气。

观鼎的行政人事办公室内,齐伟正在接受人事部总监小君的质询。

顶上一盏白炽灯,照得齐伟在桌子对面正襟危坐。他偷偷咽了口唾沫,不得不说屋子里的气氛,让人联想到了谍战剧里的拷问现场。

小君推了推眼镜:"你和宁总是一起去的,为什么只有你自己回来了。"

齐伟老老实实地照着宁成明的意思,给自己编台词:"两天前的白天,我和宁总就 GC 的合作模式有些不同看法。他贬低我的想法,嘲笑我说话的方式,我实在忍不了了,就顶了两句嘴。然后他就让我自己滚回来。"

小君步步紧逼:"他让你滚,你就滚?"

齐伟一脸有苦难言:"君姐,宁总是我顶头上司。他让我滚蛋,怎么敢走着回去？"

"那你知道我们联系不上宁总了吗？"

齐伟一怔，一脸难以置信的撑住桌子："真的吗？不、这不可能啊。"

"他最后一次和你联系是什么时候？"

"昨天。"

忽然，齐伟红了眼，泪水夺眶而出，忍不住捂住脸，呜咽出声。开始哆哆嗦嗦连续不断地吐槽起来。

"自从跟了宁总，我这心里……真是没有一天放松过。太难了，君姐。"齐伟抬起头，满脸是泪，"他那个人，你知道的，到哪儿无论做什么都是一张扑克脸。领导意思全靠猜！我这做助理的……真的，太难了！"

小君抽了桌上的抽纸递过去，齐伟接过来擦了擦眼泪。

"可我不相信宁总会突然不负责任地失联。他虽然对我很凶，但、但依然是个好领导……呜呜呜呜。真的，这里面会不会有什么误会？"

齐伟说着说着又哭了起来。

"对不起……呜呜呜，我不该和宁总吵架的……我、我也不知道我为什么要哭，呜呜呜呜。"

齐伟擦干净眼泪，忍住，深吸一口气让自己恢复平静。

小君合上记录本："你可以走了。如果宁总联系你，记得第一时间告诉我。"

齐伟点点头，仿佛深受打击，虚弱得走出了行政办公室。他步履不停，尽可能稳住状态走入茶水间，给自己倒了杯咖啡，这才放松下来，深深地喘了口气。

宁总啊宁总，您到底去哪儿了？您为什么不将计划都告诉我，我也好认真配合呀？现在这样，齐伟根本不知自己这么做到底对不对，即便他心底一直都是相信宁总的。

齐伟刚转身，便发现后面站着曹玫，吓得手一抖，咖啡眼看就要砸在自己鞋上。曹玫眼疾手快，将齐伟拉到自己一边，扶稳了："齐助理，没事儿吧？"

齐伟惊魂初定，抬眼便见曹玫的长发飘逸，离自己很近，不禁有些局促，赶紧退开一步："没事，谢谢曹总。"

曹玫是观鼎的法务总监兼副总裁，但私下里大多数都知道，她和宁成明、马昊的关系非同一般。她是宁总恩师曹教授的女儿，亦是唯一曾和宁成明有过婚约的女人。她业务能力强、公私分明，和宁总相比，人也较为随和。

"人没事就好，地上的等会儿让人打扫吧。"曹玫又倒了杯咖啡递给齐伟。

"谢谢曹总。"齐伟边喝咖啡，边偷瞄曹玫。只见她穿着干练时尚的职业装，脸上挂着微笑，亲和力十足。

"早知道你在泰国，我就请你帮我带点东西了。哎，要是我真提了，你会不会觉得很麻烦？"曹玫张口闲聊，和往常一样。

"不会不会，曹总想要我帮忙买什么，下次直接说就好。"

"那你去泰国有没有遇见有趣的事？比如，偶遇可爱的女孩之类的。"

齐伟挠挠头，一脸不好意思："可爱的女孩子怎么会注意我？她们眼里只有宁总……"

他忽然住口，意识到自己说错了话。

"你不用这样。我和他虽然曾有过婚约，但毕竟已经分手了。"反是曹玫莞尔，给自己也倒了杯咖啡，"听说，他近来对你有点过分？"

"倒也没有。"

"我看，你想说的其实是，不是'最近'，也并非'有点'吧？作为可能被他气过最多的两个人，咱们应该成为盟友才是。"

齐伟忍俊不禁。曹玫的暗示很明显，宁成明向来不苟言笑，有时严厉到苛刻，这是许多人都有所耳闻的："您说得对。没和他直接接触过，大概体会都不深。"

"他以前说什么我都能忍。你也一样吧？"

在职场里，迅速拉近和同事的关系有一种方法，叫"吐槽老板"。曹玫的坦言，果然让齐伟觉得放松不少，忍不住也说了句心里话："可不吗？他脸臭脾气臭，但谁让他是领导呢，我不忍谁忍？"

"那你这次到底做了什么，惹得他骂你滚蛋，你还真就滚了？"

齐伟正要低头喝咖啡，忽然面色一僵。这才意识到，曹玫根本就不是来和他随意闲聊的。

"单纯的业务层面意见矛盾，他虽然忍不了，但你不应该啊。"

曹玫的话虽然说得不疾不徐，语调也很柔和，却让齐伟额间渐渐渗出了冷汗。

"成明是公司高层，一旦失联，牵扯巨大。齐伟，你知道后果的吧？我要知道细节。"

虽然他也不知道细节，但齐伟能够肯定是，宁成明只要没提到他可以告诉曹玫，那他就是绝对一个字也不能说。曹玫精通法律，和这种人根本就不需要讲道理，唯一的办法就是尽可能让她认为，这就是事实。

"曹总，我、我真的什么都不知道……"齐伟吸吸鼻子，眼看着又要哭，曹玫出言制止。

她最讨厌男人哭哭啼啼，又不好明示，只得说："好了。没事儿了，你出去吧。"

"谢谢曹总。"齐伟忙不迭赶紧扔了咖啡，火速撤离。

曹玫等他走了，给马昊发了条消息：找人盯紧齐伟。

虽然马昊告诉她宁成明已经死了，但不知为何，曹玫总觉得，事情没有这么简单。

李浅和宁成明走入超市，李浅顺手推了个车走在前面，超市内货品琳琅满目。她看着，甚为满意。

能不满意吗？刚才她以侦探的心理分析了一遍，家附近的菜市场熟人太多，今天又是工作日，稍微走远一点，定是没人会认出她和宁成明的，可谓万无一失！李浅啊李浅，你怎么能这么谨慎，如此优秀？！

她想到得意处，冲着货架大手一挥。"你想吃什么？这里面的随你挑，在下李某不才，统统请得起！"

宁成明看看自己的手臂，思索道："我想快点好起来……是不是买点海参、人参的比较合适？"

还海参、人参，你怎么不要鹿茸、灵芝带着一起上天啊？

李浅见着前面即食海参的柜台，立即转弯："要补是吧？走，买猪蹄去！"她一手推车，领着宁成明朝着生鲜走去。

隐约前方一阵喧哗，果蔬生鲜区似乎人声鼎沸。李浅条件反射又开始紧张了，今儿也不是周末，怎么这么热闹？

他们绕过一排货柜，眼前陡然一张大易拉宝广告，显示"周三秋季特惠，全场九折"，活动商家折上折，更有合作厂商免费赠品活动。眼前众多退休妇女熙熙攘攘地排队试吃等，好不热闹。

李浅正一脸懵圈，犹豫着走不走。忽然瞧见一穿着绿 T 恤的烫头老太太，吓得转身就跑。

晴天霹雳啊！中心幼儿园的"鬼见愁"老杨怎么会在？刚还说来这地儿万无一失呢！简直怕什么来什么！

宁成明却一把拉住李浅，不解道："不是说要买猪蹄吗？"

李浅根本来不及解释，拖着仍有些依依不舍的宁成明就往外走："今天人太多了，咱们还是改天再来吧。"

此时老太太一转头，竟看着李浅也觉着眼熟，忍不住嘀咕，"李浅？"

杨老师眼珠一转，悄然想跟上去瞧瞧。

李浅转头一瞥，竟发现对方还跟上来了，更加惊悚。只好带着宁成明在货架间各种悄然逃窜，好不滑稽。

可杨老太太渐渐逼近，他们已然无处可躲。

宁成明此时已瞧出李浅是在躲老太太，他见一旁的工作人员出入处，便反手拉住李浅，躲了进去。

第四章

这儿是超市的一处小仓库，堆了几排货物，只有约莫不到二十平米，并没有另一处出口。

宁成明忍不住问李浅："她是你认识的人？"

"是我幼儿园的园长老师，这会儿应该退休了吧。"

宁成明露出一脸不解："既然是你老师，那咱们为什么要躲她？"

李浅头疼，这一句半句也解释不清楚，捡避重就轻地说："哎，老杨这人吧，什么都好，就是爱叨叨，还老喜欢揭人老底……一聊起来没完没了。我以前那些糗事儿就她知道得最多。"

算时间，杨老师这会儿也上了岁数，谁知道她一张嘴能捅出什么篓子？李浅觉得风险系数太高，自己铁定兜不回来，这才下意识地跑路，不碰面是最好的。

宁成明关注的重点显然和李浅不一样："那我还挺想和她聊聊的。"

"为什么？"

"也许有些小时候的趣闻你和我说过，但我忘了。要是她能再说一次，也很好。"

李浅语塞。

忽然后面的货架上掉落了一件货品，发出了一声脆响，在寂静而昏暗的库房里尤为吓人。

眼见东西就要砸到李浅，宁成明连忙用自己的身体挡住李浅，一包方便面砸在宁成明的头上。

重力不强，却恰巧让宁成明脑海再次闪过了一处记忆碎片，似乎是他把一沓卷子丢给李浅，不但给了零分，还要她别再拿这些东西来糊弄自己了。他怔住了，细细思索这之间的联系。

为什么自己只想到了这些片段？

为什么李浅和自己说过的那些像是似是而非，毫无印象？

见他愣神，还以为他被砸懵了的李浅，一把抱住对方："你没事儿吧？"

宁成明回过神，握住李浅的手："别怕，我不疼，没事儿的。"

李浅看了眼宁成明握住自己的手，意识到刚才自己过于紧张，她不甚自然的抽出手："咱们出去看看吧，她可能已经走了。"

她探头左右看了看，人果然不在。

宁成明看她："既然她不在了，咱们是不是可以回去买猪蹄了？"

好像也找不出反驳的理由，李浅正要答应，浑然不觉杨老师已找了回来，刚好见着李浅转头对宁成明的侧脸。

杨老太太无比笃定，气沉丹田："——李浅！"

李浅愕然僵立片刻，旋即懊悔地闭了闭眼，这才转过身去。只见杨老师已三两步来到了李浅面前。

李浅嘿嘿假笑："杨老师，好久不见。您身体还好吗？"

杨老师无视李浅不走心的寒暄，单刀直入："刚才老远瞧着就像，果真没看错。"老太太注意到一旁站着的宁成明，"你俩什么关系？"

宁成明笑笑，大方介绍自己，"杨老师好，我是她未婚夫，我叫宁成明。"

这倒让被杨老师杀了个措手不及的李浅在旁看得是目瞪口呆。哎哎，你们俩这一唱一和的，真是比我都熟稔啊？

杨老师闻言，喜上眉梢，一把拉住李浅和宁成明："那真是太好了，天助我也！走，李浅，成明，老师有个忙要你俩帮一下！"

李浅和宁成明被杨老师拖到巧克力零食专柜，面面相觑。

专柜前有位面瘫脸的推销小哥，见着杨老师，立时叹气，有点无奈，"阿姨，都和您说了好几回了，咱们的规矩不能白送。只能是……"

"知道、知道！只能是情侣来填表入会员才行对不对？"杨老师指了指李浅和宁成明。"你看，这不来了？"

推销小哥上下打量了下李浅和宁成明。

李浅看了眼一旁的易拉宝，上面写着：周年庆，情侣入会即可享旗下产品合集限定大礼包！

这都什么跟什么？如果老杨因为这事儿让她穿帮，那可真就是个笑话了。李浅觉得自己不能坐以待毙："杨老师，您要是喜欢吃，学生可以买了送你。"

杨老师摇摇头："那能一样吗？！不花钱的才是好东西！"她拉了拉李浅袖子，凑近了低声又道："我孙子喜欢吃这牌子的零食，这限定大礼包，既不多见也不卖。你们两口子就当帮老师个忙！老师谢谢你们！"

老年人的这种心理她很理解，周末超市限时一小时的优惠鸡蛋能让老人提前一天就来排队，可杨老师啊，您怎么说也是师范人才，知识分子，您也不能免俗吗？李浅无奈，只想赶紧完成这出老杨布置的突发任务，好快快撤退。她和推销小哥摊开手："填表入会是吧？表呢，怎么填？"

可推销小哥以一种质疑一切的态度看着两人："请问，二位真的是情侣？"

李浅强忍白眼，故作霸气，一把揽住一旁宁成明的脖子，逼得宁成明自己往下蹲了蹲："不然呢？你看我俩像啥？"

推销小哥仿佛铁面无私："请二位做些情侣才能做的事。"

李浅一脸难以置信，我嘞个去！言情小说都不敢这么写！可宁成明已凑近了要吻李浅的脸颊。围观群众亦伸长了脖子。

她赶紧在最后关头伸手捂住了宁成明靠过来的嘴："且慢，不可！"

宁成明、杨老师、推销小哥均有些奇怪，异口同声道："为什么？"

"这里……人、人太多了。"

李浅妄图用女性羞怯的常识，让大伙儿放弃八卦之心，哪知老杨用一句话就戳破了她的理想，"这都说女大十八变，果真不假。当年你演睡美人，逼着全园男孩排队亲你的时候可没这么害羞啊！"

这下可好，全场寂静。

如果"面子"这种东西有实体，那这一瞬间，李浅的面子也已经碎成渣渣了。

良久，她忽然冷笑一声，死亡视线看着推销小哥。

"我刚才是恼羞，现在已经成怒了。你要么给我表，入会送我大礼包。要么直接送我大礼包。二选一吧！"

推销小哥一脸害怕，单手拎起面前的大礼包，直接递给了李浅。

回去的路上李浅走在前面，心里想好了，不管宁成明等会儿问啥，自己都拒绝回答。

工作日下午的小公园，游乐区都是些老人和妈妈们正带着自己的孩子在玩耍。

宁成明拎着布袋，慢悠悠地跟着李浅从公园旁走过。

李浅回头看到宁成明头上渗出的细密汗珠，忍不住接过宁成明手上的袋子，抱怨起来："我说了打车回来，你非要走路，就这身体现在哪能受累啊？"

"没事，我就是想多熟悉熟悉环境。"

"以后有的是时间，你先养好伤吧。"

宁成明突然指着公园里的秋千架："这里，我们以前来过吗？"

李浅一怔，看向秋千架，自然露出怀念的神情。她仿佛看见那里仍坐着任玥，母亲带着遮阳帽，在树荫下写生。

童年的李浅坐在秋千上，努力摇晃身体想让秋千动起来，但秋千只在原地扭动，忍不住回头朝任玥喊道："妈妈，我想荡秋千。"

任玥刚要起身帮她，又坐下道，"想玩你就自己试试。"

她记得自己那时气得撅起嘴回过头，努力用自己的脚去够地面，想将自己抛向天空却总也不得法。

"我们没来过，但我和我妈经常来。"

"我以前……见过伯母吗？"

李浅望向远方的天空："宁成明，你知道我们为什么是天生一对吗？我从小跟我妈过，没见过我爸，大二时候我妈走了。所以你不用见我家长，我也不用见你家长。你看，多省事儿。"

"抱歉，我没想到会……"

赶紧打住！李浅心想，我就是想早点把背景故事告诉你，省得你再问东问西！

"不早了，回家吧。"李浅回头看看宁成明，"晚上想吃什么？我给你做。"

但宁成明显然又在想别的："我有点奇怪，人多的时候我不可以吻你吗？"

"当然不行！"

宁成明点点头，向着李浅踏近一步："那现在这样没人的时候，就可以了吧？"

他向李浅靠近，她又听见自己心里宛若擂鼓的心跳数。李浅在心里抽了自己一耳光，冷静啊老李，冷静！他一定是因为刚才在超市的事，又想来试探你们之间的关系，此时就必须给他一个"强设定"和"既定事实"来阻止他对真相的进一步窥探。

李浅连忙伸手挡住宁成明："也不可以！"

"为什么？我不是你的未婚夫吗？"

李浅绞尽脑汁。"本来以为可以不说的。但你既然这样问了……其实是因为我们有一个协议。"

宁成明皱起眉："协议？"

"对，因为我们之前吵得很凶，所以我们约定给对方一段时间的冷静期，之后再做出决定。然后，你说期间我们不可以有太亲密的接触……"

"为什么？"

"你说，怕会影响我们的判断。"

漂亮！李浅你可以啊，这个逻辑完全说得过去，看来初中看的那些言情小说里的男女相处模式也不是全是瞎掰嘛！

李浅偷瞄宁成明的反应。

宁成明思考了片刻："如果因为是这样，那我会尊重我们的协议。不过，冷静期什么时候结束？"

"一个月！"

李浅粗略一盘算，等她安顿好宁成明，估计要不了多久就能查出他为何会在泰国遭遇车祸，那么这出戏也就到头了。

一个月，绰绰有余。

"好，这期间我会遵守约定。"

李浅舒了一口气："那，没什么问题了吧？"

"还有一个。"

还有？她不禁在脑中咆哮，为什么车祸都没将您的 SAN 值撞低？您这理智怎么不去玩剧本杀啊？！

"你小时候真的……"

李浅反应过来，原来那个黑历史他还惦记着呢！

"没有！住口，这个问题你一辈子都不许问！"

当初他们幼儿园里非要排演什么《睡美人》，且所有女生"竞争上岗"，她为了"毛遂自荐"，当然就得告诉所有男生，自己就是那个睡美人，你们赶紧来亲我一下，能亲醒的人自然就是真的王子了？

她有强迫其他男生？你去问问他们是不是自愿的？人家小朋友当时只想演好公主和王子好不好！

李浅不禁有点生气。再说了，哪个姑娘小时候还没做过一两件让自己悔不当初的事儿？她要是后来知道自己将桃花运在幼儿园时代就用完了，以致母胎 solo 这么多年，她绝不 care 什么《睡美人》到底谁演好吧？！

宁成明这才想起李浅早前问的问题，迟钝的回道："那好，白灼西兰花。"

他俩还没到家，但余青青已在去往李浅家的路上。她先挂前进挡，熟练地打着方向盘。再挂后退挡，再熟练地打回方向盘。

路灯映射下，大长波浪造型的她看上去既飒且美，呈现出一种很有气场的样子。

　　后视镜中，一辆极具质感的侉子摩托车不紧不慢地超过了余青青的车。车内仪表盘上，时速显示 30km/h。

　　画面显得有点滑稽，但余青青在看清男人的脸后，一个刹车停了下来。

　　竟是李浅的二哥，李琛。

　　记得第一次见他的时候，她和李浅还在学校。那天是她生日，李浅说自己和二哥讨了余青青最喜欢的偶像 TK 的签名照。那天中午，李琛还专门来学校接她们出去吃饭，招待这位妹妹的好友过生日。

　　余青青忘不了李琛出现在校门口的那个画面……

　　头戴墨镜的李琛刚停稳车，他理着寸头，打扮简单帅气。打开车门，从越野车上长腿一伸走下来。周围的女生纷纷朝他行注目礼。

　　她仍记得李琛全身散发的荷尔蒙朝着自己扑面而来时，自己那心如擂鼓，被击中的感觉。

　　即便李浅不停给她灌输，她二哥别的没有，就是一身浓厚的浪子气息，日常招蜂引蝶。可这也阻止不了余青青在那一刻就已经喜欢上了李琛。

　　余青青远远地跟着那辆摩托，她发现他们的目的地似乎一致，都是李浅家。

　　她忍不住笑了。

＊　　　＊　　　＊

　　城南的咖啡馆里，拎着电脑包的齐伟刚取完咖啡，准备找位置坐下。一名黑衣男子迎面走来，趁齐伟不备将钢笔模样的窃听器丢进他的电脑包中。他正是曹玫派来盯住齐伟的人。

而齐伟对这一切浑然不知，他找了一处座位，将电脑打开，顺手从包里摸出一支笔放在桌上，是刚才被人塞入包中的那只。

他被小君问询后又遭曹玫刺探，自觉办公室内实在没法待了，又记得宁成明嘱咐72小时后会收到邮件的事儿，便抱着私人笔记本下班后找了个咖啡馆等邮件。

此时桌面提示新邮件，齐伟眼前一亮，心下一喜，急忙打开后却发现是个二维码，有些让人摸不着头脑。

什么玩意儿啊这是？齐伟忍不住嘀咕，摸出手机正打算扫，又想到什么，警觉地看了看周围。便抱起笔记本电脑塞进包，迅速离开了。

走得匆忙，那只窃听笔也未记得带走。

李浅刚将袋子里的东西放进冰箱，转头就见宁成明在门口探头："要帮你吗？"

她避之不及，"别了，你还是赶紧去休息吧。"

可宁成明纹丝不动，李浅瞥他，宁成明有些不解："卧室的床太小了，我们以前都是这么挤着睡的？"

——怎么又是这种猝不及防的犀利问题？！

她朝宁成明尴尬一笑："那是我房间，你睡书房。"

宁成明不解："我们为什么不睡一起？"

李浅哭笑不得，你说你人失忆了，怎么该知道的常识一件不落啊？谁告诉你未婚夫妻就一定要睡一起的？每天被他这么一惊一乍的，她仿佛产生了逻辑抗体，居然觉得自己已经有点对付得游刃有余了。

她扶着对方来到书房门口。好整以暇，看了眼他的手臂："还能因为什么，当然是因为你手臂还受伤，我睡相不好，怕影响你！"

"哦，不过我刚才觉出……书房里好像少了点什么东西。"

李浅四下一扫，还真觉出有点不对劲，对比宁成明以前的办公室，这里少了点绿植。她一拍手，"绿植我放院子里了，马上给你拿过来。"

见她快步出去，宁成明四周张望，见枕头摆得有些歪，便上前调整，稍一挪动，却露出下面半角信封。他好奇抽出，只见信封上写着：宁老师亲启。

打开信封，只扫了一眼就发现，这是李浅写给自己的一封情书：

宁老师你好，这是我给你写的第一封信，但一定不会是最后一封。自从我第一次见你开始，我就深深地被你吸引……

等到李浅端着绿植返回房间，二人正好对视，她的视线落在了宁成明手中的信纸上。

这不是……她大学时帮学姐给宁成明写的信吗？

彼时她为了通过宁成明的经济学当真绞尽脑汁，四处求人。眼看临近小测验，自己即将再次不及格，一位学姐出手相助，提供了自己的精讲笔记，言简意赅，重点清晰。李浅大喜，提出报答学姐。谁知对方竟是宁成明的颜控，只求她帮自己给宁成明写封情书。

都是大学生了，写情书这种事难道不应该自己做吗？无奈拿人的手短，李浅一口应了下来。谁知情书是递出去了，不料居然被精明的老狐狸一眼识破，依据字迹将李浅揪了出来。

任凭她百般抵赖，还是在办公室里一边念信，一边吐槽她的文笔表达，将她骂了个狗血淋头。

这会儿翻出了这陈谷子烂芝麻，宁成明怎么个意思？她、她该怎么解释？

宁成明看着信，脸上竟浮现出了一分温柔，叫李浅看不明白。

他冲她扬了扬信，"这是你给我写的？"

"啊，是。"

"唇齿的表达或许无法准确传达我对你的感情，但我会选择永远忠于自己，宁老师，你是我来上课的唯一理由，我喜欢你很久了……"

李浅愕然："你、你、你怎么还念出来了。"

"谢谢。"宁成明小心地将信收好，"我当时看了一定很开心吧。"

并没有啊老师，虽然并不是真心给您写的，但您可是扎扎实实把我骂了个稀里哗啦呢！

"你为什么会这么觉得？"

"因为我现在看了，依然很开心。"

宁成明走过去看着李浅，嘴角带笑，目中满满的温柔。这是李浅从未见过的神色，她不禁有些愣住了。

日头下沉，华灯初上。

李浅家附近陆陆续续多了很多返家的行人。

一路跟到李浅家门口，余青青停好车，轻手轻脚地走到李琛身后，稍微整理了一下头发，这才轻唤出声："琛哥。"

李琛回头，见是余青青，哂然一笑："青青，好久不见！"

"是啊！"余青青无奈地举起自己的手机，"是不是跟我一样，电话打不通，只好杀过来了。"

李琛摇摇头："真是拿她没辙啊。"

二人并排往李浅家巷子里走去。

"你这么着急找李浅，是为什么事儿啊？"

余青青寻思既然李琛张嘴先问了，那她也就不避讳了："也没那么急……琛哥，有件事你知道吗？厉融在接触恒星。"

李琛顿了顿脚步："知道，不过这事儿就是大哥和父亲在折腾，反正李浅不会同意的。"

月光将他们的背影拉长。

屋内，李浅正颇内紧张，想着如何化解此刻的尴尬，外间便突然传来院门被人推开的声音。

李浅警觉地别过头，远远地传来两人的声音。

"李浅，你在家吗？"

"青青你注意看路。"

李浅如临大敌，是余青青和二哥？他俩怎么一块儿来了？她下意识迅速把房间里的灯关上。并用手捂住了宁成明的嘴，对他做了个噤声的手势。

周遭陷入一片漆黑，慌乱中，宁成明反手抱住了李浅。

余青青在外敲了敲玻璃窗："李浅、李浅？！"

宁成明正要张嘴，李浅便紧紧捂住。

黑暗中，李浅的手依旧还在捂着宁成明的嘴，而宁成明抱得她很紧，李浅顿觉不妥。但外面的人似乎还没走。

此时，正在充电的手机响了，李浅拿起，秒按挂断键。

外面余青青见电话挂断，甚是奇怪："不行，我的她也不接。又不在家，到底是去哪儿了……"

她转而给李浅发了条消息：你上哪儿去了？收到记得回我。

李琛见状，若有所思，拉了余青青慢慢往外走："青青，这次李浅去泰国有没有发生什么事儿？"

"琛哥为什么这么问？"

"总觉得，小妹有什么事儿瞒着我。有个叫宁成明的人……你认识吗？"

"李浅的大学老师，好多年没联系了。怎么了？"

"哦，没什么。总觉得像什么时候听小妹提过这个名字。"

互相试探一番，各不得要领，已来到了巷口，李琛问余青青："你今天开车来的？"

原本手已伸进包里，摸着了车钥匙的余青青闻言，立即缩手："没有。"

李琛将头盔递给余青青，自己跨上车，发动："那我送你回去吧，虽然就一个头盔，咶。"

余青青接过头盔，喜滋滋地坐上了后座。

黑暗中，李浅仔细分辨了一会儿，听见外面没声了，才站起来。

宁成明不解提问："为什么要躲着他们？"

李浅叹了口气，煞有介事道："之前有段时间手头紧张，我给一家中介公司打过房子的询价电话，结果地址和手机号全泄露出去了，所以现在经常有人来我家看房子，烦不胜烦。"

宁成明信以为真："以前这些事，是不是都是你自己一个人处理，我……没有帮过你吗？"

"嗯，没办法啊，因为你每天都很忙。"

李浅说完便要去开灯，却被宁成明握住了手。

"对不起，我让你这么累。"宁成明拉住李浅的手，此时他们距离仍旧很近，借着外面的路灯微光，她看出他神色认真，目光坚毅。

"李浅，不管我们以前如何，但我现在，真的想记起关于你的一切。以后，我一定不会让你再这么辛苦，会好好保护你的。"

乖乖，李浅心头仿若升起了一块千斤重的巨石。她忽然觉得，就算将来自己救了宁成明，真相大白，怕是对方也不会原谅自己这段欺骗他的时日了。

一步错，步步错，古人诚不我欺。

晚饭后李浅借口疲乏，忙不迭躲进房间，瘫在床上，气得揉乱了自己的头发。

事态越发诡谲了，虽说带宁成明回中国肯定比留他一个人在泰国要安全得多，既是为了保他的命，也是为了自救。可她的监控 U 盘证据落在了国外，且这会儿他越演越入戏，难不成自己还真得写个新剧本陪他继续演吗？！

她绝望了一会儿，忽然又一个激灵坐了起来。

车祸视频的证据虽不见了，但如果能想办法找回来，是不是就能将他送走了？

可问题是，究竟要怎么将视频找回来啊？

李浅叹口气，又倒了下去，头疼欲裂。

这一夜，头疼者不止李浅。

宁成明失踪的消息很快还是为李隽获悉。虽是不知几手的消息，但他将之汇报给李敬凡时，还是让对方很是紧张。

何况依照李隽的说法，他查了李浅出差的时间，竟完全吻合。他不得不猜测此事是否会与李浅有关。

李敬凡要李隽暗中查证，并暂时取消恒星的合作收购。

而齐伟则在家里扫开了那枚神秘的二维码。他本以为会有何不同，但等了半晌却依然毫无动静。齐伟不禁有些丧气，摸不透宁成明究竟是下的哪一步棋。

此时的齐伟并不知道，自己的这一举动，已经触发了二维码中的信号，该信号已经被一名在电脑前守株待兔的中国黑客拦截。

他已被宁成明交代，当信号被激活，他就必须找到发信人，与其联手，帮助对方找到宁成明。

二维码后隐藏的程序将破译的手机持有者信息发送给了黑客。

他看着电脑上逐渐显示出的齐伟的照片与信息，吹了声口哨，对着屏幕比了个射击的动作，"齐伟……I got you."

宁成明关上房门，来到书房里的手绘复古世界地图前，将画取下来，后面露出一张和画大小差不多的白纸。他从书架上找了张李浅和自己的合影，又将照片撕开。将自己和李浅的部分分别用透明胶带贴在左右两边。

他抽出书桌上的水笔，在李浅旁边写上：机敏、聪慧、善良。思考时喜欢转眼珠。电子研发公司董秘。大学时的学生，旧识。

在自己照片的旁边则写下：幼年失怙，同姨母一家居住，关系不睦，经济系学者，目前失忆。

宁成明在自己和李浅之间画了一条线，写上：情侣关系。犹豫了一下，他在后面又打上了"？"。

他继续写道：已知由我主动提出分手？又写下了"为什么"以及"真实原因待查"。

宁成明缓缓后退坐在椅子里，远观墙上白纸的内容，面色凝重。

从醒来之后，李浅对他们关系的解释大体符合逻辑，有时却又似是而非，宁成明觉得，他必须搞清楚这到底是为什么……

*　　　*　　　*

夜色与白日流转。

恒星夸克所在的大楼屹立于城市中央，阳光照在楼体外的玻璃上，折射出刺眼的光芒。

余青青从电梯里出来。面上挂笑，心里美滋滋，手里拿着手机，边走边听微信。里面传来李琛的声音："青青，你早点休息，咱们有事儿回见啊！"

这是昨晚送她回来后李琛发的，余青青听完一遍，忍不住又听了一遍。哼着歌溜达到了自己办公室的门口，一开门便看见自己桌上的咖啡。

余青青面露讶色，放下手机，来回张望，此时前台金一路过，被她一把拉住。

"金一，李浅来了吗？"

"嗯，李秘好像有事，去找工程部的任工程师了。"

金一见余青青身后桌上的咖啡："哦，咖啡是顾总让我给你买的。"

"这才九点，太阳打西边出来，他按时上班了？"

金一撇嘴："并没有。顾总昨晚和行政部请了一天假。"

余青青心想，行，今儿躲得还真是够彻底的。正冷笑间，手机响起。一看，正是顾柘。

她转身进了办公室，关门接电话："喂？顾总，您打算躲到什么时候？"

电话另一头，顾柘窝在床上，正一脸惨兮兮："余总，我今天是身体不适，私人原因请假。和那谁没关系。我正要告诉你呢，我和厉融的收购计划已经终止，审计不会来了。"

"终止了？你和李敬凡说了？"

"谁说的不重要……"

"那就是李敬凡主动要求取消的。"

"重要的是……余总，这件事既然已经结束，能不能，就让它到此为止，千万别让李浅知道。"

"顾总，一杯咖啡可成不了我的封口费。"

"我明白，我明白！所以还有一份厚礼已经在路上了，余总您最晚后天就能收到！"

"成。这事儿要让李浅知道，也挺怄气的。我是冲着她，可不是为了你。"

"好嘞，谢谢余总，谢谢……"

顾柘还没说完，余青青便挂了电话。他正要摆出委屈脸，手机上忽收到一组催促上线的通知，内容为：尊敬的"浆糊侠"主播，您的活动特典直播即将开始，请提前测试网速，准时开播！

他顿时一改可怜相，精神抖擞地一骨碌从床上爬了起来。

可拉开卧室门，却忽然警觉地发现门把上被人挂上了橡皮筋，一开门便牵扯到一块抹布。

顾柘一惊，下意识闪开。他面色骤变，有种不祥的预感。

——该不会是……她来了？

绕开了盆栽里藏的喷水装置，避开了电视机后藏的恶作剧弹簧娃娃。动作连贯与平时判若两人，宛如海军陆战队员。但就在此时，客房传来一声女子尖叫，顾柘冲下楼后，忽然被上方落下的网子兜住，不幸中招。

顾柘尝试逃脱，未果，一脸愤恨："姐，年年这么玩你不嫌枯燥啊？"

顾澜好整以暇地磨着指甲，在顾柘对面的沙发坐下："我觉得有趣得很啊！"

"你到底来干吗？"

"爸妈银婚纪念，出去旅游，还把赵姨带走了，家里没人做饭。而你，我亲爱的可爱的蠢弟弟，家门锁的密码又这么好猜……嗯。"

顾柘抓狂："没人做饭，你去饭店、点外卖，爱怎么怎么着，没必要来骚扰我吧？"

"骚扰？哎哟，弟弟，你这么说让爸妈听见了，还以为咱俩不合，关系不好呢！"说完，她打开客厅的超级电脑，"不过，想不到……你居然还有秘密瞒着姐姐？"

顾柘分外心虚："说什么呢？我不知道。"

顾澜翻出一页活动宣传页面，转向顾柘。上面是"浆糊侠"位列第一的人气游戏主播排名表，显示即将开始直播。

"和姐姐说说吧。"

说什么？说他从小到大就没有一件事做得好。误打误撞玩了游戏主播之后此发现了自己天赋和成就，于是打算将恒星夸克和李浅他们托付给李叔，自己开始追梦之旅？

拉倒吧！顾柘觉得自己前脚告诉顾澜，后脚全天下就都知道了。然后爸妈的训斥，李浅的埋怨一定排着队袭来……

顾澜见他打定主意不张嘴，拿起手机："要不，我还是给李浅打个电话问问？"

顾柘急了："你敢！"

这忤逆的态度换来了顾澜的死亡视线，他赶紧摆正心态，换成跪姿："我错了姐，求你别打。"

对公司刚从被收购危机下走了一遭毫无觉察的李浅，刚和工程部的任工程师同事沟通过如何恢复监控视频的事。

按对方所说，即便是用手机里的播放器缓存过，但的确并未在手机里查到任何相关视频。眼看着这条线索断掉，任工又提示她播放视频时是否有链接网络。

一旦链接网络，视频信息的确有可能已在云端播放器备份，而非留存在手机里。

这么一来恢复视频仍是有一线希望的。

从工程部回来后，李浅去找余青青沟通恒星参加国际设计大会的进度。岂料却被对方告知，大会组委在她和顾柘出差其间发了邮件来，说工业二组的设计稿涉嫌抄袭另一家公司。

李浅意外，工业设计可是恒星的门脸业务，若在这件事上出了纰漏，传到业内，可是不小的影响："那查清楚了吗？"

两人端着咖啡杯并排靠在料理台边。

"你记得设计二组的林彤吗？她跳槽后，还在用二组的设计稿。监管会的意思是，都是国内公司，国际大会上就别整那么难看了。坐一起把事儿说清楚，该举证举证，能和解和解。这不，刚把对方公司的信息发过来了。"

"是哪家公司？"

"观鼎。"

李浅一口咖啡喷了出来。

余青青诧异道，"怎么了？难不成，你怕再见着宁成明？别紧张！这么点小事儿，估计对方和咱出动的阵容一样，法务搭总裁办。"

李浅白她一眼，余青青哈哈大笑，"哦，对了，我正想问，你之前和宁成明狭路相逢，后来怎么样了？"

"什么怎么样……他就后来自己退出了谈判。我也不清楚为什么。"

"自己退出？这也……太不像老狐狸会干的事儿了吧？"

他当然不会干这种事啊！李浅打了个哈哈糊弄过去。殊不知宁成明在家中已经开始实施印证李浅究竟是不是真的情侣关系，而她到底是不是真的喜欢自己这件事了。

宁成明回到房间，将世界地图再次取下，露出下面的关系图。随后在书桌前坐下，打开电脑。

宁成明在搜索框内打入一行字：如何确定与他人是恋爱关系？

浏览了一些相关页面后，他似乎都不甚满意。阴差阳错地点了一条商业推送，进入了有"浆糊侠"直播的预告倒数。

而浆糊侠——顾柘。此时正身披渔网，单手被铐在茶几上，见顾澜舀了勺送过来的咖喱饭，不情愿地别过了脑袋。

顾澜也不恼，反手将咖喱饭送回自己嘴里。

顾柘见临近直播时间，实在不能再坐以待毙："姐，咱俩聊聊行吗？"

"好啊！"

"你可以住我这儿。但不能随便进我房间、不能带其他人来玩儿、要充分尊重彼此的隐私，还有！不要吃我的咖喱酱！要吃自己买！"

顾澜眯起眼睛："你这是在和我讲条件？"

"我是在和我亲爱的姐姐尝试沟通。"

顾澜将盘子放在茶几上，眼睛一转："那你告诉我，上回我在李叔的晚宴上见到的那个女的……你们交往多久了？"

顾柘一脸窒息："余青青是公司的法务总监，不是我女朋友！"

"我就说嘛！那你到底打算什么时候和李浅说清楚。"

"说啥？你什么意思？"

"老弟，你喜欢人这么多年，还不打算表白？！"

距离直播只剩五分钟了，顾柘几近抓狂："姐！她只是我好朋友！我、你能不能别随便编排我的生活？"

顾柘忽然一拍大腿，想明白了顾澜今天为何要来骚扰自己。

"你跑我这儿来不是因为爸妈不在……而是你被催婚了！你不想和李琛完婚，所以和爸爸吵架了，对不对？"

见顾澜瘫着脸，顾柘意识到糟糕，他抓耳挠腮，还想往回兜："姐，你早说嘛。我这儿你随便住，想住到啥时候就住到啥时候！我绝不和爸妈告密！别生气啊姐，别生气！"

可是已经晚了。

顾澜冷笑一声，打开客厅与电视机相连的电脑，在大屏幕上打开页面聊天板块，开始和他的粉丝们聊起了情感问题。

顾柘看着屏幕上的粉丝炸锅，感到脑部一阵眩晕，咬牙切齿道："顾、澜！你要敢再多说一句，我、我、你信不信我和你拼了？！"

顾澜："嘘，闭嘴！哇，已经有人在向你提问题了哎！赶紧看看……如何确定与他人是恋爱关系？"

底下网友踊跃回复，顾澜套着顾柘账号的马甲，亦在键盘上手指翻飞。

浆糊侠：可以给对方发条消息，以对方回复时间长短来测算你们关系的真实亲密度。

guest0205：请问，该发什么内容好呢？

顾澜哈哈大笑，继续回复。顾柘已经捂住眼，不忍心再看了。

另一边，宁成明在电脑前刷新页面，但"浆糊侠"不再回复。而李浅也并没有回复。宁成明面上有些困惑，他翻了翻前面的帖子。回想自己从醒了以来，李浅对他的态度以及发生得种种，他禁不住托腮，面上困惑更重，重新打开搜索页，敲打键盘：如何科学判断与他人是否为恋爱关系？

Top 显示的标题为：

理工生亲测，科学迅速有效判断他人对你是否有真实好感！

宁成明面露喜色。

李浅闹不清楚宁成明在家抽什么风。顾柘是废物老板不用认真上班，但其他人还得兢兢业业。这会儿她和余青青等一帮人正坐在观鼎会议室里，等对方的法务总监来沟通协商如何处理知识版权纠纷的问题。

举凡是宁成明发来的消息，她一概没有心思看，更顾不上回。

余青青看看手表，已经过去快二十分钟了。对方笃定了要恒星的这帮人继续等着，只能说是故意要给的下马威。她心下好笑，都什么年代了，还来这套。

此时门开了，观鼎员工鱼贯入内。走在最前面的女人气场强大，穿着干练的职业套装，端着精致的妆容，俯身对着余青青伸手。

"是恒星的余总吧？我是观鼎的法务总监兼副总裁曹玫，这位是我们的人事总监江超。"

余青青瞥了江超一眼，这人不用曹玫介绍，没记错的话是她前前前男友。对方微微一笑。

余青青向曹玫等人介绍了李浅，双方终于开始会晤。

曹玫倒也不说废话，点明目前设计稿已经由观鼎递交组委会，内部意思是已获得了初审评委的一致认可，极有可能获奖。对国内市场来说这是个好消息。观鼎想就此向恒星购买设计稿的版权。

李浅抓了重点："所以，贵司已经认可该设计稿的研发版权是属于恒星的，对吗？"

曹玫淡然一笑："我看了你们提供的证据链，为了证明设计稿是在恒星时的职务创作，但从版权中心所属的版权登记证明上来说，的确归属我司员工个人所有，而非恒星。介于你我都是专业律师，在这个问题上，咱们就不必再绕弯子了吧？"

话是对着余青青说的，曹玫故意忽略李浅的问题避之不谈，是打定主意要全程掌握主导权，彻底撇开恒星。余青青心想，都明抢了还要什么脸？

"那曹总想花多少钱给恒星，做封口费呢？"

语气不善，是反问，更是一种态度。

曹玫看了眼众人："余总是觉得没有再协商的可能了吗？"

"我司前职员、贵司现职员盗用设计图的行为证据确凿，实属职务侵占。而贵司对恒星为这组原创工业设计，所付出的成本估算，尚不足五十万。这大大侵犯了恒星的基本权益。除了使用法律手段……曹总，贵司让我们别无选择。"

此言一出，观鼎众人低声私语。这等于是告诉组委会版权有纠纷，逼观鼎退赛，鱼死网破。

这当然不是曹玫想要的结果。但她不想表现出任何急迫："观鼎的报价只是估算，如果恒星觉得不合适，完全可以提出议价。"

"原本是这么打算的。不过在听完曹总的提案之后，我们决定改主意。"

意识到余青青这是不想留任何协商余地后，曹玫冷笑一声，盯着余青青合上笔记本："既然余总决定好了，那咱们就……法庭上见。"

两人同时站起，众人见状默认会议结束，纷纷起身。

在这相当于一竿子打没影，板上钉钉的档口，李浅上前拦住了曹玫："曹总，方便和您单独聊聊吗？"

曹玫看着眼前人，她叫什么？李浅？总裁办的董秘。她瞥了眼余青青，对方不置可否，曹玫点点头，将李浅让进了隔壁会议室内。

关上门，李浅道："曹总，我有一个提议。恒星和观鼎合作。在本次设计大会上作为共同研发方，提交设计案。"

这是个共赢的方案，对刚才的局面来说，形同退步，正和曹玫心意。她笑了笑："可是你们余总刚说了，恒星决定起诉观鼎侵权。"

李浅耐着性子："恒星和观鼎，核心业务重合度高达70%，某种意义上，互为上下游。在咱们这样的行业，成本和营收对冲，是无法在短期内获利的。而观鼎在两年之内急速扩张，图谋市场占有率所带来的压力，可以在分秒之间压垮一家企业。"

这些曹玫当然知道，李浅也明白对方心里门儿清，之所以还挺着不回应，无非就是需要李浅给足对方台阶，所以她没等对方回应，接着说了下去："压力会驱使观鼎接下来走两条路，一是寻求上市机遇，二是与更强者合作收购或被收购。无论是哪一点，与业务相关的无形资产——工业设计版权，都不能存在权属争议。曹总，您觉得我的提议怎么样？"

曹玫盯着李浅，良久，忽然笑了："观鼎要求对外合作番位第一，占比60%。"

"恒星55%，观鼎45%。这是恒星的底线。至于番位，观鼎随意。"

曹玫顿了顿，像是做了个盖棺定论："李小姐，你确定你有权做这个决定？"

李浅从电梯里出来，远远看见江超和余青青正说着什么。见李浅来了，江超同余青青点点头便离开了。

余青青等李浅靠近："怎么样？这老规矩我唱白你唱红的戏码真是咋演都不腻啊，那老妖婆答应了吗？"

"谈妥了都，咱们55%，他们45%，明天出合同。其他人呢？"

"这都下班时间了，当然是都回去了啊。"

"哦对，那你也顺路送我回去吧。我家门口修路，公交车停了。"

二人走出观鼎大楼。余青青想起了什么："对了，刚才江超和我说了件挺意外的事儿。说他们观鼎的总裁宁成明，好像失踪了。"

暮色四合，周遭的一切都被洒上金光。家家户户的灯亮起来，空气里弥漫着各家晚饭的香气，李浅走在巷子里，仍回想着下午在观鼎的见闻，江超隶属观鼎人事部，今天之所以来参会，想必主要是为了那名涉嫌"职务侵占"员工的定性问题。如果他们公司内部的人都知道宁成明失踪了，那为什么还不报案呢？

想到这儿她已经一脚踏入了小院，正要开门，却忽然停住了，想起下午在会上宁成明似乎给自己发了好几条消息，她此时才想起来翻看。

只见上面连环发了一堆短信，以及还有各种家里局部的照片，诸如餐桌照片，上面有李浅简单搭配的小花瓶，并在后续消息中称：我喜欢你认真生活的样子。

李浅看得目瞪口呆。她记得医生说他只是失忆，没说他撞坏了脑子啊？又随意往下翻了翻，有点不忍直视的嫌弃。

闹不明白对方到底哪根筋歪了，她耐着性子逐条删除了短信。心想道理我都懂，但有些事儿吧……还是逃避比较有用。

删完短信，刚进家门，她便觉察出气氛不对。屋内光线昏暗，只亮了厨房里的一盏灯。

李浅清清嗓子："宁成明，你在吗？"

半晌，无人回应，她走向厨房，一回身却忽然被一人影，握住手腕，"壁咚"在墙边。李浅吓得惊叫一声，定睛一看，是宁成明。

她伸出另一只得空的手，摸到墙上灯的开关。

灯蓦然亮起，李浅发现宁成明盯着自己，二人靠得很近。

宁成明面无表情，说话却多少带了点不满："为什么不回我的短信？"

李浅尴尬，看来不是被盗号，是脑子真的坏了。我要是说真话，该不会刺激他病情恶化吧？见对方态度认真，她赶紧堆笑，按照惯常手法——此时必须和稀泥！

"啊，你有发消息给我吗？我、我没收到啊！或者是因为我太忙了，没看见。不好意思啊。你有什么急事儿找我？"

他眯起眼，凑近她，仿佛正在分辨她话中真假。李浅紧张得想要后退，十分局促："你、你干吗？"

见宁成明不回答自己，只一味"深情凝视"，她心跳渐乱，有些不安："放手！"

宁成明置若罔闻。

李浅尝试挣脱，宁成明紧握她的手腕。

二人上一秒还有些暧昧的气氛，顿时滑向神秘的较劲。

她攒劲，宁成明往回掰。宁成明稍有放松，她见缝插针。你来我往几个回合，李浅推不开宁成明，也难占上风。情急之下，李浅扶着宁成明的肩膀，就是一个硬核"碰头礼"，"咚"的一声，疼得宁成明松了手。

"啊——"他捂着鼻子，李浅收回手腕，面红耳赤，有些生气。

"你刚才捏疼我了。"谁知李浅抬眼一看，只见对方伸手从背后缓缓摸出一枚体温枪冲着她，神态异常庄严。

"对不起。"

"滴"——体温枪显示了温度。宁成明瞥了眼上面的数字，笑了。正一头雾水间，李浅忽然发现宁成明流了鼻血："你、你、你流血了！"

宁成明用手腕擦了擦感觉异常的鼻子，见着血有些懵。他看着李浅又笑了笑，晕了过去。

等到他从沙发上鼻孔里塞着棉球醒过来，李浅已经帮他处理好了被自己撞破的额头。

原来，他刚才抓着李浅是为了测心跳和量体温。体温37.2度，三次心跳数分别是65/85/100，这么强烈的体外效应，都是因为和自己待在一起。看来网上那帮理科生没骗自己，这的确是科学迅速且有效的测试对方是否在意自己的好方法啊！

李浅见宁成明出神，露出一丝歉意："对不起啊，我……脑袋太硬了。"

宁成忍不住笑了。

"你笑什么呀？头不疼了？"

宁成明摇摇头，笑而不语。

"你刚到底发什么神经，为什么要给我量体温？"

宁成明脑内有点宕机，总不能告诉她说自己怀疑你并不是真的喜欢我，所以我做个实验吧？可他又实在没什么说谎经验，憋了半晌："我……觉得今天外面挺冷的，担心你会发烧。"

李浅白眼："我看你才发烧了吧？"

见对方突然凑近，宁成明一怔，也下意识摸了摸自己的额头，一本正经地回应："嗯，感觉是有点晕。也不知道是被你撞的，还是发烧。"

李浅见状，忍不住笑了。

"怎么了？"

"哈哈哈哈，没、没什么……"

二人相视一笑。

宁成明想，原来她是真的喜欢我，心下不禁有些暖暖的。而对面的李浅面上嬉笑，内心苦涩。天地良心，她不知为何现在怕得要死，只觉得一定得将他尽快送走为好。

理科生所推荐的一些温度的印证里，李浅和自己独处时，有温度提升和心率加快的表现。宁成明划掉了身体表达，剩下的比对还有：语言表达、行为表现以及是否具有介入性和排他性行为。

所谓语言表达，他回想在泰国时，李浅曾不止一次地说过，在过往的关系中，她爱自己，是要比他爱她多一些的。因此语言表达也是有的。但至于行为表现还是有部分存疑的，比如她显然很介意在人前和自己接触。这点她解释过，原因是此前自己向她提出了"约定"。姑且不表，那么最后剩下的这点"是否具有介入性和排他性行为"……

介入性是指，对方是否有行为显示更多介入你生活的存在感，或提升你在自己圈子的存在感。一言以蔽之，TA有没有将你更多地介绍给自己的朋友。

他躺在床上，陷入了沉思。她的告白和抗拒行为形成矛盾，但身体数据又如同那个帖子里写的一样，看来理论还是要靠实践佐证。

他打了个哈欠，决定明天再继续论证。

天一亮，顾柘在床上睁开眼，眨了眨，又困乏地闭上。但下一秒又弹跳起来，赶紧满屋子确认顾澜这个大魔王是不是还在。

谢天谢地，因为一些他不知道但也不想知道的原因，顾澜走了。

他的家和他都再次恢复了自由！

顾柘摸出电话，激动之下，想给李浅拨号。犹豫了一下，转而打给了余青青。

"顾总，如果您今天还要请假的话，请直拨行政电话。"

顾柘哽咽："你根本不知道我昨天到底经历了什么。"

"我也不想知道。"

行吧，余娘娘向来看不上他，十句有九句不是怼就是嘲讽，顾柘习惯了。他只是想确认她有没有和李浅说些不该说的。

"你在公司？"

"在去找李浅的路上。她家门口修路，19路公交停了，我接她上班。"

"你……昨天没和她说什么吧？"

"没有。我没和她说你曾计划将她和公司打包卖了的事儿！你一大早打电话过来就想问这个？顾柘，你办事儿做人不靠谱，能别把人都想得和你一样？我说你……"

太谢谢了！就想知道这个！

"那咱晚点公司见！"顾柘说完挂了电话，在沙发上瘫倒，长出一口气。忽然又想起什么，翻身坐起找到自己的手机，发现频道运营总监给自己发了条长语音，点开。

"祖宗，一夜之间掉了20万粉啊20万！你这会儿买僵尸粉都补不回来，还全都是皇冠级的金主粉。这影响有多恶劣，你自己反思反思，不跟你废话了，我得接着和人开会给您擦屁股去……"

想起顾澜昨日所作所为，顾柘不禁两眼一黑，他的账号不保，那主播梦想来也是要离他远去了。

晨光熹微，将院内花草洒上金辉。

厨房里传来一阵声响与好闻的味道。李浅闭着眼睛，穿着居家服从楼上循着本能，嗅着鼻子迷迷糊糊地走下来。

见着桌上放着的早点，李浅一脸垂涎。等等，这谁做的？她一扭头，只见宁成明挂着骨折的手臂，端着一盘煎鸡蛋从厨房里走出来。

"你醒了？去洗漱一下，来吃吧。"

李浅瞬间精神，如快进加速一般，飞奔回楼上，片刻之后穿戴整齐的李浅又风一般地蹿了下来，在桌前坐定。

只见桌上有牛奶、煎吐司、鸡蛋和培根。

李浅看向宁成明受伤的手臂："不好意思啊，本来应该我做的，都怪我今天睡过了。害你受着伤还帮我做早饭。"

"听人说，帮女朋友做早餐是基础技能。"

李浅尴尬一笑，有没有人能告诉她，为什么精明神武的老狐狸一失忆就陷入了这么个模式？这些歪理邪说都谁告诉他的？！

"怎么？我说错了？"

"那……倒也没有。"

李浅觉得当下最好还是用吃来堵住嘴，免得他继续话题，不知道又得扯到哪个尴尬维度。她正要上手夹鸡蛋，却发现宁成明已经将吐司和培根弄成了三明治状递了过来。

李浅伸手接住。都说世上没有白吃的饭，这顿饭她铁定消化不良。要不她等会上班，和顾柘找借口出几天差避一避好了？

"李浅，我想问你件事。你的朋友，他们……认识我吗？"

——人生简直处处都是陷阱！

李浅看着宁成明，努力咽下口中的吐司："你……干吗问这个？"

"哦，我只是觉得，既然咱们曾是未婚夫妻关系的话，应该彼此的好友都知道吧？我自己的好友想不起来了，所以想问问你。"

李浅头顶电闪雷鸣。

见她不回答，宁成明有些疑惑，猜测道："难道是我不让你和朋友说？我、那我以前真的是……"

"倒也不是，我……和一个女性好朋友说过咱们的事。"

"真的？她叫什么名字？"

李浅硬着头皮："余青青。"

"那……我能不能见见她？"

"不行！"

"为什么？"

李浅豁出去了："她人不在。"

"不在？啊对不起，我不知道她……"

"呸呸呸，不是，她、她去英国游学去了，一时半会儿回不来。"

"真可惜，我还想问问她咱们的事呢，看看是不是对恢复记忆有帮助。"

冷静啊李浅，她稳了稳，原来宁成明是这么个出发点："这种事急不来的，你放松些，先把伤养好。"

见宁成明放下心来，她赶紧起身上楼，想三十六计走为上计："时间差不多了，我拿个东西，去上班啦。"

谁知她刚进房间，还没喘口气，便接到了余青青的短信：收拾好了没？

李浅一脸懵。收拾什么？

突然反应过来，昨天她和余青青说门口修路，公交车停了，请对方送自己回家，那按照闺蜜以往的贴心思路今天就得来接自己去上班了啊!

　　她立即跑到窗口，朝外看去，隐约见到余青青站在了院门外。霎时大惊失色，糟了糟了!

　　门铃叮叮咚咚响个不停。

　　宁成明握紧了门把。李浅冲出房门，大叫一声："等等——!"

　　宁成明已下意识地拉开了一条缝儿，余青青就势一推门："李浅，你早晨怎么这么磨、蹭……"

　　余青青见到宁成明先是一怔。她看看宁成明，又看了看后面的一脸生无可恋的李浅，愣在原地。

　　宁成明好奇地看着余青青："请问，你是?"

　　余青青回过神，沉默地再次看向宁成明，眼神多了丝意味深长。

　　"余、青、青。我是李浅的好朋友。"

　　李浅禁不住伸手捂住了脸。

第五章

从家里出来，李浅攥着余青青跑得上气不接下气，直到巷口才停下。

余青青喘了一会儿，抬起头来："说……说说吧……咋、咋回事？"

"反正不是你想的那样。"

余青青老神在在，开始掰手指头："那我给你盘一盘啊。上上周你在泰国给我电话说宁成明和你狭路相逢……让我出谋划策，可我朋友说你后来没去酒吧……回国后你鬼鬼祟祟、神出鬼没，最终今儿被我捉奸，啊不，是被我撞破你家里有个男人，这男人还是宁成明……要不你替我分析分析，我……该怎么想？能怎么想？"

余青青说完，斜睨李浅。她铺垫铺到这份儿上，的确是没什么辩解余地了。但李浅觉得，意识肯定还是得先稳住了，定性要精准："话说前头，这绝不是为了爱情……"

"不是爱情，那就只能是残酷的交易了。李浅，你可以啊！"

看看看，这会儿说什么都晚了，李浅决定放弃，死马当活马医，十成十和对方吐露实情："收起你那替编剧操心的白菜命。我发誓，纯粹为了保命。"

她拉开车门上车，余青青坐上驾驶位："成，我洗耳恭听。"

李浅忽然伸手扒拉掉了行车记录仪的开关。余青青一怔，心里盘算这事儿是有多大，能让对方谨慎成这样。

"在泰国那天晚上，你让我引宁成明去酒吧时，你还记得吗？"

"记得。你后来还突然挂了我电话。"

余青青发动车，驶离了巷口。

"咱们就从那之后说起……"

李浅言简意赅，三下五除二就给余青青将来龙去脉普及了一遍，当然，其间非常自然的省略了自己和宁成明因为"未婚夫妻"身份相处时的细节尴尬。

"也就是说，你在泰国时发现宁成明的车祸有蹊跷，加上后续接二连三遭遇生命威胁。碍于他还失着忆，带他回来完全是出于人道主义精神？"

"没错。"

李浅觉得余青青不愧是精英律师，自己就知道抓重点。

"可我还有一个问题。你完全可以如实相告，为什么非得说自己是他未婚妻？"

当然，也很能发现事情的核心矛盾点。

李浅知道自己不能说出什么当时就是灵机一动这种鬼话。必须得有深思熟虑般的强有力的目的性，才能彻底打消对方所有不切实际的怀疑："第一，当时在泰国，我需要一个强有力能够说服他人，带他走的身份。第二，我需要一个面对他时，让他能比朋友更多一分信任，更愿意顺从的角色。第三，大学时他害我那么惨，我救他一命时顺带捉弄他一下不可以吗？行了吗，余律师，满意了？"

余青青恍然大悟："撇除前面两个原因，最后一个我很理解。"

"就说了不是因为爱情了。"

这也是有意思的地方。似乎在一切不可理喻和鬼使神差面前，如果夹杂了其他不怎么光彩的私心，就容易变得让人信服起来。

"问题是你接下来怎么办？境外杀手无迹可寻，视频又丢了。"

"任工说要恢复视频也不是全无希望。但我至今也没想明白，到底是谁要害宁成明。"

余青青反倒并不意外："哎，那可不一定。当年在学校，就他那课的不及格率……怕是想杀他的人不会少。"

可转念李浅一想，说得兴许也没错。有利益才有纷争。仔细想想，他那种人，的确很有可能让给人恨得要死，还不自知。"或许现在宁成明和当年掐着学生的命门一样，也挡了谁的财路，那就是动机了……"

"那等会儿我让江超在观鼎内问问情况。"

李浅点点头："好。"

话分两头。宁成明在李浅出门后，亦开始了针对自己的论证。他在一本经济学刊内页发现了介绍自己关于"负利率"的文章。人物介绍一览里写明了他的身份：C城大学经管学院教授宁成明。文章配图里甚至还介绍了他彼时的团队，以及助理齐伟。

宁成明在手机里没有发现齐伟的电话。他当然不知道这是因为李浅在泰国时怀疑齐伟和杀手认识而刻意删掉的。

他搜索了C大的地址，打算亲自找去看看，想见见这位自己曾经的助理。

宁成明的助理齐伟，自从扫描完宁成明留下的邮件中的二维码后已过去了几日，他诧异于为何毫无变化，仿佛一切后续都戛然而止。

而当他疑心是否自己误解了宁总意思，又或者二维码没有被完全扫描，是哪里出了问题，想再次扫描时却发现邮件内的链接不见了。

齐伟百思不得其解。

更麻烦的是，曹玫自从那天在茶水间和他聊完之后，仿佛就没放下过质疑。照理说她是副总裁，又兼法务总监，日常十分忙碌，不会有过多关注齐伟这样小职员的时间。但曹玫近来频频因为各种原因找他，今天更以见客户为理由，临时调动他下午陪同外出。

齐伟联系不上宁成明的姨父母，更找不到他传说中的表弟，又担心轻举妄动不符合宁总的计划，正毫无头绪，还要防备曹玫，苦不堪言。

但齐伟的直觉也没错，曹玫认为关于宁成明的失踪，齐伟一定有关键信息没有交代。她让人盯住齐伟又莫名失败了，这点让她更坚定对方有着和外表完全不相符的深沉心机。她决定换种方式，盯紧他。

齐伟和曹玫断然想不到，令他们苦苦寻找的宁成明此时就在他们眼皮底下的C市，同一片天空下的C城大学内晃悠。

宁成明站在树影斑驳的C大校道内犯迷糊。微风拂面，他像是想起了某种感觉，是仿佛在同样的天气、同样的阳光下走过这里的感觉，又像是类似的时间里他从这里去某处，他像是对这里很熟悉，但当他沉入记忆的海洋从中搜寻，又发现捞不起任何思绪。

他过去应该是教经济学的，可他现在连经管学院怎么走都不记得，浑浑噩噩跟着感觉就走到了法学院。等反应过来时，已经进了一间教室。

宁成明四下一看，这儿应该是个模拟法庭，有名男生正一脸苦相地打扫着桌椅。见他走进来，男生好奇："请问有事儿吗？"

"抱歉，请问经管学院怎么走？"

"哟，那可是相反方向，远着呢。你找学生还是老师呀？"

宁成明看了眼男生，看年纪约莫是大三了。会不会他对其他学院的事也有所耳闻："经管系有位助教叫齐伟，你认识吗？"

男生摇摇头："齐伟？没什么名气哎。经管系那么多教授，我也就听过宁成明。"

他两眼一亮："你听过宁成明？"

"岂止听过！"男生丢下手中的抹布，来了精神，"这个宁成明是C大的'校园传说'！据说他个高腿长、帅气迷人，但却为人刻薄、冷酷无情、精明如鬼，绰号'老狐狸'。挂科率和重修率位居全校榜首，是每个选了他课学生的噩梦！"

男生说完，还忍不住颤抖了一下。

宁成明一时间不知该作何回应，这部分李浅完全没和他提过。她说起他在情感里的武断专行总要表现出理解和一定的原谅。但骤然面对不认识自己的人，突如其来的正面指责，他不由得产生了质疑："你又不认识他，为什么知道他这么多事？"

"哎，你不知道，C大图书馆里有本他的手写本传记。谁先开始的没人知道，但据说是所有认识他的人合力写的。内容无比精彩，比小说都好看！哈哈哈哈哈哈，哦对了，你的访客牌呢？"

"我来的时候没人要我登记。"

"不可能啊！难不成你认识门卫？"原本乐不可支的男生面上浮起疑惑，见对方摇头，他觉察出些许反常，"请问你叫什么名字？"

"宁成明。"

当下空气凝结了片刻。但男生犹不死心："哪个宁、宁成明？"

宁成明想了想，"可能是你说的那个有手写传记的宁成明。"

男生同他面面相觑，一时不知该如何是好，面上逐渐生出惧色。

突然另一名戴着眼镜的男生冲进了教室，将手中的拖把放在门边，冲同学兴奋得直嚷嚷："喂，图书馆上回那本《宁成明传记》还在你这儿么？那里面是不是说宁成明有五个女朋友，还有一个未婚妻？我女朋友说想看，借我呗！"

话刚说完就发现对方给自己拼命使眼色："没、没什么，你记错了那本册子不在我这里。"

眼镜男自然不理解："骗鬼呢？哎呀我说这个人怎么这样……"

"你刚说，宁成明有五个女朋友，加一个未婚妻？"宁成明难以置信，忍不住出声打断。

"嗯，是啊。据说那个人仗着自己长得帅，孤高冷傲……那传记里写了很多他脚踏 N 条船的事儿，所以我女朋友特别好奇。"眼镜男这才发现教室内多了个人出来，以为是同学的相识，"这你朋友？"

男生疯狂摇头，僵硬一笑："宁成明。"

"谁？哈哈哈哈，怎么可能？哈哈哈哈……"

宁成明实诚得点了点头，见状眼镜男面上的笑容逐渐消失，气氛再次陷入尴尬。

紧接着留着寸头的高个同学也冲了进来，一脸神秘地叫道："哎，哎，我跟你们说，你们还记得经管系那个宁成明吗？就那个冷血无情脚踏五条船的衣冠禽兽、学院之耻！我还以为就是个传说中的人物，刚学姐和我说他在学校里出现了！出现了！咱们要不要去看看到底长什么样？"

男生和眼镜男此时已缓缓地抱在了一起，怕得快哭了。宁成明转向高个同学，吓了对方一跳："哇！你怎么长得和经管学院照片里的宁成明一模一样啊？哎，你们看，居然有人长得像宁成明哎！哈哈哈哈……"

哈哈哈……哈哈……哈。

三人对视一眼，忽然意识到什么，突然齐齐跑出教室，边跑边一路高叫："宁成明来了！宁成明他真的回来了！！！……"

　　纵使宁成明脑海中再空白，也明白了此时此地实在不宜久留。来不及多想，他匆匆离去。

　　没多久，C大校道上便呼啦啦地跑来一群人。他们跟着小道消息在校内东奔西跑，只为看一眼活的"C大老狐狸"。对方离职后，今天是首次回校，以往传说中的人物终于现身，这可是千载难逢的机会。

　　一位舍管大妈本来在宿舍楼后面随着小收音机一起扭腰，跳着单人广场舞。岂料与正翻窗逃跑的宁成明撞了个正着。

　　二人面面相觑。宁成明尴尬点头，就想含糊跑路。

　　大妈喝住："站住！什么人？"

　　"宁、宁……"

　　"您什么您，我问你呢！你哪一届的，好好路不走怎么鬼鬼祟祟的？"

　　"宁成明。"

　　"宁成明？宁……"大妈本不以为然，忽然回过神，"是、是我理解的那个宁成明？"

　　宁成明苦笑着点点头。

　　大名鼎鼎，如雷贯耳！大妈见鬼般一秒抱起自己的收音机，"嗖"的一声，迅速逃窜消失。

　　此时追逐的人群又折返回来，宁成明急忙再次逃窜。

＊　　　＊　　　＊

　　恒星夸克的会议室里，正开着一场艰难的会议。

　　艰难点不只是因为顾柘业务不精，开会时屡次将业务目标说错，更因为他看着不知情的李浅，仍在愁苦如何向她坦白自己接下来的计划。

适才在上班之前，他网上的平台主管找了过来。想不到因为顾澜昨天的"非常规操作"，他今天居然还涨了近50W的粉，主管唾他一句，狗屎运作祟！但这么一来，他不但主播梦不会碎，因祸得福还变得更为平台重视，决定今后给他开设专门时间段的情感直播。如此一来，大量的直播工作就势必要面临二选一的情况。是继续兼职做直播，还是干脆退出恒星，将公司托付给李浅？她的确比自己更适合坐管理者这个位子。

或许在外人看来，总裁与主播，这是根本不必纠结的选择。可对他来说，主播是二十七年以来自己唯一感兴趣的事业，不必走父母给他设计的路，仅这一点就足够了。

到底该怎么和对方说呢？

顾柘在脑海中演练了快有上百次，但这都没法解决一个前提，那就是绝不能让李浅因此和自己绝交，这是他唯一不愿承担的风险。

会议室内仍有些焦灼，除了顾柘的内心，主要在于公司业务问题的解决方向。即便他们半个月前在泰国与GC顺利签署了合作框架协议，但推进并不十分顺利，对方开始质疑恒星本季度华南地区合作方的八百万需求量以及支付能力。再者，在这个节骨眼上，国际设计大赛组委会接到了举报投诉，说恒星抄袭了观鼎的设计。

李浅觉得本季度现金流主要依仗上一单和广州甲方合作的那笔回款，账期长，加之追讨困难，GC的担忧不无道理。

而和观鼎之间的设计版权纠纷，也在总裁办和法务部的主导下，与对方沟通解决了，结论是知识产权共有，区别只在收益分成配比上。

顾柘本想对此发难，好借着机会提出现金流不一定要绝对依仗回款。如此一来，还可以考虑新的资金注入，例如寻求像厉融那样的大资本的合作。

但余青青似乎一眼看穿了他的目的，话不投机，眼看着就要吵起来，还是李浅出来拉了个偏架："顾总，回款的问题，我会和地区总经理商议解决。版权纠纷的话，还是交给余总。咱们的证据链没问题，与观鼎的合作也生效。组委会应该只需要公关一番就能解除误会。您看可以吗？"

顾柘最不擅长和人强势沟通，每回和余青青拌嘴都在被逼哭的边缘，听李浅这么一说，当下得救："好！就这么决定。散会！"

说完便逃也似的大步消失在会议室门口。

其他人对老板的怂包状态早已见怪不怪，待其他人都离开，李浅起身，按住了余青青的笔记本。提醒她，对方毕竟是老板，无论如何也不能这么和他说话。

余青青私下里半分面子都不想给顾柘留，她说自己到恒星来全是看李浅面子。让她也别惯着对方，面对现实。不彩排就开会，他就这水平。

李浅走出会议室见顾柘上了顶楼，料想对方一定是因为会上被余青青怼了，找地儿嘬嘴生闷气。正想着上去安慰安慰，却发现同学群里炸了，所有人都在说，老狐狸去C大了？！

齐伟背着包在等电梯，两分钟前他收到了曹玫的短信，要他立刻下楼去停车场找她。等了好一会儿电梯数字仍一动不动，齐伟决心去走安全楼梯，却意外听见里面有人说话，是人事部的江超。

"总裁办还没决定报警？"

见对方摇头，江超难以置信："太反常了。这都多久了，活不见人，死不见尸，按道理就该通知家属，报失踪。现在还说人在泰国休假，骗鬼呢？"

"还有，这个月对接的财务申请调看之前的凭证，我联络上个月离职的财务总监……也是各种联系不上，人就跟蒸发了一样。"

"什么？他是在宁总失踪之前辞的职。这到底是……"

齐伟的手机忽然发出震动音，在空旷的安全通道内显得尤为明显。他吓得关上门赶紧出去了。

来电是一串奇怪的数字。

齐伟接起，耳旁响起了一阵古怪的机械电子声：你——是——齐——伟——吗？

他吓得立即挂了电话。

黑暗里，被齐伟挂了电话的男子正难以置信："他还敢挂电话？这个蠢货！非逼得我出门吗？一定要这样吗？！"

男子从椅子上艰难站起，撇下痛苦的嘴角："行，我倒要看看你在哪儿，看我不把你亲自抓回来！"

面前的电脑桌上，齐伟手机的信号似乎正在移动。

李浅家巷子外，余青青一个完美的急刹车，车停了下来。正打算下车，却被已下车的李浅抢先按住。

"你今儿就赶紧回去吧。"

"哎，不是……你这什么道理啊？需要的时候对我召之即来，不需要就挥之即去是吧？"

刚才李浅发现宁成明去了C大，二话不说就拎了余青青一块儿去救人。这刚费劲将宁成明从C大带回来，她李浅这就翻脸不认了？

"赶紧走吧姐姐，别火上浇油了。"

余青青不管她，冲着已下车站在李浅身后的宁成明道："哎呀，宁老师……虽然你说了想请我吃晚饭，但李浅说你也累了，咱们不如就改天吧？"

"这样不好吧。青青今天又是送你，又来接我的，再怎么说也得来家里喝杯茶，吃点什么，休息一下再回去。"

余青青麻溜下车："好嘞！"

李浅瞪了眼余青青，趁着宁成明往回走的档口冲她低声叮嘱："等会儿看我眼神见机行事，玩脱了也没你什么好处。"

刚进门，宁成明便已经身在厨房忙碌了，招呼她们先坐一会儿，自己很快就好。余青青环顾一周，不禁啧啧称奇："要不是和你大学做了四年好朋友，我都要怀疑自己记忆出了问题，突然忘了你俩是情侣了。你这戏做得够全乎的啊？"

她拿起客厅一张两人合影，对李浅亮了一下："神通广大啊你。"

李浅抢过合影，放了回去："我二哥搞影视制作，手下做道具的人可多了。都是戏，别当真。"

宁成明手上端着洗着的菜，此时将头探出厨房："李浅，你来一下。"

"怎么了？"

"我忘了系围裙了，你帮我一下。"

李浅走过去扭头和她对了个"都是戏"的口型。

余青青一脸被恶心到，但忍不住好奇还是想看的姿势，围观了李浅帮宁成明系围裙的全过程，逐渐目瞪口呆。

"先说好，等会儿你可千万别乱说话。要是老狐狸和你问起来我俩的关系、具体情况什么的，你就……"

李浅思索一下，作"V"手形比画夹东西："我夹蔬菜，就是肯定。夹荤菜，你就否定。剩下的围绕着答案自由发挥。尽量少说话，说多全是错！"

"知道了知道了，我谁啊我？八面玲珑——余青青的 title 假的是吧？哎，你是不是吃过老狐狸做的饭了？怎么样？"

"只吃过西式早餐，味道还行。"

正说话间，宁成明端出了托盘，上面放了三碗泡面。

"这什么？"李浅替余青青问。

"我的拿手好菜啊。青青是你最好的朋友，当然要用我的最高水平招待。"

"你最高水平就是泡面？刚不是说要请青青吃点好的吗？"

"是呀，是十分有营养的鸡蛋方便面。"宁成明颇为得意的将面放到餐桌上，"喏，这是咖喱鸡肉、番茄牛肉、红烧排骨，你们想吃哪种可以自己挑。"

余青青看了李浅一眼，端走了番茄牛肉。

李浅将红烧排骨挪到了自己面前。

两人犹疑地吃了一口，竟意外的好吃。余青青脱口而出："嗯，宁老师，很好吃！"

宁成明不动声色："我觉得青青既然在英国游学，那应该会很想吃泡面。我当年在英国也待过两年，只记得根本没什么好吃的东西，除了土豆就是炸鱼。对了，青青，不知道牛津附近的那家中餐馆还开着吗？"

余青青见李浅埋头吃面，强作镇定。"我去的不是牛津，是曼彻斯特。"

"曼彻斯特吗？我也去哪儿待过三个月呢……那……"

眼见宁成明还要发问，李浅赶紧打岔："成明，我想再加点醋，你帮我拿一下呗。"

宁成明点点头，起身去厨房。

剩下二人宛如考生作弊，交头接耳。余青青一脸恶寒："怎么还考起我来了？"

"他是什么人你不知道？数据分析，消息来源考证……老狐狸可不好糊弄。你自己悠着点，找机会赶紧撤！"

宁成明回来见二人埋头苦吃："青青，我失忆的事，想必你已经知道了。咱们以前见过吗？"

来了来了又来了！余青青下意识瞥李浅："见过……吗？呃……"

李浅刚吃完了口白菜，再要翻，竟找不着了，剩下只有排骨。只得费尽心思地从里头挑出了一根香菜。

余青青赶紧点头："对对对，我们见过很多次。"

"李浅说我以前在学校对谁都不理，唯独对她最好。她有没有告诉你，我是怎么追的她？"

余青青险些呛到，默默放下筷子，看向李浅。

李浅再次挑起那根香菜。余青青揉揉太阳穴，心想我一个学法律的，你这比让我当庭串供可难多了！

"是，您先追的李浅。不过我问过起码八百回，她也没告诉过我细节。"

"那她有和你说过为什么喜欢我吗？"

"呃……"余青青继续瞥李浅。李浅正要挑香菜。

谁知宁成明注意到，给一筷子给夹走了，还冲李浅抱歉一笑："对不起，我忘了你不爱吃香菜。"

李浅看了眼碗里，已经彻底没蔬菜了："青青刚回来，你也别盯着她问了……对了，你今天怎么想起要去学校？"

"我想去以前待过的地方看看，是不是能回忆起什么。"

余青青受气氛影响，紧张道："那您想起什么没？"

宁成明摇摇头，有些失落："我记得以前在学校没什么朋友，但不知道自己的风评竟然这么不好。"

李浅和余青青对视一眼。能好得起来吗？光您给过不及格的学生就能凑齐办个运动会呢！

李浅心下不忍："也、也没有很糟。"

余青青倒有些莫名幸灾乐祸，见老狐狸吃瘪，顺手浇了一把油："是啊，宁老师，你为人严苛、言语刻薄，动不动就给人零分，让人重修，逼得好些人拿不到学分只能退学，学生不喜欢你也是很正常的嘛。"

李浅在下面踩了余青青一脚。

余青青面不改色，假装没看见李浅瞪自己："李浅喜欢你就行。"

一顿饭吃得可谓风声鹤唳。

余青青这吊着的心还没搁下来，宁成明就趁着李浅去洗碗，又来问她，自己以前除了李浅，还有没有别的女友。

她禁不住扶额。凭他宁成明以前在 C 大的名号，这种事儿谁能说得清楚？李浅又不在，她决定自己看着办，答得好不好，看天意吧。

"别人我不知道。不过听说在你身边的人很多，他们都挺怕你，又都不敢离开你，据说他们在你面前都会脸红心跳，喘不上气。甚至……还有当场晕过去的。"

这可不算余青青瞎说，往常他那些学生，哪个不在他念成绩的时候心跳加速、胆战心寒的？

宁成明显然吓了一跳，"我、我以前对李浅很不好吗？"

"与其说好，倒不如说是有点……残酷？不然你以为晕过去的是谁啊？"余青青翻了个白眼，这她也没说谎。当初李浅打工发着高烧，还得去给宁成明递小论文求补考，那天可不就晕了吗，还是宁成明给送去的校医室，也没见他后来给个同情分啊？

似乎是意识到过往的劣迹，宁成明神色黯淡，陷入沉思。

李浅从厨房里出来，意识到气氛有些不对，上前拎了余青青就往外走："吃完了就赶紧回去吧，明儿不是还得出业务的合约初稿吗？"

从家里出来，二人在车前站定。

余青青禁不住感慨，"哎呀，真是想不到有一天还能见这种戏码。啧啧，老狐狸简直是虎落平阳被犬欺。看不下去，真的是看不下去……"

李浅推了余青青一把："被谁欺呢？让你配合，没叫你添油加醋。"

"你不说这全是戏吗？我这是尽力在出演！"

"演得是好，你看他被你打击的！"

"哎，这我可得和你说清楚，老狐狸受打击可跟我一点关系都没啊！我师弟说，他们那届有几个学生和宁成明撞上了，把图书馆里那本手写传记上的事儿都告诉他了。"

李浅愕然："全说了？"

"七七八八。就那些后来学姐学妹们杜撰的他的情史之类的。哎，那册子还是你发起的吧？"

李浅没好气道："我就写了前面一页纸，还全是他挂我科的事实。谁知道其他人对他怨念这么大。"

"那他要是能就此认识到自己以前是个渣男，和你就地分手，不是也挺好？"

此时余青青的手机消息响起。她打开一看，蹙了眉头，是来自江超的观鼎内部消息。

＊　　　＊　　　＊

李家大宅。

李琛刚回到家，便见李隽正和李敬凡坐在客厅，他寻思是不是今天顾澜找自己聊结婚的事儿被父亲发现了，拐弯就想往饭厅绕。被李敬凡大声喝止，只得转身嘿嘿一笑："爸，您还没休息？"

"我让你打听的宁成明的事儿怎么样了？"

"这每天都有拍摄任务，我忙着呢……"

"从小到大，你一想说谎就看右边。"

李琛赶紧在沙发上坐正："其实不瞒您说，今天有人说他在 C 大出现了，然后……我的人说，他好像，看起来……"

"别废话！"

"说来您可能不信，宁成明……他好像失忆了。"

李敬凡斜眼看李琛，宛如看一个智障。

李隽从旁补充道："爸，是真的。我的人跟踪时也觉得，他的状态好像不对劲。"

李敬凡冷笑："人前失踪，人后失忆？好，你找点人，给我盯着他。我要证据！"

另一边，本是被曹玫拉来与客户见面的齐伟正坐立不安，他看了看手表，早就过了客户约定的时间。

曹玫瞥见了，不动声色冷笑。之前几次都失败了，她今天决定亲自给齐伟装上窃听器。

"曹总，要不我还是去门口等着吧，万一客户找不着地儿……"

"客户刚给我发了消息，说临时有事儿来不了了。"

"啊？"齐伟有些懵，他在寻思自己接下来是不是编个理由早点撤比较好。

"我今天下午和人事说了，将你调成我的助理。"

可我是宁总的助理啊！齐伟险些脱口而出。仿佛是看出了齐伟脸上的意思，曹玫冷眼看他，"怎么，不愿意？是宁成明给你缴了五险一金，还是你和公司签的劳动合同？"

"曹总，我服从公司安排。"

齐伟虽然闭了嘴，但心里开始打起了鼓。他知道曹玫曾是宁成明的未婚妻，公司有些项目面临融资，但不论从哪个角度，在面对宁成明失踪这件事上，她的态度都显得有些过于奇怪了。

此时手机又震动起来，竟还是下午那个一长串的诡异号码。他忙不迭再次按掉了电话。

曹玫则趁齐伟不注意，将一个新的窃听器丢进了他挂在椅背上的大衣里。转身招来酒保要酒："做我的助理，第一关得能喝，齐助理，你行吗？"

齐伟再次收到消息，他看了眼消息：快接电话！蠢货齐伟快接电话！再敢挂断电话我让你哭你信不信？

他直接关机，抬头回复曹玫："大概、可能、行吧？"

事实证明，齐伟在喝酒这件事上，还是有些过于谦虚了。不到半小时，他就将曹玫背出了酒吧，费劲巴拉的将对方塞进了车里。

"曹总？曹总？"

曹玫纹丝不动。

"曹总，您醒醒，我给您叫个代驾？"

可惜对方已在座位上失去意识，甚至渐渐响起呼噜声。他叹口气，想了想将大衣脱下给曹玫盖上。替曹玫锁了车，又将钥匙从车窗的缝里塞了进去。

岂料一转身，便看见面前站了个黑衣黑帽黑口罩的男子。

"齐伟是吧？"

齐伟纳闷："你谁啊？"

话音刚落，男子便拍晕了齐伟，将他拖走："给你打电话不接，发消息不回，逼老子出门，都几年没出门了？哼，就为了你这么个蠢货……"

数小时后，当旭日在城市林立的高楼间升起。曹玫在车里醒来，脑袋抵着车玻璃，睡僵了的她抱着肩疼得龇牙咧嘴，身上盖的大衣滑落，她顺势摸了摸口袋，果然从里面摸出了昨晚自己放在齐伟衣服里的窃听器。

她当即气得扔了窃听器。这个狡猾的家伙！居然还敢将她一个人丢在车里！

曹玫别过头，将大衣扔到后座，正盘算回公司要怎么收拾齐伟。

倏地，她仿佛看见了什么人，一脸震惊。

——车窗外，宁成明拎着购物袋，刚刚走过曹玫的车，并跟着最后五秒的绿灯跑过路口。

她一个激灵，赶紧开门下车，朝着不远处宁成明的身影追逐而去。眼看着穿过人群，马上就要追上宁成明。

这时红灯亮起，一辆车开过，曹玫焦急望去，却已不见对方人影。

曹玫下意识地给马昊拨了电话，还未接通她便转念挂断，茫然地靠在车边，自嘲一笑。

马昊回了电话："找我有事？"

"拨错了。"

"那你赶紧来公司，我有急事儿和你说。"

曹玫又看了眼对面的街道，无奈地上车。

倒也不怪马昊慌里慌张地找她，而是股东会里已经有人觉察了现金流的缺口，要求今天必须召开内部股东会，给出解释。并且他们提出，要见宁成明。

观鼎会议室内，气氛胶着，股东们一脸愤懑。

朱董拍着桌子，"你们最好解释一下，为什么宁成明在的时候，营收是现在的数十倍，这短短一个月，暴跌了近一半。还有，宁总到底在什么地方，为什么一直联系不上？！"

江超见马昊和曹玫闭口不言，纠结一番站了起来："抱歉，诸位老总，宁总自从一个月前去了泰国，至今还未在公司露脸，观鼎也各方联络过，还没消息，从目前情况判断，我们暂且定为失踪。"

股东们哗然。

"什么？失踪？人不见了就得赶紧找，为什么要瞒到现在才说？"

"事到如今，曹总，马总，这叫我们还怎么信任你们？"

马昊额间渗出汗珠："宁总这件事……"

蓦地，曹玫用手指在桌面轻敲了几声，一时间众人停止喧闹。她抬头扫视一圈。"宁成明没有失踪。"

马昊看着她，曹玫拿起桌面上的遥控，点开了投影。众人疑惑地望去。

大屏幕上显示的正是曹玫和宁成明的邮件往来截图。

"这是昨天我和宁总的邮件往来，定位显示是泰国清迈。造谣宁总失踪的人……"曹玫顿住，看向江超，"会后我们自会追究。"

江超对上曹玫的眼神，惊惧地低下头。

曹玫继续道："宁总临时获得了北部一家工厂的邀请，所以调整行程，去深入考察更物美价廉的产线合作。因为地区偏远，通信不便，还需要一段时间，请大伙儿安心。"

股东们情绪明显变得安稳了一些，彼此低头私语。

朱董依旧有些不解："你们怎么解释现金流……"

马昊松了口气："至于现金流，正如您此前所说，一直是宁总亲自打理，如果您信不过宁总，那就等他回来，自会给大家一个说法。"

最烦的就是这种，搬宁成明说事儿可他又不在。在座谁不是冲着他才投的公司？如果他当真并未失踪，现下发难倒会显得自己认钱不认人。

朱董不悦："那就请联系宁总，尽快回国！"

见朱董言罢忿忿离去，其余诸位也都就势起身，会议室内观鼎的员工也顺势要走，却被马昊制止："你们坐下，公司例会继续。江超，你为什么要在这么重要的股东会上造谣？"

见江超无话可说，曹玫道："写份检讨吧，保证你将不会继续传谣，诋毁公司形象。你能做到吗？"

江超点点头："能，我明白。"他内心思考着该如何向余青青透露这件事。

顾柘的办公室内，气氛有些不妙。

余青青正坐在他面前，手里握着顾柘的手机，翻看他的账号。

他本人则瑟缩在办公桌后，想不通为什么连续两天会被自己最害怕的两个女人发现内心的秘密。

说到底还是赖他自己，忘了今天最新安排的直播时段，非要在公司铤而走险地直播，谁晓得手机阴差阳错地就连接上了隔壁余青青的蓝牙音箱，这话还没说两句呢，把底儿全漏出来了。

这下可怎么收场的好？

"所以你前段时间说想要卖掉恒星是认真的，因为找到了自己想做的事？"余青青丢下手机看顾柘，面上全然看不出态度。

但顾柘心里知道，事已至此，再想撒谎那就是死路一条。

他一张嘴，不禁悲从中来："我根本就不适合做团队领导，当初学管理也是被我爸逼着去的。事实证明，我的格局不如李浅，思维不如我姐。何必一直坐在不合适的位子上。现在这样做主播，拥有几百万的粉丝，大家都很喜欢我……"

余青青同情地点点头，仿佛很理解，让顾柘宛如看见了一线希望。

"你觉得我能和李浅说真话吗？"

"你可以试试，但后果自负。"

"余娘娘，我有个大胆的假设啊……要是我不是李浅的老板了，她是不是就不理我了？"

余青青愕然："顾柘，你该不会是真的对李浅……"

顾柘马上举天发誓："天地良心啊，余娘娘！我真的没有！"

余青青正要反驳，手机响起来了，她瞥一眼，是江超。对方昨天答应了要在今天给最新消息。于是也顾不上哄孩子，余青青起身出去。

顾柘在后头追了一句："余娘娘，您可千万替我保密啊！"

走进曹玫的办公室，马昊拽了拽领带躺倒在沙发上，大松一口气。

突然笑了："你怎么想到这招的？"

曹玫懒得和他废话："不重要，计划必须抓紧时间。"

"我也这么觉得，现金流这个窟窿必须继续掩盖下去，我会尽快多联系几家基金，完成MBO（管理层收购）。"

曹玫回想刚才的会议："财务总监又是怎么回事？"

"他好像偷偷带走了一些凭证……不是什么大事儿。"

曹玫简直快给气笑了："不是大事儿？呵，这样还怎么应付审计？你这……"

"这件事，我自己会处理好的。"马昊烦躁地准备离开。

"等等，你确定宁成明真的死了？"

马昊转身，他盯着曹玫，心下有些替对方感到可悲："要不我把照片发给你亲自确认？"

"不用了。"曹玫别过头。

等到马昊冷哼着离开，她忍不住拉开抽屉。里面有张和宁成明的合影，如果他真的不在了，那今早自己看到的又是谁？

曹玫拿起合影旁的戒指盒，思绪不禁回到当初。

她是从小就活得无忧无虑的那种女孩。父亲是教授，出身书香门第，身边永远有朋友、追求者，有的是为了她，有的是为了接近她父亲。而宁成明，是另一种人，孤身一人，格格不入。

可不知为什么，她看不见那些眼前追逐的殷切身影，却能看见他。不论她如何接近、示好，他总是无动于衷。

高傲的教授千金仿佛遇见了一个无法破解的难题。她想尽办法和他沟通，吸引他的注意，而他偶尔的回复却能叫她开心许久。

……

曹玫回过神，发现刚拨出了宁成明的手机号，但里面传来的是无法接通的提示音。

事到如今，她明白自己只是无法相信他死了。

忽然，有下属入内汇报，曹玫忙不迭挂断了电话。

"曹总，与恒星的合约返回来了。"

曹玫接过，翻开看了起来："齐伟呢？这事儿不应该他在盯吗？"

"是，不过齐伟今天也没请假，好像是旷工了，怎么都联系不上。"

她心下诧异，却没有再说什么。

自毕业入职场以来，齐伟就从未迟到早退过，更毋论旷工。此时失联，乃是因为他正被人蒙着眼，捆绑着，仿佛身处危险之中。

对面坐着昨夜将他搬来的男子，对方拿着小本本，一边记录一边询问他。齐伟纳闷，怎么从宁成明失踪开始，自己就一直像在演谍战剧？

他口干舌燥："大哥，你已经问了我快几个小时了，天都快亮了吧？"

"可我怎么还是没法信任你呢。"

齐伟急了，要说对这件事摸不着头脑，他比谁都更有发言权，能说的他都说了，还想让他怎么着？口吐芬芳的诸多词汇就压在喉咙口，他一张嘴就打算喷薄而出，却被人忽然抽掉了眼罩。

阳光刺目，他双眼眯缝起来，一时间看不清来人面目。

对方像是很不耐烦："你说来说去，都没讲清楚，宁成明为什么会失踪？"

一道光打在对方鼻子以下的脸上，齐伟看清楚了，惊喜油然而生："卢凡易！"

卢凡易倒有些被吓着了："你认识我？"

"表弟！"

卢凡易一巴掌糊他头上："谁是你表弟？！"

"你、你、你是不是宁总表弟？"齐伟激动到有些语无伦次，"我只见过一次你的照片，你叫、叫……卢凡易！"

卢凡易掏掏耳朵，对齐伟的聒噪很是厌烦。从昨晚抓到齐伟带回家，他就一直在思考一个复杂的问题，那就是他哥这么聪明的人，为什么会将这么重要的任务交给齐伟这么个笨蛋？

他给齐伟在沙发那儿用线圈出了一片地，告诉对方，只能在圈里活动，除了上洗手间和去上班，坚决不能轻易出圈（juan第四声），便自己回到电脑前坐着去了。

接到余青青消息的时候，李浅已在回家的路上。她给宁成明去蹅摸了一些中药，想让他尽快养好胳膊。

照江超的说法，他在内部股东会上只不过提出了宁成明疑似失踪，就被训诫。可见观鼎高层对于此事是在刻意隐瞒，不知有何内幕。

看来要查明真相，最快的方法就是了解观鼎近来的资本动态，她有种直觉，只要获悉了资本的流向，就能弄清楚动机并找到拥有此动机的人。

而这些，尚在家中研究自己和李浅之前是不是出现了"破窗效应"的宁成明是一无所知的。他这几天一头扎进各种论证里，想从侧面证实自己过往到底是什么样的人，他和李浅之间的问题究竟出在哪里，如何能在自己仍失忆的前提下让事态不要更进一步的恶化。

每个人心里似乎都有着毫不相干的一条分支线，以自我为中线延伸开去，布满了种种立场，又受外围条条框框的限制，他们知道一些，又不知道另一些，无人觉察在信息流的误差下，诞生的结果究竟会天差地别到何种程度。

余青青想着还能去哪儿打听观鼎的资金意向，投行和金融机构的关系网里肯定是要去打听一圈的，但动静不能太大。

她走进地下车库，刚转了个弯儿，就看见了蹲在车前的顾柘。

差点忘了，还有这么个不省心的货色。他的事儿自己不能告诉李浅，而李浅正面临的问题自然也不能让他晓得。余青青心想这日子可真够难过的。

"你干吗呢？"她绕开顾柘打开车。

"我车坏了。"

"车坏了你打车，在我这儿磨叽什么？"

顾柘摸出手机，强行上车，展示给余青青看："你看，高峰期要等2小时呢。"

"我说老板，下班之后的事儿你也别和我说，我又不想和你做朋友。"

话赶话顾柘已经默认了余青青的救济，在车里翻找起充电线来："我手机快没电了，你这儿……"

他刚打开储物格，却从里边发现了一张照片："咦，这不是我姐夫吗？"

那是她之前从李浅家里顺出来的，顾柘此言不亚于在她心上丢了台起重机，余青青瞪圆了眼看着顾柘："你说什么？"

气氛骤然诡谲，顾柘不明所以，小心翼翼地纠正："准姐夫。"

余青青"啪"的一声关上储物格，差点夹到顾柘的手。随即一脚踩下油门："你晚上别回去了，把事情给我讲清楚！"

事情倒也简单，五分钟内就能说清楚。

顾家是 C 城缴税大户，往上数三代都是做制造业的。顾父这一脉并非嫡系，家中有一女一子，小儿子顾柘是出了名地扶不上墙。但在重男轻女的家族里，依旧是天生的焦点。顾父体质孱弱，不到六十已经有了隐退的心思，儿子指望不上，便只能靠女儿了。

与李家的婚事是双方父亲早就定下的。李家祖上银行家辈出，资产多在国外。根基原本不在 C 市，李敬凡在十年前决心在这里扎下根来，顾父心里知道，这全凭李浅。因此即便他心底看不上小儿子的恒星，觉得是个小产业，却也睁只眼闭只眼。只要身边有李浅在，随他怎么折腾！毕竟李敬凡手中握有雄厚资本，如果能借机与其攀上关系，那省得绝不是一点儿心。

当然，父亲的意思顾柘知晓得并不多，他只觉得有姐姐和李家二公子这层姻亲，对父亲来说，就足够了。

李敬凡在儿女婚事上相反没那么复杂，他看着顾澜长大，觉得这孩子从小就机灵。李琛为人自我，随性不羁，往往得罪了人还不自知。顾澜适合他。

父辈的想法总是过多地掺杂了他们自己的算盘。到了李琛、顾澜心里，这可又是另外一码事儿了。

两人从幼儿园开始同校，一路磕磕巴巴到高中毕业，搁别的故事里，这大概铁定是篇青梅竹马文了。但太了解也会带来一种强烈的不愿认命的逆反心理。即便双方家庭早就默认，二位正主一直没捋顺心里那层疙瘩。十多年的交情换来的唯一默契，就是不约而同地选择了拖延大法。

本来，最好的解决方案就是让对方去提退婚。可偏偏这么多年了，顾澜一门心思想在家族的事务里彰显自己的重要性，再加上周围的人也够蠢，实在没几个能看得上的，花钱雇人演吧要是被李琛识破了，没准还会被他笑话。李琛呢，恋爱是谈了不少，但万花丛中过，片叶不沾身，何况现在和家里对着干，手头的项目还指望老父亲垫款，这节骨眼儿上再闹退婚，实在是触霉头。

都不愿退婚，那只能顺着他们意思演了呗！

见面、吃饭、演感情好的孝顺孩子。私底下彼此刺探，都估摸着演完了结婚，那要不了两年就可以合计合计离婚了。这么一来，父母的意思也遵守了，各自努力了、尽力了，但性格不合，理念不同……婚姻嘛，可不就是这样？人在结婚前和结婚后能不能不变，谁能料得到呢？

倒也不失为一明修栈道，暗度陈仓的妙计。

于是，他俩的戏本就照着这么个意思正演着。每天顾澜都掐着点去找李家找李琛，待足俩小时，其实两人各忙各的，走的时候再约着时不时让李琛去接自己。四方祥和，皆大欢喜。

关于李浅的事，顾澜多少也听李琛提到过一些，只是这最新进展，突然冒出来的宁成明，从李敬凡到李隽李琛，谁也没对外透露过。

嗯，暂时。

李琛找了相熟的狗仔，讲好了不拍明星，去盯着点妹妹的"新男友"。跟拍行业的老手们也多是见怪不怪，他们在李浅家外埋伏下来，这两天倒真是拍到了不少有趣的东西。

别说，这李家小女儿的恋爱，还真是甜到齁人。这不，一出"喂药"戏码从晚饭后演到现在了，瞧得两个偷拍者晚饭也顾不上吃，狗粮就全给塞饱了。

照片发回给李琛，看得他是一脸愁苦。

一晚上听了八遍叹气，顾澜也忍不住了："我说，你要实在咽不下非得娶我这口恶气，你爹就在楼下，两分钟就能和他坦白完。"

李琛瞥了眼顾澜，对方正霸占着自己的书桌，用笔记本处理公务。她近来一直想撬动顾家做资产转型，费尽心机，见效甚微。

他挠挠头："哎，你听说过观鼎吗？"

顾澜起了疑心，关了笔记本抬头看他。直看得李琛发毛，她转念一想，以李琛的心思，绝不可能知道自己最近正在接触观鼎的高层。且先探探他到底什么意思："本市芯片行业TOP3，怎么，你开始对实业感兴趣了？"

"你和他们管理层熟吗？"李琛琢磨怎么才能绕着弯把自己想知道的事儿问出来。

"我和谁熟都不关你事儿，咱俩说话你能别绕弯子吗？"

李琛清清嗓子："我有个同学，想投他们公司。厉融没有对观鼎做过尽调，对它没什么了解，就跟你打听一声，你不知道就算了。怎么跟个炮仗一样，不点也着啊？怎么，是你哪个前男友？"

顾澜没好气地笑笑："也就你能说这种话。我和观鼎的CEO宁成明没接触过，听人说他这个人很难沟通，他们产线比较成熟，多的是想参与的机构，他都拒绝了。不过他那合伙人马昊不一样，我见过一次，人很圆。"

"圆？"

"各种意义上的圆。"

李琛懂了。马昊和宁成明是完全不同的两种人，他们合伙做生意，那出现问题只怕是早晚的事儿。李浅不说，但李琛已在脑中开始补充为何宁成明会突然失忆，并和李浅搅和在一起。

"说吧，"顾澜走到李琛身边坐下，"你妹又怎么了？"

"我说是我妹的事儿了吗？"

顾澜驾轻就熟，仿佛心有灵犀："能让你愁得睡不着觉的通常只有两类事，一是项目拉不着钱了，二是你妹的事儿。"

"你就别掺和了。"

"咱俩现在是一根绳上的蚂蚱。你不说，怎么知道我能不能帮得上你？"

李琛一琢磨，终于放弃抵抗和顾澜细细说了起来。

第六章

除了宁成明，似乎每个人都身处焦头烂额之中。而他即便没有焦头烂额，也足够苦恼。毕竟沿着目前所获得的信息，宁成明觉得自己这个"渣男"若再不好好进行改造，就得和李浅分手了。可他十分肯定，这个结果他不想要。

于是他近来甚为努力，早餐晚餐，嘘寒问暖，严格执行着自己私下依据经济学逻辑设计的诸如"帕累托改进"般的步骤，仪式感十足。至于收效，从李浅对他的反馈来看，甚微。

宁成明站在恒星楼下叹了口气，看了眼手中的文件。早上李浅又匆匆出门，忘带了东西，他本可以叫个闪送，但为了缓和彼此的关系，他决定自己跑一趟，且没有提前给李浅打电话。

正想着是先打发个消息，还是径直上楼。宁成明便一眼看见李浅追着什么人下了楼，他条件反射地躲了起来。

李浅似乎和对方起了些争执，一时不察，便被对方推倒在地。宁成明心下一慌就冲了出去。

对方见宁成明突然出现，转身就逃。

他顾不上追，只关心李浅有没有伤到。她亦诧异于他的忽然出现。

"你怎么来了？"

这几天她有感于老狐狸的过度热情，那是白天晚上连轴躲，他怎么还跟到公司来了？要是被别人看见，那岂不糟糕？

李浅见他要来扶自己，赶紧一轱辘爬起来，刚才摔伤也没注意。这一动弹反倒提醒了她，腿上剧痛，还真磕破了块大皮。

见宁成明有些担忧地看着自己，李浅笑笑："前职员和公司有点纠纷，这话不投机半句多，也没想到她能动手。就是破层皮，没什么大碍。"

"以后这种事还是交给相应负责人。你是董秘，做自己本职就好，别事事都往前冲。"

"今天这事纯属偶然，你别担心了。"

这是公司楼下，人来人往的，李浅心虚得不行，只想赶紧打发走宁成明。她瞧见对方手上的文件袋，心下明了，一把接过："啊，你是来给我送文件的吧？真是帮大忙了，谢谢，我还有事，先回去啦！"

"等等！"宁成明拦住要走的李浅，蹲下身子用纸巾替她清理起伤口，"如果这个女生情绪再激动一些，或者今天来闹事的人是个不理智的男人……伯母走得早，所以你可能觉得自己什么都能处理。而我……之前显然对你关心不够，所以很多事好像都是你自己在解决。但以后不会这样了。现在的我，愿意为你做帕累托改进。你可以抱怨我，可以依赖我，而我绝不会再辜负你。"

一边是腿疼，另一边李浅觉得老狐狸这说的什么跟什么？帕累托最优明明是个经济学术语，是指资源分配的一种理想状态，假定固有的一群人和可分配的资源，从一种分配状态到另一种状态的变化中，在没有使任何人境况变坏的前提下，使得至少一个人变得更好。然而结合上文联系下文，他这会儿提这个简直狗屁不通好不好！可……真是要了亲命，她怎么居然还有点感动？

猝不及防的是，此刻后面修理花坛喷头的工人不慎将喷水头方向调转，水珠四溅。李浅一惊，宁成明却反应迅速的揽过她，旋转着，用后背挡住了大部分喷水。

李浅睁开眼，只见他发梢水珠沁出，眉目凛冽却目光柔和地注视着自己。

阳光下，眼前光晕中似有彩虹。

过了许久，她才能听见耳旁传来工人致歉的说话声，心里又空又闷，不知该作何反应。

自宁成明从C大回来，又和余青青聊过后，他就表现得极其明显。仿佛已经深深代入了一位曾对女友不好，性格糟糕、言语刻薄的男友，现在正努力表现得想让女友回心转意，这叫她简直不敢亮出丝毫温柔给对方。

虽然不敢在心里大方承认，但事实也叫她无可辩驳。从她对宁成明撒第一个谎，并以此带回国开始，一切都朝着不可预计的结果飞速驶去。

她犹如螳臂当车，无法阻挡。

等她回过神来，才发觉宁成明已抱着自己来到了水喷溅不到的地方。"你、你、你干吗？我能自己走，你快放我下来！"

宁成明照做。

李浅连正眼看他也不敢，只挥了挥手："好了好了，你赶紧回去吧，我还要上班！"

她拿着文件袋，盖着半张脸，走得头也不回。

等转弯走进电梯间，却发现余青青正好整以暇地抱臂看着自己，吓了一跳。

"你……"

"该看的，不该看的，全见着了。"

"什么该不该……他就是来给我送东西而已。"

余青青跟在李浅身后，二人进入电梯："可别怪我没提醒你啊。这种偶然产生的失忆，医学已经证明了有很大概率会恢复。万一宁成明突然有天想起一切……"

李浅按着电梯楼层键"啪啪"起劲，掩饰姿态十足："你放心，我又没当真。"

余青青一幅过来人的嘴脸："行，你没当真，可要是他回头想起来了，和你算账……"

李浅手机收到短信，是任工来的消息，扬了扬手机："第一，我接下来一定会想办法和他保持距离。第二，任工说视频恢复了。走，看看去。"

视频的确恢复了，然而当余青青反复看了几遍之后，有些遗憾地告诉李浅，这确实是明显的肇事逃逸，但如果不能请那位泰国督查来中国作证的话，是无法证明宁成明遭遇车祸是有人蓄意在谋害他的。证据不足，他们无法在国内立案。

毕竟国内警方如果去寻求线索，泰国方面完全可以表示自己依旧在追查肇事者，只不过目前尚没有线索而已。李浅他们怀疑有人可以在国外谋害宁成明，是毫无证据的。相反，如果现在就跑去报案，可能会惊动那些躲藏在暗处的人，如果让他们知道宁成明还未死，那就更麻烦了。

盘算来去，李浅觉得还是只能从嫌疑人和动机上下手。

不用余青青明里暗里的提醒，她也知道，若还不能尽快查清，拿到证据送宁成明走，那么这出戏她自己就快分不清场次了。

而要搞清楚观鼎的资金动向，她觉得最好的帮手，应该是李琛。于是她一个电话约对方今晚在 JW 酒店的咖啡厅见面聊聊。

半小时后，当李浅开门见山地问李琛，厉融有没有收到过观鼎方面的融资合作意向时，李琛敏锐地觉察顾澜此前的分析仿佛没有说错。但眼下让他更忧心的是妹妹在这件事中，究竟担当了什么样的角色。

二人坐在酒店一层的咖啡吧内，透过两面玻璃落地窗，可见夜空中明月高悬，酒店外灯饰闪亮，咖啡吧里光线昏暗。

李琛摆事实讲道理，意指他宁成明即便失忆了，可李浅尚不知对方究竟做了什么，才让对方要在国外将他赶尽杀绝，这么贸然闯入，容易祸及自身。何况……他觉得妹妹眼下有些假戏真做的意味。

李浅没当回事："我俩恋爱关系是假的啊，这你不知道？还是你帮我造的假呢！"

"妹妹，哥以过来人的身份提醒你。这假的演时间长了，可能就成真的了。"这话倒真是发自肺腑，他近来嘴上不说，但总觉得和顾澜有点不太对劲。

李浅未置可否，心里自有估量。

别说今天余青青和李琛两面夹击，她自己可是早就后悔以这么个玩笑身份将宁成明从国外带回来了。问题是事已至此，真若是撇了对方不管，还不知要出什么乱子，只能硬着头皮一查到底。

此时，在二人没注意到的后方，有人在玻璃门外借着障碍物的遮掩逐渐靠近。

顾柘戴着墨镜贴墙转了个弯，躲在了玻璃门边，不想余青青竟已躲在了这里。

二人同时拉下墨镜，四目相对。

余青青从李浅给李琛打了电话就放心不下，顾柘则是受雇于顾澜，谁曾想这两人会在此处碰上。

当下玻璃门开着，里面传来些许李浅和李琛的对话声。

余青青冲顾柘做了个"嘘"的手势。顾柘点点头，二人勉强挤在一起，继续偷听李琛说话。

"你俩同居的事儿，爸已经知道了。"

顾柘瞪圆了眼，一时激动就要站起来。被余青青拽着领带一把拉回来，又狠狠踩了一脚。他捂住嘴，眼含热泪，只见余青青一脸幸灾乐祸。

听李琛这么说，李浅倒也并不意外："知道也无所谓，这和他又没关系。"

"怎么没关系呢？老爷子现在急得快上房梁了，你是他唯一的女儿……"

得得得，赶紧换个话题。

"我看他其实急得是你的事儿吧！你都快结婚了，为什么不告诉我？哎，嫂子人怎么样？"

果然，这个岔打得是让李琛措手不及："顾澜？她啊……顾柘告诉你的？"

她早就耳闻李琛订婚，但二哥不说她便也不问。她和李家的关系微妙，将来就算有订婚仪式，自己去不去都是个问题。所以谁说得不重要，重要的是能让李琛改变话题。李浅并不知道余青青对李琛有意，可能就算知道了，也没法信。毕竟余律师自大学时开始就恋爱不断，身边从没缺过人。

可事实往往就是这么叫人摸不着头脑，假使李浅知晓余青青其意，以她对李琛的了解，十有八九也是劝闺蜜回头是岸。但这不影响她这会儿胡乱扫射，干扰李琛思维："那你觉得我好朋友余青青怎么样？"

在外偷听的余青青瞬间紧张。

只听得李琛"噗——"的一声，像是洒了咖啡："青青是你朋友，我就当是多了个妹妹……"

余青青笑容凝固，一激动就要站起来。这回轮到顾柘眼疾手快，想从后面拉住她，但被对方挣脱，向花园泳池跑去。

顾柘顾不上再偷听点什么，只得无奈地也跟着追了过去。

外头的这点小插曲于里面的人来说，毫无知觉。李琛被李浅绕了一圈，又想起了正经事，提醒她老爷子快急眼了，已经动了要自己去见宁成明的心思。

李浅深知这话不过是个铺垫。李琛从家里出来特立独行地要去搞影视，没有老爷子的支持，他哪儿来的底气一步一个脚印地攒作品？言外之意是他帮自己只能到这里，下一步李敬凡就会出面干涉。

内忧外患，留给李浅的时间不多了。

五十米开外，余青青又羞又气恼，疾步走在泳池边。

顾柘从后面追上来："青青，余青青，你等等我！"

她置若罔闻越走越急，忽然高跟鞋卡在了泳池外沿的排水口里。

觉察顾柘靠近，她头也不回："你别过来！"

"你怎么了？"

"我说你别过来！"

"不是，我姐夫、啊呸，琛哥现在对你没感觉，不代表以后不会有嘛！"

她难以置信地转过头。以前怎么没发现顾柘狗嘴里吐不出象牙到这地步？这要能算安慰人，那宁可他变哑巴。

161

"呵，顾柘，我余青青还没凄惨到需要你来安慰的地步！我看你还是先管好你自己的事吧！"

小天真顾柘明显被凶懵了。

"我、我又怎么了……你不能因为琛哥不喜欢你，就迁怒别人吧？"

余青青低头想把鞋跟拔出来，试了两下失败。闻言冷笑对方哪壶不开提哪壶，干脆脱了一只鞋："我迁怒？顾柘，就你这样，别说李浅，换了我也不可能看得上。"

这可真是捅了马蜂窝。不对，得算开启了互捅模式。

"余青青，你是不是觉得自己长得好看，能力强点，是个男人就非得喜欢你？你怎么不反思反思，自己刻薄小气，得理不饶人，也不想想谈这么多恋爱为什么还嫁不出去！"

"顾柘！——你给我闭嘴！你暗恋李浅十多年连表白都不敢，你才是懦夫呢！"

她气到爆炸，口不择言，一只脚穿着鞋，一只脚光着，就想上前踹顾柘，谁知脚下不稳。顾柘下意识地想上前拉住，却不想被连带着也"扑通"落入了泳池。

顾柘在水池里，刚扑腾上水面，便被不会游泳的余青青紧紧地傍住，脱身不得，徒留挣扎。

"余青青……放开我……撒手……"

话音刚落再次被拉入水中，勉强浮上来，刚呼吸了一口，又被对方按头入水。

"撒手……不然……"

咕嘟咕嘟，咕嘟咕嘟……顾柘再次扑腾上来，咬牙切齿："都、得、死——"

这回余青青麻溜儿地松开了顾柘。

少顷，顾柘将余青青拖出水，二人浑身湿透，双双瘫在泳池边，嘴里汩汩往外冒水。

宁成明坐在客厅的沙发上，正看着李浅和自己的照片以及李浅此前给自己写的"情书"。

面前的茶几上放着一张纸，写着：想和李浅一起做的事 list。

宁成明拿起那张和李浅在"夏石植物园"拍的"合影"，翻找出一旁的《夏石植物园导览手册》，里面有介绍城市观光巴士抵达和夏季夜间植物园的开馆时间。他在 list 下写上：想再和李浅去夏石植物园，坐观光巴士去。

刚写完，宁成明的手机便响起来，他开心地拿起来一看，却发现是闹钟，上面提示到了喝药的时间。宁成明脸瞬间垮下来。

李浅回来时面对的便是这一幕。她悄然靠近窗边，偷偷朝里看，宁成明似是下了好一会儿决心，才端起眼前的药猛地一口喝下，被苦得直给舌头扇风。接着又迫不及待地打开桌上的可乐喝了一口。

她禁不住嘴角微笑，正要开门回家。耳旁却回想起一众人等的"提醒"：

"这种偶然产生的失忆，医学已经证明了有很大概率会恢复。万一宁成明突然有天想起一切……"

"万一事情查清楚了，你没认真，可他对你认真了呢？"

她转身悄悄离开了小院。

客厅里，宁成明仿佛觉察出什么，他起身朝院内看了看，没人。

宁成明叹了口气，回到沙发摸出手机找出"浆糊侠"的账号，打开私信对话框，想求助自己网上的恋爱精神导师。

然而他的导师顾柘现在正狼狈地穿着浴袍窝在酒店里，苦闷不堪。

余青青刚洗完澡出来，就去开了门，拿回来两大袋子衣服，丢在顾柘旁边："赶紧换了滚回去。"

顾柘扔下手机："不是，为什么是我回去啊？"

"我可不想因为这种事被人误会和你开房！"

"余总，我和你郑重梳理一下情况。眼下你我之所以会处于这种尴尬的境地，是因为我不幸被你拖累落水，而你的手机和我一样都湿透报废了，且今晚都没有带现金，所幸我刚好是这家酒店的 VIP，可以凭脸刷开套房享受 VIP 服务。不然咱俩现在还在寒风里瑟瑟发抖……"

"说完了？说完赶紧换衣服走人。太晚了，我懒得跑回家。"

门铃再次响起。

余青青斜睨顾柘："你还叫了什么？"

顾柘爬起来开门，拿回来一瓶酒："余总，很不凑巧，我今晚失恋了，也不想回去。"

余青青拿起袋子里的衣服就要进去换衣服，态度嘲讽："行，你喝吧。我走了。"

"余青青，你是不是知道李浅男朋友是谁？"

"你管他是谁呢，反正不是你。"

"哎，同是天涯沦落人，我说你……"

"打住。咱俩不一样好吗？我们不一样。你给我记住了！"

"你喜欢琛哥，他和我姐订婚了。我喜欢李浅，她快被一个……不知道哪儿来的野男人给拐走了！怎么不一样了？咱俩现在，此时此刻，有什么区别？"

"区别可大了！我不会和你一样在这儿借酒消愁。我肯定会想办法把琛哥抢回来的！他和你姐结不了婚！绝、对、结、不、了！"

"你了解我姐吗？"余青青不搭理他，顾柘继续道，"不如你和我说说那男人到底是谁，我就把我姐的秘密告诉你。你帮我，我帮你，行不行？"

他打开手机，发现guest0205给自己发了条消息：她好像一直在躲我。我很难过，却不知该怎么办。

路灯远远地打过来，留下长长的孤影。一阵夜风吹来，李浅坐在小公园的秋千上晃荡，打着哈欠，梦见了母亲任玥。

她穿着开襟毛衫和裙子，和以前一样笑眯眯地瞧着李浅，坐在了隔壁的秋千上和她一起晃悠。

任玥问："怎么又一个人离家出走？我记得你小学四年级以后，就不会逃避害怕的事了。"

李浅避而不答，反问她："妈，我以前从来没问过你，你爱我爸吗？"

任玥回道："爱啊。"

"那你为什么不和他在一起？还是说……我爸他不爱你？"

任玥歪头想了想，说："他可能是爱我的，也可能不爱我。但这件事和我爱他没关系。而且，生死相守的夫妻关系固然理想，但尊重对方生活方式，彼此保留空间，不也是一种爱吗？"

李浅不禁咋舌。觉得她妈虽说是学艺术的，可这也有点太超前了。

任玥像是知道她的心思，追问李浅恨不恨以前，自己没和她说关于生父的实话。李浅说自己小时候也困惑过。但是后来觉得，也许任玥自有她的打算。也许只是想让女儿为钱发发愁，学会靠自己就能好好活下去吧。

母亲露出一脸欣慰，朝着家的方向看去，问："李浅，你是不是喜欢他？"

"他？宁成明吗？"

李浅茫然了。她说不知道。

"妈，喜欢也好，爱也好，到底是什么呢？我是因为它们，才会在看见他和想起他的时候心里感到自责、心痛、酸楚、甜蜜的吗？可我明明骗了他，这些感受应该也是假的才对啊。"

任玥叹口气，伸出手轻轻抚摸着李浅的头。告诉女儿，这世上没人不会说谎，有时是一时兴起，有时是蓄谋已久。谎言像是带着咒语的梦，沉溺越深，就越难以分辨真实。

"如果觉得喜欢他的感觉也是谎言，那你不想醒过来，到底是在害怕什么？"

李浅头抵在秋千的铁链上，忽然落空，一睁眼醒了。

言犹在耳。

此刻四下空寂无人。她看了眼手表，站起来动了动坐得僵硬的胳膊和腿，朝家的方向走去。她下定决心，一定尽快查清事情真相，向宁成明坦白。她不能再为了自我保护而欺骗自己对他毫无感觉。

即便将来注定要面对他的怨恨，这也都是她自作自受。

＊　　　＊　　　＊

曹玫一天比一天更强烈地觉得，宁成明没有死。虽然目前还没有人能够印证她的想法，但没关系，她想着，自己总要做好宁成明回来的准备的。

掏空公司的现金流、在国外企图谋害宁成明、如今又意图将自己在观鼎的股份MBO套现跑路，这些事都是马昊主导所为，和她有什么关系呢？

也许，这会不会是上天给她的考验？以试探她对宁成明的感情是否足够牢靠？

这念头一旦兴起似乎就按捺不回去。

曹玫不知何时已经陷入了这种为自己设计好的角色身份里，她觉得自己必须做好准备等待宁成明。只要他回来，看到她做的这些准备，没准就能回头，他们之间的关系也能修复。

于是她瞒着马昊找到了一些股东和握有资金的前辈，以宁成明的意思稳住对方，不要为马昊左右。这么一来，马昊在外寻找资金变现也会受阻，只是不会知道，这是曹玫暗中动的手脚。

至少现在还不知道。

介于对宁成明思维有一定的了解，她决定换个角度理解齐伟的立场。有没有可能是宁成明提前告诉过对方什么？他当下对公司的态度，对自己几次三番的"窃听安排"都能不动声色地避开，会不会是有宁成明的提点，将她视同马昊同伙所致？

曹玫的这些深思熟虑，齐伟一概不知。她针对自己的种种过度反常的关注，引起了齐伟的怀疑。曹玫问齐伟为什么那天旷工，齐伟解释说家里水管突然爆了。毕竟总不好坦白说自己被宁总的表弟给"绑"回去了。她便就势要齐伟退租住到公司宿舍还能方便管理。

齐伟当然不能如其所愿。思前想后只得跑去找卢凡易，认为在他那里更安全。岂料对方嫌弃得不行，若不是齐伟苦苦哀求，又展示了自己一手人妻做菜的水平，让卢凡易觉得"养废物"和"少叫外卖"的天秤有了倾斜，定是不可能同意他住在自己家里。

齐伟询问卢凡易宁总是否也像对待自己一样，给了他类似的锦囊。为对方否定。在卢凡易眼中，表哥宁成明是这世上为数不多还能让自己在乎的人。身为重度"中二癌"的死宅，他已经几年不曾出门，若不是宁成明曾在事前告之自己，一旦有人启动了二维码，关联定位，他就必须与之取得联系，那说什么他也绝不会出门。毕竟，他人即地狱。卢凡易实在懒得冒险。

但关于表哥为什么会失踪，卢凡易也觉得摸不着头绪。在网络世界里他是技高一筹的黑客，若想获得线索，得有个限定前提是：他必须知道宁成明的敌人是谁。齐伟建议，曹玫很可疑，要不要以她为目标，找找突破口？

卢凡易未置可否，他刚刚从破解的航空公司了解到，表哥的护照购买了回国的机票，就在齐伟的航班之后一小时起飞，他应当已经回到了国内。

可他为什么还不联系自己呢？

卢凡易想不明白前，既不打算告诉齐伟，也不敢轻举妄动。表哥是个聪明人，难道他还有另外的计划？

失忆前的宁成明或许真的做了相应的计划，但目前来看，他更发愁的是如何面对找上门来的李浅父亲——李敬凡。

院子里，李敬凡喝了口宁成明端上来的茶，瞥他一眼："你也别装了，你的事，我都知道。"

宁成明心下逻辑自成一套，想的是：糟糕，女友他爸也知道我以前是渣男了？

该来的总得来，坦然承认错误，肯定比冥顽不灵要容易赢得长辈谅解。他把心一横："伯父。"

李敬凡不吃这套："谁是你伯父？"

"我以前可能对李浅是不好，但我已经意识到问题，也有和李浅道歉改正，我以后不会再像以前那样了。"

这一番话倒叫李敬凡听懵圈了。以前？他俩还有过以前？自己怎么不知道？

"听你这话的意思，你还想接着骗我女儿？"

"不是不是，我绝没有那个意思。我只是……"

"行了，年轻人。说啊，你要多少钱？"李敬凡耐心耗尽，"你要多少钱才能离开我女儿！"

"李先生，我和李浅在一起，不是为了钱。至于您到底是做什么的，又有多少钱，我也并不关心。"

李敬凡冷笑："宁成明，你以为我不知道观鼎急需资金？你们早不恋爱晚不恋爱，你偏挑这会儿？我告诉你，在我这儿演戏是没用的！"

不等宁成明回应，李敬凡站起来意欲离开："我再给你一天时间，和李浅坦白后来找我。"

等人走后，宁成明仍有些迷糊。刚伯父说谁急需资金？观鼎又是什么？他对未知充满了焦躁，却又不知该如何是好。

晚上李浅回家前接到了李琛电话，知道李敬凡不打招呼就来家里见宁成明，对方还不知该怎么想。她白天撺掇余青青拐弯抹角地组织了明天的同学会，目的就是打听清楚观鼎内部究竟遇到了什么资金麻烦，而这必然和宁成明的遭遇有所联系，怎么也算不到李敬凡能来杀她个措手不及。

她正想着干脆今天就和宁成明打开天窗说亮话的可能性，谁知一打开院门，便发现格局与之前稍微有些不同，地板上有了些荧光石，植物的点缀与摆设也有些不一样。

宁成明在身后悄然按下开关。

霎时不同色彩、不同形状的宛如萤火的灯点缀在其间，宛如星河，十分浪漫。李浅本能赞叹："哇——这也，太好看了吧！都是你做的？"

宁成明见她高兴，颇为得意地点头："嗯。因为有人跟我说，女人都喜欢仪式感。生活里也得随处有惊喜。以后你不开心就找我，我负责让你开心。我不在呢，你就来这里看看天空，想我一会儿，也能开心。"

——这个逻辑，仿佛、似乎……有点生活的艺术感啊！

李浅坐在了小秋千架上："我爸今儿是不是来找你了？"

宁成明在旁边坐下："伯父一来，我就把手上的活儿丢下了。总觉得有什么地方做了一半，没完成，可这会儿怎么都想不起来。光顾着想伯父和我说的话了。"

她小心翼翼："他都和你说什么了？"

"他好像觉得，我是为了钱才有意接近你的。"

"哈？他电视剧看多了吧？你别放心上。"

"我和他以前……没见过吗？"

这仿佛是个逻辑漏洞，李浅这才想起来，她没怎么和宁成明解释过自己的成长环境："那个……别说你，我都没怎么见过他。"

于是李浅言简意赅地给宁成明说了父母之间有些画风清奇的过往。

"我是在大学二年级那年才知道，自己的父亲是李先生的。我妈呢，是个有趣到难以捉摸的女人。从小家里做着生意，十指不沾阳春水，直到十八岁她去法国学画画，笨得连鸡蛋都不会煮，扔在锅里带壳炒，好笑不？哈哈哈哈……后来他俩在法国遇见，陷入热恋，就有了我。然后，我妈就……跑了。"

"跑了？"

"嗯，用现在的说法，应该叫'带球跑'。我不知道他们当时具体发生了什么，但后来有一次，我妈说她去法国留学，本就是为了逃避姥爷给她安排的婚事。加上她又是学艺术的，所以我觉得我妈可能只是单纯对结婚有顾虑吧。"

宁成明认真听着，没有说话。

"为这事儿姥爷不让我妈回去。我姥姥走得早，给我妈留了这间老房子，我妈就带着我一起住到这里来了。"

"她真的除了画画，什么都做不好。"李浅想起那时候匪夷所思的童年生活，面上忍不住轻笑，"整个童年，我对李先生都毫无印象。直到我妈后来生病。才告诉我李先生的事，还说自己已经把我托付给他了。也不管我对他有没有感情，想不想和他一起生活……这个女人真的是想起一出是一出。"

说出来的话好像异常轻松，省略了许多过程。但宁成明总觉得，自己仿佛看见了那个看着母亲叹气的女孩，她卷起袖子，给母亲做饭吃。面对大人对于自己身世随意的回复，眉宇间也尽力露出理解的样子。

他伸手握住她的手："你知道小海龟的故事吗？"

李浅摇头。

"小海龟通常出生在浅滩上。醒来的时候父母都去进食了，谁也不在。可是在那距离海洋不足一百米的地方，充满了捕食者沙蟹。小海龟们没有退路，只能一次次依靠自己的力量向前冲，直到抵达海洋，获得生的希望。伯母这么做，好像一个人，在抵挡着什么东西……尽全力不想你活成她的样子。"

她没法形容自己内心的讶异。童年那些压在心头的困惑是直到大学时才解开的，关于母亲为什么选择这条路，为什么坚持不愿将她交给李敬凡。这些那些，只是因为出身于关系繁复的大家族，母亲不愿，也不能接受她和自己活成一个样子罢了。她所没能拥有的独立生活和选择一切的自由，她想让女儿拥有。

而这些，宁成明竟然当下便懂了？

“你这、听了两分钟就悟出来了？”

“我觉得以前好像的确见过伯母。”

李浅见宁成明一脸煞有介事，忍不住哈哈大笑，仿佛惊动了身后一片瓷砖掉了下来。

她吓得噤声，反倒引得宁成明哈哈大笑。

“你笑什么？很好笑很开心是不是？！”

李浅凑上前，开始对宁成明实施“挠痒”攻击，他起初十分被动，笑得上气不接下气，但很快便反击。二人的笑声与星光一同，融入夜空。

回客厅的时候她隐约想起今天本打算告诉宁成明真相的，可……罢了，再拖一天又有何不可呢？

翌日艳阳高照，李浅穿戴整齐算了算时间，余青青差不多该来接自己去同学会了，她下了楼，发现宁成明已煮了杯咖啡放在桌上，顺手端起来尝了一口，苦得咋舌。

他走来见李浅往里哐哐哐地扔糖，说“咖啡的香味来源于焦糖化反应和梅娜反应，生豆的含糖量不一样，自然风味不同，如果再加大量的糖，反而会……”

她十动然拒（网络用语，意为：十分感动，然后拒绝了）：“宁教授你说得对。但实践出真理，口感说明一切。你等我给你做一杯。”

转身迅速手冲一杯咖啡，放了糖，并打上奶泡，递给宁成明。

宁成明尝了一口，蹙眉，一脸不能苟同："太甜。"

"生活这么苦，当然要给自己加点糖。"

李浅觉得，人活着，最不能缺少的就是能让自己快乐的"歪理邪说"。说着，她摸出手机对着宁成明拍了一张，亮给他看。

原来是宁成明上唇粘着"白胡子"奶泡，他伸手想擦，却被她阻止。

"不能只有我一个人有吧？"他表示反对意见。

李浅嘻嘻哈哈："反对无效！"

搁下咖啡杯准备出门，不料宁成明突然将她拉了回来，吻住了她。

李浅顿感心跳停止了。

过了好一会儿，宁成明才放开她，有些坏笑着摸出手机，给怔愣的她也拍了一张："我就说太甜了嘛。你看，你也有白胡子了！"

她这才反应过来。脸上发烧，但打也不是骂也不是，有点急得跳脚。哎呀不得了，这老狐狸学坏可真是太快了！

好在门铃适时响起，应该是余青青来了，她借机逃也似的去开门。

李浅一开门，发现余青青进门后，还多出了个顾柘？！

顾柘想入内，结果被李浅踩了一脚，直接推了出去。

她关上门，看向余青青："你告诉他的？"

顾柘使劲抵着门："不是不是，是我正要找余总，发现她来找你，就自己跟来了！"

李浅没好气松了力道，顾柘借机进了院门。

"你来添什么乱？"

"我听说你新男友是宁成明，我赶紧来探探虚实。李浅，你跟我说实话，是不是我害了你？是不是就因为我那混账没用的领导风格和狗屁不通的指令，害得你、害得你搭上了自己……"

又来了又来了！

李浅一把拍上他肩膀："打住。老板。开头确实是因为你狗屁不通的指令，不过事情进行到这会儿吧……也不全是。只能说，一步错，步步错。"

"那你……"

李浅瞪着他俩："我还没问你俩呢！余青青，你周末向来不加班的啊，怎么会和顾柘在一起？"

余青青望天："也是因为某个狗屁不通的指令吧。"

顾柘不满："喂！"

此时，宁成明端着咖啡看见顾柘，有些惊讶："这位是？……"

几分钟后，余青青跟着李浅上楼对同学会计划时，不放心地又朝那两人看了几眼："那两人搁在一起，没问题吗？"

"该交代的，你应该都和顾柘说了。那两人现在一个没记忆，一个没脑子。想也知道，无非就是小学鸡吵架。"

说得也对。

李浅关上卧室门，听余青青昨日从投行打听来的消息。二人将目前的信息凑一起，将线理了个大概齐。

余青青总结道："照这么说，导火索应该就是观鼎两个月前业务线上一笔回款出了问题。宁成明因为就此发现了账面有现金流漏洞，然后就和马昊撕破脸了？"

李浅点头："以他的性格的确是会直接找对方印证。加之观鼎本来打算下半年公开的新项目研发到了关键节点，正是缺乏资金的关键点，换了你我，肯定也不能在这时候公开公司的管理层出现了这样重大渎职的情况。"

"所以他应该会选择折中的处理办法。"

"他会这么想，但马昊未必。来龙去脉差不多了，可怎么才能拿到实证？"

"江超说，宁成明失踪前两周，他们公司离职了一位财务。"

李浅眼中一亮："财务？我记得咱们同届小陶的老公就是财务出身，后来做了思域的CFO。"

余青青一拍手："行了，都联系上了。说小陶老公和这位财务是老乡还是校友，咱们晚上就去当面打听清楚。只要找着这个财务，拿到人证、物证，基本也就搞定了。"

"好，那咱赶紧出发吧。还有，你怎么想的，把顾柘往这儿带？"

余青青叹口气："你真傻还是假傻？他知道你和宁成明的事儿都觉得自己失恋了呢！"

"他？"李浅哭笑不得，"我罩他这么多年，他习惯成自然。你跟着瞎攒什么劲儿？"

"反正他自己是这么觉得的。"

客厅里两个男人觉得彼此间火药味十足，丝毫没意识到空气里的滑稽意味。

宁成明在顾柘面前放了杯咖啡，根本没觉得自己在阴阳怪气："所以你就是那个每天都得听李浅夸彩虹屁的老板？"

顾柘本能露出胆怯，却又壮胆挺起胸膛："没错，我就是她老板兼发小，啊不，青梅竹马！"

"青、梅、竹、马？"宁成明眼镜片后的眼神精光一现。

顾柘喝了口咖啡，立刻被苦得吐了回去："哇啊啊啊，太苦了。"

"不好意思啊，顾总，我不知道您身为一名成功男士竟吃不了苦。"

顾柘哼哼："李浅以前总给我准备加了两块糖的咖啡！"

宁成明冷笑："李浅好像是说过，两块糖比较好哄孩子。"

"你?！你，你了解李浅的过去吗?"

"不了解。我失忆了。可李浅很了解我。"

"李浅以前喜欢吃什么，喜欢玩什么，对什么感兴趣，有过什么快乐不快乐的经历，你都知道吗?！"

"不知道。不过，她愿意和我分享她现在喜欢什么。她说我喜欢的，她也喜欢。"

顾柘被气到默默灌了口苦咖啡。心想这什么狗屁失忆，我看老狐狸的攻击力根本不减当年！哎呀，我怎么又害怕了，不要怕顾柘！不要怕!

二人逼视对方，各自摸出手机。

顾柘给 guest0205 发来条私信：兄弟，你最近恋爱顺利吗?

Guest0205：谢谢浆糊老师，一切顺利。你呢?

浆糊：不瞒你说，我遇见了一位强劲的对手。好像什么都比不过对方，有点纠结。

Guest0205：对手强不强不重要，得看那个人心里有没有你，这不是你教我的吗?

顾柘放下手机，一脸恍然。

他们丝毫没意识到，彼此就是对方那个只存在于网上的神秘精神恋爱导师。

顾柘一抬眼，见李浅和余青青从楼上下来。赶紧举起咖啡杯，和李浅抱怨："李浅，这咖啡也太苦了！"

宁成明敏锐地扫视过去，李浅浑然未觉，顺手接过，往里面加了两颗糖，又递给顾柘："这回呢？"

顾柘喝了口，笑眯眯："嗯，甜！还是我浅姐做的咖啡好喝！"说完还得意地瞅了一眼宁成明。

对方不置可否。

余青青看了眼表："时间差不多了，李浅，走吧？"

顾柘嚷嚷："你们要去哪儿？"

李浅和余青青异口同声："同学会。"

顾柘兴奋："同学会？我也要去！我好久没见那时的'篮球一哥'了！"

见其他人气氛和谐到仿佛自己是多余的，宁成明骤然出声："那我也去。"

一语惊四座，寂静无声。

李浅、余青青、顾柘三人一脸惊恐。宁成明不解："怎、怎么了？"

余青青讪笑："宁老师，您要是去了，那可能就不是同学会了。"

顾柘："就是！你去了大伙儿得有多怕啊！现场立马变 PTSD 交流会。"

李浅给了顾柘一肘子："你在家等我，很快就回来。"

宁成明低落点头，顾柘见他吃瘪，幸灾乐祸："哎，宁老师你别难过，下次我们比打游戏，可能你会更难过。"

李浅打开门，不屑地瞥着顾柘："谁给你的自信，以为我们宁老师会对这种玩物丧志的东西感兴趣？"转头又招呼宁成明："走了，哪儿不舒服，或者有急事儿就电话我。"

＊　　　＊　　　＊

曹玫在健身房里加大了训练难度。她必须通过不停地流汗才能让自己忘记现实。下午的时候她接到了线人给自己发来的信息：照片上形似宁成明的人身旁站着一名女子。

信息远远不够，她追加了钱，要对方给得更多。

跑步机发出提示音，曹玫气喘吁吁地停下，冲进淋浴间，很快面上便水汽蒸腾，分不清什么是汗水，什么又是眼泪。

等她收拾好走入停车库时才发现，马昊在等她。

曹玫没搭理对方，径直打开车。

马昊自顾自坐上副驾驶："怎么，心情不好？"

"有话就说，有屁就放。"

"哟哟哟，我可是来送好消息的。"

曹玫不接话。

马昊不以为意，笑笑继续道："没听说吗？股东大会定了后天。"

她鼻孔里出气："明天？你来得及准备钱吗？"

"说来你也许不信。MBO 的事，我搞定了。你呀，就等着收钱吧。"

曹玫心下一惊，本已开出去的车骤然停下，她难以置信地看向马昊。他边下车边道："等完事儿我再告诉你是怎么做到的。你虽然没给我省心，但也没添太多麻烦。"

马昊的脚步声逐渐远去，她在车内又打开了那张照片。

……后天吗？

同学会就定在城南 C 大附近的老饭店，所有人都是熟门熟路。以余青青在 C 大当时的知名度和好人缘，举凡是发了邀约的，基本上都到齐了。

气氛极其和谐，众人三三两两凑在一处，不停聊着当年的趣事和彼时的风云人物，有各类"校花校草""系花系草"以及"大小狐狸"。

顾柘纳闷："咱学校不是只有一条老狐狸吗？"

有同学给他科普："顾总，你大一就转校留学了，不知道也正常。虽说宁老师精明得像老狐狸，糊弄不得，可大家只要卖身题海还能勉强度日。李浅？那可是祸害人间的小狐狸，她为了打工赚钱，把饥饿营销、形象传播，还有各种课本上我们还没背熟的操作，玩得出神入化，真是让人被骗了还帮着数钱……"

众人大笑，余青青揶揄面上有些挂不住的李浅，"你这是得罪了多少人？"

"生活所迫，活学活用嘛。"

此时，小陶刚入场，正在接待处放外套和包。

李浅示意余青青支开顾柘，准备自己前去找小陶打探消息。无奈同学会已进行完了上半场，下半场的此时通常就该是雷打不动的一项了。

余青青听见学生会长已经在敲杯子，就估摸着李浅大抵是走不开了。她打了个暗号，要李浅放心，她去找小陶。

学生会长喝得面上一片红光："同学们，大伙儿近来是越来越忙了，都忙着脱贫脱单脱脂，当然也有人忙到脱发啊……"

众人哄堂大笑。

学生会长大手一挥，直指李浅："不过既然能聚这一回，那就是不易，固定节目是怎么都不能少的，有请老狐狸模仿秀冠军——李浅！"

李浅无奈摆手拒绝，但周围已开始起哄。片刻起哄声四面迭起，李浅知道自己推辞不得，便起身接过同学递来的无镜片眼镜框带上，面色骤然变冷。她目光如炬地冷然走向最近的一位同学。

她一掌拍在对方肩上："高同学，我让你论述'经济学家认为，降低价格一定会使供给量下降是一条规律，可是这个规律也有例外'这一说法的正确性，你写的是什么？"

高同学闻言，顿感头皮发麻，不由自主回道："我觉得这一说法还是比较科学的。"

"我觉得给你零分重修，也很科学。"

霎时，同学们的掌声和口哨连成一片，李浅继续走向下一位同学，从口袋里掏出一张纸，贴到了面前一位男生脸上。

"零分，建议退学。"

同学们再次爆发出掌声。

李浅心里寻思差不多可以结束了，还不等张嘴，整个包厢一时间骤然安静。

同学们面面相觑，又互相提醒，纷纷看向门口。她循着视线看去，只见宁成明带着长柄伞站在门边，正微笑着径直向自己走来。

李浅大惊失色。

一时间，众人骤然集体回到校园噩梦。仿佛这里不是酒店，而是教室。下一秒宁成明就能一推眼镜，抬起头准备点名。

原本聚集在门口的同学们集体惊愕，自觉分开到两侧，形成一条小道，宁成明穿越而过，径直走向李浅："李浅。"

"到！"她条件反射，"宁老师，您，您怎么来了？"

不对，眼下这、这该怎么办？

宁成明置身事外，不以为意："外面下雨了。"

李浅感受到面上的僵硬："啊？"

受到冲击的同学们哪儿见过宁成明脸上露出过此等温柔神色？经过刚才短暂的愕然后，恭谨得各自扎堆，议论纷纷。

"妈呀这是谁？老狐狸？"

"什么情况，老狐狸和小狐狸这是什么时候的事儿？！"

"哎，你捏我干什么？"

"我没有，你别说话，影响我跟进剧情！"

宁成明注意到李浅手里的酒杯，拿过来，放到桌上："女孩子在外面不要喝酒，想喝的话，回家我陪你喝。"

周围的议论声直接炸锅。

"我的天啊，他们、他们难道是我想象中的那个关系？！"

"什么关系？什么关系？"

"快快快，捏我一下，让我知道自己不是在做梦！"

宁成明感觉到了异样，他面露歉意："我只是想来给你送伞，是不是打扰你们了？我这就走，你回家小心。我等你。"

李浅两眼一黑。她就是再不要脸，也没法在这儿待了。她一把拉住宁成明："走走走！我和你一起走！"

眼见李浅想三十六计走为上，同学们当即不让："等等，李浅！这是怎么回事？"

李浅关门之前，一指余青青："最终解释权交给你了，亲爱的。"

余青青一口老血还没来得及吐，就被剩下的人给围了个严实。

李浅牵着宁成明的手跑出来，雨后水洼倒映出夕阳。直到见没人跟上来，她才停住脚步。

见她一脸劫后余生，宁成明问道："刚才同学们这么吃惊，是不是因为他们都知道我以前对你不好？"

李浅一愣，您这个脑补逻辑可以啊，平常人不看十本八本琼瑶只怕代入不了角色这么彻底："没有没有，你别多想。"

"看来我以前是真的挺坏的，大家见到我都是一脸见鬼的样子。"

李浅大咧咧地揽住他："每个人都有自己的做事方法嘛，哪能顾及所有人的心情。比如我，就很喜欢你的教学风格！让人感到十分、十分提神醒脑！"

"真的？"

"那当然！"

此时，一辆观光巴士开来，宁成明看向李浅，二人默契一笑，开心上车投币，走上露天二层，在最后一排坐下。

夕阳黯淡下去，周围夜色的密度加深，晚风拂面。

李浅有些倦意，禁不住歪头靠在宁成明的肩上，巴士穿梭夜色，朦胧间她听见宁成明在耳边道："是这辆车。"

"什么？"

"去夏石植物园的车。"

李浅这才想起自己当初信口胡诌时说他们以前去过那里，宁成明一直心心念念想再去，意图借此回想起他们之间的什么记忆。

没来由的，她鼻子有点发酸，觉得实在对他不起。忍不住用手摸了摸他软软的头发。我为了完成老板的任务，把你骗得团团转。你不坏，坏蛋是我才对啊。

"李浅，按照我想和你做的 List 里，咱们可以乘坐这辆观光巴士去夜游夏石植物园。"路灯的光照在他脸上明明暗暗，"可你是不是不想和我去了？"

她定了定心："没有。只是近来我得出差，等我回来，咱们就可以去，还可以将之前的约定一一实现。"

他眼中亮起了光："真的吗？那你去几天？"

"一天，很快。"

他宠溺一笑："那我可得好好准备。"

李浅目光变得坚定了些："回来后，我有件重要的事要和你说。"

"这么严肃？现在不可以说吗？"

见李浅摇头。

宁成明莞尔："可有件事，现在就想跟你说。"他拉住她的手，注视着她轻声道，"李浅，今天当作我们重新交往的第一天好不好？"

她觉得好像被什么东西紧紧地握住了心脏。血管里的液体，停止了流动。眼前的宁成明还在轻声说着，明眸皓齿，洋溢着温柔。"过去那些不好的回忆，给我点时间来慢慢弥补。"

在这明暗交替的光线下，他周身散发的真诚，却仿佛逐渐刺痛了她。过了好一会儿，她才感觉血液又重新流动了起来。心里反复斟酌了几遍，艰难道："如果，将来你发现……我们，其实……是两个世界的人怎么办？"

"那我就把你拉进我的世界，或者去你的世界。"

"可是，万一……"

"我们不想过去，将来的事将来再说，我现在记忆中最好的时光，就是现在。"

夜色中街灯璀璨，微风吹动二人发丝。她看向他，那种不容置喙的坚定，反倒是让自己显得晦暗不堪。

是我配不上，我配不上啊，配不上。她心里的鼓宛如被重石敲击，理智在提醒她，不得在此时沉沦。

然而哪里来的那些"可是"与"万一"，宁成明不想给她更多思绪纷乱的机会，他低头吻住了她。

倏忽而过的灯光在眼皮上跳跃。

宁成明感觉到内心的酸胀与甜蜜，随之而来的猝不及防间，他仿佛看到了更多画面……

伴随着耳边的撞击声，年幼时母亲悄然放在水杯里的安眠药，哄骗着他和父亲喝下……他坐在后排，只隐约听见父母激烈的争吵，一切眩晕的厉害。母亲似乎对着父亲在哭叫，她说，你从来都没有爱过我！

在父亲倒在副驾上时，母亲迎着对面的车撞去。

彼时，她突然转过头来对自己说，小明，你要记住，这世上没有真正的爱，都是谎言。

——这世上没有真正的爱，都是谎言。

"嘶。"

宁成明猛然睁开眼，才发现自己一时出神，竟咬破了李浅的嘴唇，她吃痛退缩。

他一脸歉意："你没事儿吧？"

意识到他的反常，李浅有些紧张："你刚怎么了？"

"没、没什么。"

"咱们，回家吧？"

宁成明微微一笑，点点头，拉起李浅的手，一起下车。

余青青第二天见着李浅，面色气得发青，李浅自知有错，赶紧泡了杯咖啡递过去："亲爱的，昨晚……"

"别跟我提昨晚。"

"对不起，是我不好，但是宁成明突然出现在这么多同学面前，风险太大了。你没和他们说实情吧？"

不提可好，提了余青青那是一肚子苦水。

"我一刑辩律师搁这儿当法务。如今可好，连这种小事儿你都对我放不下心了？你这张口闭口都是宁成明，万一他恢复记忆，不领你的情倒打一耙……"

岂料对方竟从善如流："那我也只能认啊！"

余青青惊愕："李浅！你该不会是真的喜欢上了宁成明？"

"坦白从宽。"她点点头，双手合十，冲余青青讨饶，"余娘娘消消气，是小的错了，小的千不该万不该，不该重色亲友，把你一个人抛下……可、可是……"

"到底为什么？"余青青闹不明白了，认识她到现在，他宁成明不论从哪个角度看，都不像是能让李浅喜欢的类型啊！

"就……哎，我回头再和你解释。"

"你、你、你，哎，气死我了……让你玩火！哎，你等着吧，麻烦事还在后头呢！"

"先不说这个，昨天小陶那儿有什么收获吗？"

"有，你说得对，重点是账册，观鼎的财务总监，也在 D 市。"

"那正好，欠了咱回款的奥克是不是也在 D 市？我看，这回款就我去要得了！"

余青青掰掰手指："现金流缺口、收购、设计宁成明车祸、股东。这听起来像什么？"

"像是要开股东决议会？"

"对，小陶说，最近一次是在……明天？"

二人对视一眼，知道彼此都已经搞清了整件事。马昊他们之所以要让宁成明消失，是因为即便他反对马昊主导的收购，只要阻止他出席股东决议会，就可以当他弃权。但中间一定是出了什么差池，才导致马昊一不做二不休，想干脆让宁成明彻底闭嘴。

雾里看花，水中望月，到底让她们抖落了个明白。

李浅知道观鼎对宁成明很重要，她必须尽快拿到证据，阻止股东大会的召开，让马昊伏诛。至于宁成明届时能不能原谅自己……

那是将来的事了。

＊　　　＊　　　＊

翌日同一时间段，邻城的闹市区，人来人往。

李浅靠在一间超市门口翻看宁成明这两天给自己发的消息，忍不住闷声轻笑。抬头间，一名穿着跑步装备的消瘦男子从超市里出来，手里拎着两大袋东西。

正是自己要等的人。

她塞好手机跟了上去，走近对方："观鼎前财务总监董威是吗？有些事儿想问你。"

董威一怔，突然将手中的两大袋东西，砸向李浅。趁其不备，转头就往小巷内跑去。

李浅躲开购物袋，见董威逃窜，反应迅速地追了出去。董威七拐八拐地跑过巷子，她紧跟其后。他从很窄的墙壁侧身通过，险些被卡住，李浅依然穷追不舍。你追我赶不一会儿，董威便显然有些体力不支，可一回首，对方竟还在追，他只得苦着脸继续逃跑。

董威跑到一条死路尽头，正想绝处逢生翻墙头，被身后追来的李浅，一把抓紧脚踝，扯了下来。

董威当即"哎哟哎哟"摔倒在地，便累得再也爬不起来了。

李浅也气喘吁吁，甚是不爽："跑什么呀你？！啊？你跑什么！我告诉你在下蝉联过两届省学生运动会长跑亚军，你跑啊！怎么不跑了？"

与此同时在 C 市李浅家。

宁成明在院子里用电脑查食谱，顺手发了一个拥抱的亲昵表情给李浅，便拿起刚才自己查电脑记下的美食单，伸了个懒腰。想着得早点去菜场，不然就买不到李浅最爱吃的黑鱼了。

算算时间，她出差今晚就能回来。

他简单收拾了一下出门，浑然不觉有人影已悄然跟在身后。

董威畏惧地蜷缩在小包厢卡座里。

对面李浅正坐着记录什么，二人桌上各自放着水杯，和一只录音笔。

李浅记了一会儿抬起头来："也就是说，是马昊发现了你儿子急需手术，并以此为要挟，让你帮忙做了两千万的假账。还要你配合在审计面前瞒天过海，企图掩盖事实嫁祸宁成明？"

董威宛如被铐住双手的服刑人员，面如死灰地点点头。虽然早晚知道有这么一天，但他内心还是一阵悲从中来。

"这些宁成明都知道？"

董威点头："是。宁总发觉之后，就径直找到我证实了。在观鼎，其实什么也瞒不过宁总。"

"账本呢？"

"宁总让我写了份手抄本拿走了。"

"真账本呢？"

"还回去了。说是不能让马昊提前发觉。不过，这会儿怕是已经被他毁了。"

李浅低头记录："你所说的都是真的吗？"

"是真的。"

李浅将笔记本递给董威："签字。"

董威低头签完字，将笔记本还给李浅，见她收拾好录音笔。他终于耐不住，怯怯地问了一句："同志，请问我这样，会判多少年啊？"

"这得看你手上拿了多少。"

他诚惶诚恐，忙不迭摆手："我没有！真的没有！我儿子手术的钱，是宁总借我的！我写了欠条，每个月都有分期打款还他！真的，马昊的赃款，我一个子儿都没碰，全退给他了！"

李浅听完一笑，露出一丝狡黠："哦……这样啊，那具体的，你就得问经侦了。"

嗯？等等。"你、你不就是经侦吗？"

李浅故作诧异："我说了我是经侦吗？"

董威一脸懵逼地看向李浅，仿佛回神，恍然大叫："你、你不是经侦！？"

李浅再次狡黠一笑："我说我不是了吗？"

这厢李浅在无人知晓的情况下取得了重大进展，而齐伟还在过着宛如保姆的平淡生活。

自从卢凡易找到了和宁成明一道回国的李浅的线索后，二人就愈发摸不清楚宁成明的计划了。

这看着也不像是在憋大招啊，更像是在……谈恋爱？

齐伟有点沮丧。他自认为是个全方位的好助理，即便他和宁总之间只有浅薄的雇佣关系，但多少、有那么一丢丢、主仆情谊在的吧？恋爱这种人生大事宁总竟还要瞒着他，不禁让他对接下来该怎么做，宁总葫芦里到底卖了些什么药感到失去了动力。

除了卢凡易还在持续关注，他的日常已经变成了每天上班下班，回家打扫卫生，给卢凡易做饭。小助理觉得自己宛如行尸走肉，不是很快乐，但也没什么办法就是了。

今天也一样，他端着菜从厨房出来，招呼卢凡易："今天吃芦笋香干。"

"不吃芦笋。"

"那剁椒香干。"

"不吃香干。"

"能不能一次性说完！"

卢凡易睁眼都不给他一个："有意见？"

齐伟在心里念经：以德服人、以德服人、以德服人……

"没有！我马上改进菜谱！"他堆出一脸乖巧回到厨房。

卢凡易却发现监控画面有了异常："齐伟，你快出来！"

"祖宗，又怎么了？！"

"你看这里，有一组不明人士在跟踪我哥！这些不是李浅家里派的狗仔……"

画面中一个反光点，迅速放大监控画面，看到一把疑似刀具。

二人面色凝固，一脸严峻。

"宁总有危险！"齐伟迅速收拾东西出门，"赶紧将定位发给我！"他带好无线耳机便冲出了门。

宁成明此刻正在菜市场内与人讨价还价。刚买到了心仪的黑鱼，一转身便不小心撞到了人。"对不起，对不起。"

可待他抬头，那人却又不见了。

宁成明有些疑惑，摸出手机，正要给李浅发消息，误点了照相机，意外发现身后有人像在跟踪自己。

疑惑的同时，他本能得警觉了起来，开始在菜市场内绕路。

待到跟踪者发觉，便越跟越紧。他们的目的并非真的要对宁成明不利，照雇主的意思只是将人带去某处，若被对方提前发现逃脱，可就不妙了。

其中一人目光搜索，再次抓住了宁成明的方向。

"在那儿，往天桥方向去了！追！"两名跟踪者冲了上去。

眼见前方人流稀疏，跟踪者越跟越紧，慢慢停住了脚步。他眼角余光注意到，原来是有监视器，前后各一个跟踪者，仍在逐渐逼近。

宁成明沉声道："你们想干什么？"

"你我无冤无仇，我们也不过收钱办事。老板只是想请你去个地方，劝你乖乖跟我们走，少吃点苦头。"

话音刚落，其中一人便扑向宁成明。他矮身躲过，本想绕道跑出包围，不料另一人上前伸手，抓住了他。

宁成明向后大退一步，身形一歪，不慎滚落台阶。

跟踪者们面上一惊，正要上前，却发现人群已围住宁成明，不便靠近。

二人隐入人群，悄然离去。

台阶下，宁成明躺在地上，陷入昏迷，人群渐渐围了上来。

* * *

马昊对着办公室内隐藏的落地镜整理自己的衣着，显得意气风发。他问身后的曹玫："人都到齐了？"

"在会议室了。"

马昊转过身来，走向曹玫。"当初我和你提这个计划时，你是不是也没想到咱们能真的走到今天这步？"

曹玫放下手机，堆出笑容："你会不会得意得太早了？"

马昊哈哈大笑："别瞎操心了。这都到了临门一脚……"他说着，突然靠近曹玫，嗅她发间香气："我坏人做得这么彻底，命都卖给鬼了，还能换不回钱吗？"

曹玫不动声色地想要避开，却被马昊按住："你呢，就只要记着，到时候别食言。"

她面色难看，只是故作镇静："我当然记得。只是，你也别忘了前提是一定成功。"

此时外面有人敲门："马总，曹总，股东们都到了，决议会要开始了。"

马昊看她一眼，露出得意的笑容："忘了宁成明吧，他什么也不在乎。"

那是一个过于漫长的梦。

他睁开眼，发现自己站在一处甬道，前方渐渐透出光亮，走着走着，像是回到了姨父姨母家，他再次看见了那名有情绪认知障碍的小男孩。

一切仿佛被某条看不见的线穿了起来。

母亲临终的告诫、慈祥仁爱的姨父、外冷内热的姨母、待自己万分宽厚的曹教授、一心要和自己在一起的曹玫、总将自己当成假想敌的师弟马昊，以及那个当年总让自己不知该怎么教导的顽劣学生——李浅。

周身的温暖像潮水般褪去了。他重新又遇见了五岁时，在父母抢救室外感受到的那种冰冷的、麻木的空气。

点点滴滴，过往的、陈旧的记忆，连同着新近的、荒谬的记忆如大雪一般，重新将他掩埋，带他回到了熟悉的、冰冷的世界。

如芒在背。

眼前白光一片。

宁成明睁开眼，身旁便传来一阵抽噎声，齐伟的声音传过来。

"呜呜呜呜……宁总，我总算是找到你了！"

宁成明挣扎着要坐起，齐伟赶紧拿靠垫垫在他背后，口中喋喋不休："宁总，您这么久到底去哪儿了啊？你可是不知道，我和高层的那几个人，每天简直是舍生忘死、虚与委蛇、镜花水月、斗智斗勇……那叫一个惨烈，你都不知道他们对我的手段……啧啧啧，简直是CIA啊，FBI啊……不是人过的日子，宁总您……"

宁成明慢条斯理地戴上眼镜，冷冷地扫向齐伟一个眼神，便叫对方闭了嘴。

"没错，是宁总本人无误了。"齐伟条件反射地哆嗦了一下，"宁总，您，感觉怎么样？身体还好吗？"

他全都想起来了。

宁成明冷然道："马昊进行到哪一步了？"

第七章

那天，李浅在 D 市得到消息说宁成明从台阶上摔下去时右眼跳个不停。她本来还在等巴士，接了电话不管不顾就拦了辆的士，高价要师傅出趟 C 市的车。

她坐在车里往回赶，心里总想起这段时间和宁成明在一起的日子。那种脆弱、迷惘而又朦胧的一线幸福，裹挟着她的心，在身体里仿佛不断下坠。

犹如要去往某处不可知之地。

像是要印证她的这种不祥的预知力。等她终于气喘吁吁地在日落后赶到医院时，等着她的只有正在收拾的护士和空床铺。

——宁成明出院了。

依据护士的描述，他应该是跟着齐伟一起走的。

李浅不明白。她犹不死心地给宁成明的号码拨过去，当即被挂断了。拨了第二次之后又直接变成了忙音。

由此，她知道了两件事，首先，关于齐伟和杀手之间的关系，也许有些不知情的信息，让她误会了。其次，宁成明应当已经恢复记忆了。

她握着电话，久久地站在医院的走廊里，像失去了方向，下坠的心触到了落点。她已经知道自己丢了什么，但丝毫没有要去找回的勇气。

那日之后的事，多半是余青青从江超那儿听来转述给她的。

马昊召集股东会的目的，一是为了告之自己溢价出让部分投资权的计划，二是想以此来偷换此前现金流被自己挪用的概念。表面上看观鼎度过了一时的难关，但实际上过的难关只是他马昊一个人的。

股东们不都是傻子。有人提出，如此重要的会议，为什么宁成明不在，马昊借故离开了会场，并再也没回去过。

股东会吵成一团。诸多主力股东大发雷霆，毕竟说到底，他们是因为对宁成明理念的理解与信任才放上赌注投资观鼎的。眼下能容忍马昊如此为非作歹，却依然不露面，除了宁成明默许这一切，以及马昊有可能是他宁成明的"白手套"这点，股东们实在是找不到其他缘由了。

他们彼此之间质问呼喝，乱作一团。

就在此时，宁成明出现了。

几分钟前，经侦几乎是与他一同抵达观鼎的。齐伟确认了经侦一拨人去追马昊，另一拨都在财务室，双方彼此提前打了招呼，宁成明便径直去往会议室。

刚到门口便听见了某股东尖锐的提问："马昊的行为，严重侵犯了我的权益！我要求宁成明赔偿我的损失，而不是躲在别的地方当缩头乌龟！"

有人附和："没错！他在哪儿？我说怎么失踪了，原来是想躲事儿？门都没有！"

齐伟有些听不下去了，宁成明一伸手推开门，单手接住了股东们丢向门口的一卷资料。

霎时，鸦雀无声。

他将资料抖开瞥了一眼，大步走向主位。曹玫难掩惊喜："成明，你回来了？"

宁成明无视曹玫，从她身旁走过。

众人的目光跟随着宁成明，齐伟上前为他拉开座椅，但他并未落座。而是先对着众人低头鞠了一躬："诸位股东、董事，我对今天发生的事，报以诚挚的歉意。"

朱董见状，冷笑一声："道歉有用，那要经侦做什么？在座所有人损失的都是真金白银，宁成明你打算怎么解决问题？"

他不是个喜欢说废话的人。

宁成明看了眼手表，将手机调出秒表放置到前方的桌子上。"五分钟后，如果没有异议，我将对有意愿的股东进行股份赎回。真金白银，如数奉还。"

这是个干脆的回复，应当是他们最想听到的、最有用的回答。

但在座的都是 C 市的商界前辈，只给结果对他们来说，总是欠了些味道。换句话说，孩子犯错时，只利索认错是不够的。仿佛不能充分听骂撑足时长，就没有改过自新的信服度。

"宁成明，你难道就不该和我们解释一下这半个月你究竟去哪儿了吗？"

"我的解释对于挽回诸位的损失毫无意义。"

"你……"

也有股东知其秉性，好意提醒："小宁啊，你向来桀骜不驯，言语刻薄。诸位都是你的前辈、长辈，可以不计较。但马昊的事显然是极度严重的管理渎职，你一句道歉就完啦？"

但宁成明觉得，多说无益："我明白了。那么我纠正一下，我会对所有股东进行股份赎回。除此之外，还有投资协议违约的惩罚补偿，具体数额将对应不同的股权进行计算，会在七个工作日内给诸位正式答复。"

这下大伙儿都冷静下来了，面面相觑，心下明了。宁成明铁了心只想快刀斩乱麻，不愿给任何人深究的缝隙。

事情已然发生，该交由经侦的，就让法理无失。无关人等最好既往不咎，虽然情理难容。但他是宁成明，是一如既往，不给人退路，亦不让自己回头，拎不清人情世故，也不愿意拎得清的那个人。

五分钟时间已到，他起身："诸位，请回吧。"言罢，无视身后再次躁动的众人，带着齐伟离开了会议室。

马昊在当天的股东会上出逃，引起了后续一系列的反应，首当其冲被牵连的要数顾澜，她得知这个消息时正和李琛在办公室里日常拌嘴。

顾澜悄没声儿地给李琛的项目投了钱，让他心里有些过意不去。但很快对方接到了电话，得知马昊暗中用关联工厂转移观鼎资金的事，被经侦发现曝出来，现在人已下落不明，这让他更觉难辞其咎。

毕竟，当初顾澜接到了马昊在业内寻找资金的消息，李琛出于为妹妹打探观鼎内幕的私心，建议她可以与之接触。而今顾澜冲着观鼎与其签了部分股权转让，虽没有丢失太多资金，但已付订金也打了水漂。

旁人也许不懂这对顾澜有何打击，但李琛实在太了解了。

她从小鬼马，看似不在意旁人看法，其实心里顶顶在意父母的认可。偏偏顾家重男轻女，长辈们观念陈旧得很。她成绩再好，也总敌不过顾柘在父亲心里的位置。顾澜自有她的傲气，一直想着能在家族的事业里有所作为，如若能顺利将业务转型，不但能了结父亲的夙愿，自然也能让他重新重视女儿。

所以虽说此番是冲着观鼎入局，丢了些小钱本不是什么大事，但横竖要算过错，在父辈那里，都不大好看。闹不好，双方还得僵上一阵子。

归根结底，李琛觉得还是自己的错，肯定有义务要帮顾澜扳回一城。

顾澜知道他说得对，但面上不认："你少操心。再说了，就你成天搞那些小破网剧，你能帮我什么？"

"哎，你还别说。眼下还真就我能救你。"

她哼了一声，没当回事。

李琛歪过头来："咱俩结婚，领证去！"

顾澜本是吓了一跳，心想这也不是什么黄道吉日，是抽的哪门子风。但顺着对方心思一琢磨，倒也理解了："你该不会以为我爸等着抓我小辫子，借机收回我的经营权，但突然就会为了咱俩结婚而放弃吧？"

"这年头，一般临退休爸妈就受不了这个，这叫冲喜！"

顾澜决定按下不表，歪风邪气不能长。

可李琛念头一冒出来，越想越觉得有戏。算算时机，他们也的确得演这一出了。倒不如借着这事儿主动提出来，总比父辈施压要强得多。

他寻思晚上给李浅打个电话聊聊，顺便探探宁成明回去以后，她的状态如何。

李浅将自己从观鼎前财务总监那儿获得的线索都匿名寄给了宁成明，然后便回了家。看着满屋子他曾存在过的痕迹，眼前似乎还有他在桌前看书、写字、来回走动的身影。她叹口气，挥舞抹布，打算将它们连同记忆，全都一扫而空。

相框照片翻转了过去。

用过的笔记本被合上，直接塞到书柜里。

她边吭哧吭哧地大扫除，边顺手挂断了接二连三打来的电话，余青青、李琛、顾柘……

正忙着埋葬自个儿那短命的爱情呢！谁的电话她这会儿都不想接！

她一边拿鸡毛掸扫家居上的灰。一时急了，一不小心将墙上的世界地图碰掉了。"砰"的一声，吓了李浅一跳。

站在世界地图前，李浅骤然发现了宁成明手写的那张分析图。

这是……

他从什么时候开始怀疑的？然后便一直在偷偷求证？难不成，他此前那些行为和说过的话，也……都是在配合我，和我演戏？

她看着分析图，神色逐渐凝重。不愧是老狐狸，她还是将他想得简单了。一把扯掉墙上的那些东西，李浅行将就木地走回沙发上倒下，半晌爬不起来。

一直等到日影西斜，她才猛地坐了起来。

"他恢复记忆跑回去了，我难不成就不过日子了？"

李浅走进厨房，打开冰箱门。想起对方曾在这里说生气时可以不讲道理地冲他嚷嚷，希望一切喜怒哀乐都有自己陪伴在旁……她"砰"地关上冰箱门，一掌糊在自己脑门上。

"冷静点李浅！那全是他脑子不清醒时候说得胡话，不值得记！"

没错，她心下笃定，得将对方当成是只棒球，一棍子从自己的脑海中挥出去。从今往后他们就各自归位，和以前一样，井水不犯河水。

老死不相往来。

当然，也千万别再有什么狭路重逢了。

*   *   *

落日余晖中，C市华灯初上。

观鼎大厦外，人流、车流，川流不息。

一连几天，经侦约谈了许多人，调查马昊一案，但马昊始终在逃，还未归案。曹玫出乎意料地拿出了许多马昊事先谋划挪用公款的证据，同时也想以此证明自己与其并非同伙。这倒让齐伟有些暗自意外。

受案件的重创，加之必须对股东作出赔付，宁成明这几日一直忙得脚不沾地，都没怎么回过家。他大刀阔斧地砍掉了一些不必要的产线来节流，重整账务，风格同以往一样不近人情，毫无情绪。但齐伟觉察，在宁总不变的表象下，有什么地方已经发生了些许变化，不仅限于其余员工私下里的吐槽，说他阴晴不定，稍有错误，句句诛心，刀刀见血，比之以往更甚。只是他还没捋清楚这是因何而起，而宁总……显然也在抗拒。

齐伟敲门，见宁成明背对自己，正站在落地窗前。

"宁总，这是前几天收到的一份快递，因为没写名字，又在配合经侦，所以一时疏忽忘了拿给您……"

宁成明转身接过，一眼瞥见寄件人上"LQ"两个字符，当即气得猛然将东西摔在茶几上，一脸避之不及。

动作之迅速，怒火之突然让齐伟心生畏惧。

"怎么了，怎么了，宁总？"

宁成明指着那东西，顿了半晌："观鼎现在对总裁快递都不检查的吗？什么人都可以给我送东西？要是对方是个神经病、变态怎么办？你是想给我递辞呈？也好，那是现在还是明天，或者随时都行！"

齐伟愕然。

反常，实在是太反常了。可他不敢当面提出，只上前翻看快递，从里面拿出了U盘。"宁总，我刚检查过了。不是什么奇怪的东西，里面是前财务总监董威针对马昊所为的一些签字证词和录音。"

宁成明放松下来，缓缓舒口气："那你联系下经侦，给他们送去吧。"

"是。"

齐伟刚出门，曹玫便来了。

宁成明坐回办公桌前。

"我听说你手臂受伤了，还疼吗？"

宁成明翻开面前文件："有事儿？"

"我想问你这些日子都到哪儿去了？为什么不联系我，我和齐伟……我们找你都找疯了。"

猝不及防，他脑海中再一次闪过李浅的样子。

当即面色发白，忍不住"啪"得一声将手里的钢笔拍在桌子上，吓了曹玫一跳，说出口的话却是听不出情绪："我在医院，什么也记不清了。"

见对方神色骇人，她一时语塞。

"你还想说什么？"

"哦，是这样。你失踪之后，马昊来威胁过我几次，要我帮他，我都拒绝了。刚才我也和经侦解释了，这件事和你没有关系……我、我想着，你可能……不，你一定会回来的。我怕马昊真的得手，所以我提前和何董商量，请他将手中的股权转售给了我，有大约 12%。"

宁成明没吭声，曹玫有些耐不住："成明，如果严格执行股权回购和赔偿的话，以现在观鼎的情况，是绝无可能做到的！"

因为马昊转移资产的丑闻，即将面临高额股权回购赔偿的事已传遍业内，即便宁成明胸有成竹，可谁会在这个时候接手观鼎的烂摊子？

解决问题的方法，他早有计划，但没有义务告诉所有人。对她也一样。

只看了宁成明一眼，曹玫便仿佛读懂了这层意思，她明白身为观鼎的法务总监、副总裁，他不在时本该由她来扼制马昊的行为。如今的结果只会让他合理怀疑她其实多少都参与了马昊的行为。

得亏她早做打算，提前录下了一些自己拒绝马昊的录音证据，还留下了一些其他物证，在经侦那里姑且洗清了同伙嫌疑。他一时的误会她认为需要点时间去稀释。没关系，她等得起。

但曹玫心里还有另一个疑问。

见她沉默，宁成明起身收拾东西："你话说完了，我要回去休息。"

"啊对，你刚回来，一定很累。"

宁成明走到门口，曹玫再次叫住他："成明，我、我那天好像看见了你。在南园路附近观山景，你……"

他态度坚决："你看错了。"

待宁成明推门出去，曹玫怅然松了口气，回身坐在宁成明刚才做的位置上，摸着他握过的笔，低声呢喃："无论如何，你回来了就好。"

倏地，曹玫手机收到邮件消息，打开后刷新出了一张照片。她放大照片，凝视片刻，吃了一惊，这、这不是恒星的董秘，李浅吗？！

宁成明冷着脸坐在卢凡易家的沙发上，脱了西装外套，正伸着胳膊让卢凡易帮着调整手臂外的矫正薄夹板。原本已经养得差不多了，但那天从天桥上摔下来，有所加重，他回来后一直藏在西装里，没让人觉察。

忽然，卢凡易不留神，拧螺丝弄疼了宁成明，他不满地看向对方。表弟只当没看见，继续拧。"嫌我不专业就去医院，一般人我还不给他弄呢！"

宁成明没吭声，这得算从小到大让人熟悉的兄友弟恭模式了。见夹板调整好，他一言不发地穿起西装。

门锁一响，齐伟竟穿着居家服进来了，手里拎着一堆菜，宛如出入自己家："呀！宁总？您怎么来了？"

宁成明看向卢凡易。只见他弟熟稔得冲着齐伟抱怨："怎么才回来啊？饿死了都！"

齐伟似是习以为常："宁总也没吃晚饭吧？我这就去做饭！很快的！"

见他熟门熟路，忙不迭进入厨房忙碌的身影，半晌宁成明才平淡地问了句："什么时候开始的？"顿了顿又补充："为什么？"

以他对表弟卢凡易的了解，这是个眼睛长到天灵盖上的主。对周围的一切人和物惯常吹毛求疵，生活没有洁癖，但精神洁癖很严重，除了自己和电脑，几乎与其他活着的东西不进行任何交流接触。

这么个东西，啊不，人，现在居然有朋友了？

如果这也算朋友的话。

卢凡易不以为然："什么为什么？多个人分担房租，还有人给我做饭，一举两得。"然而面上仍是藏不住嫌弃："说到底，还不是因为你。哥，你是怎么看上这么蠢的人当助理的？他扫了二维码竟然还拒接我电话，逼得我出门才联系上……"

宁成明不想反驳，但还是表达了自己的观点："在商场上，踏实得愚蠢，总比聪明到无耻要值得信赖。"

不多时，齐伟已将晚餐摆上桌。三人围坐餐桌边，宁成明坐主位，卢凡易、齐伟分坐两边。

齐伟给他们递筷子："宁总，这道菜是我特意给你加的，叫……"

宁成明端起碗认真吃饭："吃饭吧。"

卢凡易咬了口排骨，叹了口气。

齐伟觉察："怎么了？"

"酱油、水、糖、醋比例是 1:2:3:4，你怎么总做成 1:2:4:3？"

齐伟说得天经地义："宁总讨厌吃甜食，只有糖醋排骨会喜欢吃甜一点的。"

"你给他交房租还是给我交房租？"

一分钱难为死英雄汉，齐伟委屈："哦。"

宁成明放下碗筷："小易，查到什么了？"

"那天会议开始之后，马昊中途应该是被人通风报信了。我看了你们大楼的监控记录，他直接去了地下车库。等经侦和你上楼的时候，他早跑没影了。马昊开车出了观鼎沿着内环开了两圈，发现没人跟踪，就去了东边。在一个没有监控摄像头的路口没了踪迹。后来我查了那车牌，假的。"

宁成明心知，马昊一个人跑不出这么安全的路径，有人报信就说明公司里还有内鬼。

齐伟咋舌："眼下要处理股东们的股权回购和投资合约赔偿也很棘

手，就更别提还有账上的现金流缺口了。加上观鼎现在的困难，想必业内都传遍了。要找新资金也很难……"

卢凡易摇头，啧，这马昊还真是留了个烂摊子。兄弟俩默契对视一眼，卢凡易道："不过最危险的地方最安全。虽说经侦会追踪马昊，但我也会盯着的，哥你放心吧。"

宁成明点点头，他吃完了一碗饭，看向齐伟。对方心领神会，站起来给他又添了一碗饭。

这倒叫卢凡易有些理解不了："你怎么知道他要添饭？"

小助理理直气壮："宁总说了啊。"

"他刚才有张嘴？"

齐伟做了个"宁成明在看我"的手势："全说了啊，明明白白。"

卢凡易叹为观止。服了，历史书上说那什么掌印太监、执笔太监以及东厂西厂怕也不过如此了。

齐伟见宁成明胃口不错："对了宁总，您之前一直在李浅家待着，是不是为了混淆马昊的视线啊？老实说我觉得这一手实在是高，连我都被骗到……"

宁成明"啪"地将筷子摔在桌上，面色骤然可怖，吓了其余二人一跳。

"身为我的助理，处理好我的任务就行，在有提示的情况下还能耽搁这么久，让马昊在公司为所欲为，骂你愚蠢都显得我词汇量匮乏。"

齐伟心想坏事儿了："我的错，我的错。"

"是我的错。没有根据你单线程的大脑降低执行难度。"

"绝对不是！"

"递辞呈吧。我等着收。"

宁成明丢下碗，饭也不吃了，气得径直往外走。

不一会儿门口传来关门声，齐伟大松一口气瘫在椅子上："刚才不都还好好的吗？这是怎么了？宁总变了啊！"

卢凡易撇撇嘴："一如既往的难伺候。哪儿变了？"

齐伟掰手指头："以往我犯错，他能三个字绝不五个字，通常都是眼神警告让我自去领罚。从来都懒得理我，这次……整整一百零五个字，聊了一个来回！宁总是真变了！"

"看来，这个李浅现在是他心里的炮仗了。谁点谁遭殃。"卢凡易边点头，边照吃不误，"不过话说回来，观鼎现在困难这么大，真不知我哥到底心里什么打算。"

齐伟从旁深以为然。

宁成明到底有什么打算呢？

自卢凡易家出来，表弟家和他家是斜对门。可直到冲进家，狠狠关上门，宁成明才反应过来，自己生气了。

生气了？

这是个既定结论，本不需要质疑，但他仍是困惑。问题不在于这种行为是不是生气，而是他、为什么、会、生气？

当初姨父花了很多心思，用了许多方法也没能让他理解人在生气时究竟是什么样的情绪状态，这现在……啊，原来这种喘不上来气，血液倒流，眼冒金星，脑子里好几种思绪在打架，想做点什么缓解却又不得其法的感觉，就是在生气吗？

那他……是在因为李浅生气？

当晚，多年情绪认知障碍患者宁成明，发现自己不但离奇学会了如何生气，人生还第一次经历了失眠。而在这些从未有过的，也叫人开心不起来的初体验里，他结合当下的困境，做了个决定。

——是一个既能叫骗自己的李浅付出代价，也能让观鼎摆脱现状的计划。

＊　　　＊　　　＊

恒星夸克的大楼位于 C 市的第二繁华街区，附近银行、便利店、健身房、小公园应有尽有，步行就能找到一堆饭店。当初挑这里做公司她还夸过顾柘，干啥啥不行，选宅第一名。这地方生活工作两相宜，很容易让员工不知不觉通宵加班，流连公司数日不必回家。

夜色褪去后，李浅才意识到自己又熬过了一宿。她离开办公桌，叹口气去楼下健身房洗了个澡，然后就溜达出去吃早饭。

吃完饭一看时间，距离上班竟然还有一小时。于是她决心坐在便利店对面的小公园里晒晒太阳，反思反思近来的生活。

老人常言，屋漏偏逢连夜雨。宁成明倏然消失后，她一心告诉自己，这不是什么大事儿，可没过两天又发现了顾柘的"小动作"，实属意外。

平心而论，李浅理解顾柘。出身在家境殷实的顾家，作为男子受长辈期待，可他打小就怂。学习一般、运动一般，除了长得还算好看，其他真是没一点拿得出手。如今偶然发现自己有做游戏主播的天分，自然是宛如找到了人生意义。若是强迫他放弃，不亚于人道毁灭"顾柘"这个人。

那么退一步看看恒星吧。她大学毕业时找了两家公司实习，谈不上好坏，她都能胜任，只是干着总觉得缺少些什么，直到面试顾柘公司，他来找自己谈起了芯片代工和半导体的实业前景。

对此，她是兴奋的。受任玥影响，她觉得工作就是工作，不需要有多伟大，它可以什么都不是，也可以仅仅有个目标，但总得打动自己。顾柘说得不多，但她是明白的，这是个有前景且有意义的行业，值得为之奋斗，付出时间。因此她欣然加入，一头扎了下来。陪伴它从几个人成长到几十人、上百人的团队，至今已有五年。

既然是创业，自然会遇见困难，如果仅仅是顾柘要为了自己的理想退出，她觉得没什么大不了。虽说这小子不但瞒着自己，还竟敢去找李敬凡实在叫人生气。李浅琢磨至少得晾他一周才能解恨。可此前和GC签的合同因为供应商的缘故遇到了困难，即将面临不能如期完成订单的局面，反成了决定恒星的生死一线，却是她万万没想到的。

可人生有时就是这样，你总觉得"等到……就好了……"，其实更多时候，等你爬上了那座山峰才发现，上面也许不但没有你期待的风景，甚至还有个门，通向更困难的歧途。有时你觉得树影环绕，迷雾重重，进去了也许就是生死不明，但跟跟跄跄上前一转头，没准就是柳暗花明。说到底个人的能耐都是基础，运气和时机这种玄学可能比什么都重要。

李浅烦躁叹气，为什么所有坏事儿都喜欢扎堆呢？

蓦地，她忽感有星星点点的水溅到了脸上，本能转头去看小花坛，怔愣着回想起在这里宁成明好似曾说过什么。

直到花坛工人的道歉将她的思绪再次拉回来。李浅冲工人摆摆手，表示自己并不在意。心里想着这种原本已经印刻进记忆里的人物联系，果然不太容易剥离。紧接着又庆幸，彼此侵蚀生活并不算多，重复的场景和回忆，以后尽力避开就好。她浑浑噩噩却故作一切如常，从椅子上起身，打算回办公室去。

走到路口等红绿灯，一抬头又在马路的斜对面看见了宁成明。对方正护着位拉货的老人过马路。

绿灯亮起，李浅见对方走了过来，心下愕然。真是大白天的活见鬼，前一秒还想着没那么难，下一秒就发现自己想对方已经想到出现了幻觉？

宁成明其实也看见了李浅。不约而同在心里也为对方究竟是人是鬼打了个问号，但科学理性思维下一秒就占了上风。他想起这附近的确是李浅公司恒星的所在，心里不由得又把齐伟骂了个狗血淋头。

他之所以今早会出现在这里绝非刻意要偶遇李浅。而是齐伟告诉他，李敬凡在这附近见人，他有意找对方聊聊业务的事，哪曾想能见着最不想见的人。

此刻二人间人潮稀疏，他们看似对上了目光，顺流而行。

宁成明此刻西装革履，神态冷漠，让李浅觉得熟悉又陌生。她禁不住想躲，但又在心里质问自己为什么要躲？外表若无其事，心里磕磕巴巴，走到了半道，她把心一横，甚至想打个招呼。

话还没出口，宁成明就六亲不认地擦肩而过了。

她别过头来，不知怎的，就有些动怒。殊不知自己刚回头，宁成明也忍不住回头看了她一眼，见她走得头也不回，这才转了身接着走自己的路。

李浅气鼓鼓地又走了几步，终究是咽不下这口气，一跺脚，转身追了过去，站在马路对面气沉丹田："宁成明！"

对方脚步一顿，便径直继续走自己的路了，好似根本没听见。这下她脚底板真是生出火来了，一个箭步返身冲上前去，追着在两栋楼之间的小巷里，拦住了对方。

"你、你、你……"李浅还没"你"完一句话，宁成明就打算绕道离去。这可还得了？她一把扶住对方肩膀，却意外听得他低哼一声。

"你胳膊还没好？"

他不看李浅，露出些许不耐烦："有事？"

"我们……谈谈行不行？"

"给你 5 分钟，说吧。"

她想，没准我们摊开了说清楚，自己也就不会再纠结了。可脑袋里千头万绪，竟一时半会从里面拎不出一处开头。

"我承认最初骗你，的确是因为公事，但是你发生车祸、失忆却都是在我意料之外，我、我是为了你的安全着想才暂时把你留在家里，准备等危险过去，就将一切告诉你……"

"听你的说法，是不是觉得自己是在帮我？"

李浅面上发烧，用不着宁成明提醒，这会儿她自己都觉得说出来的话怎么听怎么像狡辩。这会儿要再硬着头皮往回兜，那真就是不要脸了。可她觉得一码归一码，自己这半功半过总还是得掰扯清楚。即便讲出来，也都是心虚："也许开始不是，但若不是我，你早在国外不知道被人碾死几回了！我、我、我觉得我少说也算你半个救命恩人吧。"

宁成明鼻孔出气，冷笑起来："那我还得对你说声谢谢？"

"嗯。啊，不对。"宁成明笑得李浅心里没底，直发毛。一朝梦回大学时的应激反应，直觉还是躺平来得容易些："算了，宁先生。我觉得，咱们之间有点……误会，但也……没关系。您今天是不是心情不好？那我还是先走了得好。我……"她话还没说完，转身就想跑。今天真是猪油蒙心，吃了豹子胆，她怎么会想起来要和他主动搭话说清楚？

果然宁成明一把攥住了李浅的衣领，给人又拎回眼前："既然你想说，那咱们今天就说个清楚。"

别别别，清楚什么呀，说得清楚吗？说得越开，就越是找死。可对方将她逼在角落，逃避不得。

"早在上个月我就发现了马昊的小动作。也给齐伟留了提示，安排人给自己留了后路。要是没、有、你……车祸第二天我就会见到齐伟，解决这一切。"

李浅差点哽咽，你看看，这就是自己误会了嘛。要不是这样，早点将宁成明在泰国丢给齐伟，也不至于后来错得这么离谱。

他还没说完："若不是你几次三番阻碍他找到我，延误时机，马昊又怎么会有机会逃跑？"

"我还以为……可是万一发生意外……"她说不下去了，这么一看，自个儿就是宁成明计划里最大的 BUG 吧？

"就算我死了，齐伟依旧会按照我的安排，继续任务。所以，唯一的变数就是你，你的出现，打乱了一切。"

"你连自己都算进去了？"

"这是当时最优的选择，有什么问题？"

有问题，当然有。

哪有人会假定自己死了之后，做的计划还能不能成的？光是想这个计划就足以让人头疼难过了。他宁成明是以为自己在干什么？谍战剧吗？可她有什么立场说呢？从对方的角度来说，如果没有她，事情也许不会像现在这么复杂。

"那、那你现在好歹也想起来了，马昊的事大家也都知道了。结果是不是也没有那么糟糕？"

宁成明没回话，李浅想起听余青青说的进展："观鼎眼下的困难，你有好的解决办法吗？"

"这和你没关系。"他松了手，退后一步，"什么时候开始，你还有工夫关注观鼎了？"

是以往那种熟悉的嘲讽感了。

李浅在他离去时听到了对方叹息着感慨："你以前就爱自说自话，

现在也真是一点没变。是谁教你这么天真的？"

谁教的？

"你教的啊。"

走到巷口的宁成明驻足了，他想起自己曾经是有在课堂上说过这么一句话：对于做学术的人来说，天真是生产力之一，希望有此意愿的学生，都能对求知保有纯粹的天真。此刻回想起来，倒显得有些讽刺。

他自嘲一笑，折回去："那我今天再教你一句——'天真不是护身符'。望你以后，好自为之。"

这真是除了"零分、重写、重修"以外，宁成明对李浅说得最多的话了。看来因为自己的错误，他的确很生气。

"那我们……"

"没有'我们'。"

这就是他所有的回答了，李浅咽下了原本仍有希冀的小火苗，攒着这句回答走出了巷子。

没有我们。

四个字，轻描淡写，简单直白，否定了那段时间里所有的一切。他是决定好了要重新独自朝前走，那么她就也不应该有所留恋与纠缠，就算心底明白，是在意的，是喜欢的，是不可能回去了的，也必须放下了。

毕竟他已将一切盖棺定论，从来就没有什么"我们"。

比宁成明找到李敬凡沟通的时间要稍早一些，曹玫让线人去仔细调查了李浅的背景。虽说业内私底下传得沸沸扬扬，说她是李敬凡的私生女。但曹玫从未系统地了解过，总以为是无稽之谈。

她和线人约在一家咖啡厅，对方年纪不大，长得白净，是调查记者出身，有许多消息渠道。见她出现，干脆地丢出牛皮纸包。

"曹总，您就算是想挖人才，这掘地三尺的信息量是不是也太大了点。"

曹玫乔装了一番，戴着墨镜："你觉得我是想挖她？"

"不是吗？我觉得这个叫李浅的，人很优秀呢！还是C大经济系毕业的，得算我同校学姐了吧。"

曹玫冷哼一声，翻看手中的资料。

的确是有些出乎意料，但仿佛唯有这样，一切才合理。

原来李浅的母亲任玥是任伯念的小女儿，而任伯念，正是二十年前叱咤华南的食品业大亨。外人都传说任玥性格乖张，我行我素惯了，是个天生的画家。二十岁时因为抵触家里的联姻，去法国留学时遇见了李敬凡。

彼时李敬凡的发妻留下了两个儿子后难产早逝，他这个钻石王老五风流花心，名声在外。谁知偏偏爱上了任玥，大家都以为他们会结婚，任玥却在怀了李浅后回了国。任伯念一怒之下和她断绝了父女关系，C市城北的房子，是任玥母亲留下的。李浅便和母亲相依为命，普普通通地在这里长到了二十六岁。

"所以李敬凡和任玥分手的时候，并不知道她怀了李浅？"

"也许吧。不过后来传言李敬凡搬到C市也是因为任玥。但对方一直拒绝和李敬凡和好，也不让李敬凡见女儿。"

"为什么？"

线人神秘地笑了："你猜啊。"

曹玫心领神会，冷笑一声，从包里取出一枚信封，丢过去。

对方一把接住，告诉她，任玥在李浅大二那年住院，大四那年去世，死因是渐冻人症，这大概就是她拒绝李敬凡的理由。现在任玥去世了，李敬凡对这个女儿的上心程度，厉融高层们均有所耳闻。

线人心念一动，都说眼下观鼎遇到了麻烦，他恍然大悟："曹总，你该不会是想从这里下手，和厉融合作吧？"

曹玫不置可否，面色一冷，起身离去。她觉得自己已经弄清楚了宁成明的下一步棋打算怎么走。

＊　　　＊　　　＊

宁成明见完李敬凡往回走，坐在车里发呆。临走时，李敬凡问他，生意是生意，但关于我女儿，你究竟是什么想法？

他没有回答。

车开过路口，对这个问题他依然没有答案。就像童年的傍晚，他和卢凡易因为一条鱼起了争执，他喜欢吃鱼，卢凡易也喜欢，上了桌就是各凭本事，可表弟人小鬼大，抢不到就哭。姨妈忍不住想插手，被姨父拦住了。

姨父问他："成明，你为什么喜欢吃鱼？"

哪有为什么，他就是想吃而已。姨妈则夹走了他碗里的鱼肉，问他想要的东西却被别人拿走，心里是什么感觉？

他摇摇头，不知道。虽有些不舒服、不自在，但没关系。

姨妈扭头就埋怨姨父，情绪教学真是一点用也没有。这么长时间宁成明还是不理解也不会表达，他这辈子注定不会为了自己想要的东西而去争取了。

不会吗？他记得自己当时重新从盘子里又夹了块鱼肉，郑重地告诉姨妈，即便不理解什么是喜欢，他相信自己将来也能得到想要的东西，只要他想。

如同当下，他理性分析厉融面对这么好的机会，不会放弃入局观鼎帮其解困，他在尚未搞清自己想法的时候，也依然能够解决问题。

齐伟从前排转过头来，有些犹豫："宁总，那个……Lisa 在和我打听咱们今天和厉融聊的情况。我觉得，这应该是曹总的意思。"

宁成明没吭声。

齐伟自行理解："那我就说，咱们一切顺利？"

"顺利什么？"

这回彻底清楚了。齐伟低头给对方回复：宁总和那边还在沟通中，双方有些意向，但还没完全谈拢。

似说未说，模棱两可。不明确就是最好的答案。

事实上，宁成明今天递给厉融的方案，并非直接通过 MBO 来注入资金，而是有一项附加条件，这要求厉融必须支持自己，去收购另一家公司。

他低头看了眼手上的资料，相信这是当下最好的选择。

最后一丝落日余晖在天际消失殆尽，随后到来的夜幕蒸腾着，催赶着城市内的车流不息。

早已过了下班时间，办公室内除了李浅、余青青和顾柘三人，再无他人。白天李浅气归气，回来之后还是冷静地开始想先解决供应商现金供应的问题。白板上已经写了好几个方案组合排列，能试的都试了，常用往来银行往期贷款还在，流程时长也不允许，现在最快的方案就是找条新的现金流，只要合法，哪儿都行。

既然方案达成了一致，接下来就考虑执行的问题。

"咱们一代芯片设计可是专利，眼下是经营实际遇到的问题，往期贷款还在，现在融资也比较合理。"

李浅头也不回："对，只要不是厉融就行。"

余青青见势不妙，收拾东西正准备走，被顾柘悄悄顶了一肘。

好几天了，李浅除了聊工作，压根不搭理顾柘。他心里知道，对方还在计较自己之前瞒着她跑去找厉融的事。

顾柘委屈得不行："李浅，你听我解释……"

"打住，咱俩之间现在只能沟通工作，和你聊别的我没心情。"

"不是，我这……"

"行了，天不早了。剩下的您也帮不上啥忙，就早点下班吧。我和余总再聊聊解决方案。"

等顾柘磨磨唧唧走了，半晌，余青青清了清嗓子："李老师，别这样，本来是该早点说的，可这段时间你不是忙嘛。"

说着忙给李浅递了瓶水。

"消消气，其实我觉得这也算是个好事。一直以来，我们都嫌他废，出什么事儿不是找你哭就是求我出面摆平，难得自己拿了回主意，虽然做得不对，但是李老师，我们这是见证了一个废物的成长啊！"

这辩护思路倒是够清奇的。

"怎么着？我该给他鼓掌啊？"她咕嘟咕嘟喝了会儿水，想想其实本来就不是什么气性儿大的人，天底下不如意的事儿多了去，就是赶巧这阵子她多碰着了几件。顾柘除了是个老板，还是她朋友，朋友是人，人非圣贤。她还能骗老狐狸团团转，顺带把自己也骗进去了，顾柘那点子鸡毛蒜皮她早不计较了。

丢下水瓶，她一锤定音："总而言之，不能让顾柘回去找家里筹钱。"

顾柘出走做公司本就是忤逆了家里，不出事儿还好，出了问题他家非但不会救恒星，更有可能直接卖了恒星，将他干脆押回去继承家

215

业。对顾家来说这摊子买卖有没有都无所谓，可他们磕磕绊绊走到今天不容易，也不只是三个人的心血，还有实验室里的工程师们和员工，背后更是众多家庭和希望。

余青青知道李浅想明白了，可时间紧任务重，他们不能去找厉融，要去哪儿找更合适的 PE（（Private Equity 私募股权投资）呢？

楼道里物业刚换过灯泡，亮得照在地上晃人眼。

宁成明从卢凡易乱糟糟的家里出来，正要回自己家。却发现曹玫刚从电梯里出来，手里还端着个汤锅。

见他站在门口，曹玫欣喜上前："成明，你、你知道我要来，所以来接我？"

显然并不是。他摇头："你来干什么？"

曹玫举了举手上的炖锅："啊，我、我来给你送肉丸子。"

"我吃过饭了。"

她早就习惯了他的生硬直白，不以为意："这是以前我爸和你都最喜欢吃的那种……我爸还和你说，这是得了我妈的真传……我以为你很久没吃了，会有点想吃……"

宁成明盯着曹玫，半晌，打开门："进来吧。"

她扬起脸，笑着进去，轻车熟路地在厨房找到碗碟，将锅里的丸子夹出来："我给你分装好，放在冰箱里。你想吃的时候热一热就好。"

宁成明远远地看着曹玫。这并不是她第一次展示"贤良淑德"的面目，早在他们订婚还未取消之前，受宁成明的情绪认知障碍影响，她早就意识到自己必须是两人间更主动的一方。

意识到了对方的目光，她有些不好意思："你看着我干什么？"

"马昊之前和你说了什么？"

曹玫本能地手中动作一滞，但还是很快恢复，她将丸子都装好。边放入冰箱边道："还能有什么？他从那时候就想和我在一起。知道我们……的事之后，他就和我挑明。我没同意。"

　　"你知道我指的不是这个。"

　　她关上冰箱门："成明，我不知道谁和你说了什么。但我和你一样，对他的所作所为感到很难过。"

　　"我不难过。他对价值错误的理解，且一意孤行，这是必然的结果。"

　　曹玫走向他："说真的，我最近一直会想起那时候。那时候……我们之间真的很好。"

　　宁成明知道她说的是什么时候。

　　研一时他还没去英国，马昊也在曹教授的课题小组里，曹玫常常借机来找父亲，拉着马昊一起用小电炉煮火锅，逗宁成明加入他们。他那时心无旁骛，只觉聒噪，但教授往往会从中掺和，生拉硬拽一般要他融入。考虑到那时候教授还没被诊断出癌症，兴许这的确得算她最幸福快乐的时候。

　　只是甲之蜜糖乙之砒霜，他当时是真觉得曹玫他们这样很耽误学习。

　　"天色不早了，你早点回去吧。"

　　他一转身，她却忽然从身后抱住了他："成明！你突然不见了，我、我很害怕……我真的，真的不能没有你！"

　　他们不是没有过亲昵的时候，只是那时宁成明毫无感觉，但此时他却产生了一种陌生的疏离，让他僵硬得握住了对方的手腕，不动声色地将其拉开了。

　　拒绝得迫切而刻意，扼制了曹玫已经弥漫上眼眶的泪水，她赶紧退后一步，擦了擦眼角。

宁成明意识到适才的本能反应，有些不妥："对不起。"

"不，是我对不起……我太心急了。我们眼下明明还有更重要的事。等公司的事解决……咱们、咱们能不能和好？"

宁成明不言语。

曹玫转身抓了沙发上的包，跑了出去。

下午她看到了一封合同邮件，里面是厉融发来的合作协议，要求观鼎必须在两个月内收购一家同类企业，来填补业务短板，才能达成注资条件。虽说资本不会在此时提出完全对等的出资要求，但这根本就是不可能的任务。

她来之前本是想得好好的，一定要和他推心置腹地聊聊，她明白马昊留下的局面的确艰难，但自己和他站在一起，只要他还能像以前那样信任自己，她相信不依靠厉融也能解决问题。

可就在刚才，曹玫明白，或许宁成明从一开始，就没有完全信任过自己。她从电梯里出来，擦干面上的眼泪，突然觉察到厉融提出的这个条件，有没有可能是已经事前和宁成明沟通协商好的呢？

她怔愣着站在空旷的地库里，想起马昊曾说过，曹玫，宁成明的世界里从来就没有你，一次次地挤进去又一次次地被驱逐，不觉得可悲吗？

* * *

在连续日落日出七天后，李浅觉得生命的意义果然在于工作。她近来几乎都快住在公司了，没有了日夜概念和饭点桎梏，办公室里充斥着睡眠不足的狼藉。每当这时李浅见着公司楼下那帮背着书包的孩子，宛如朝阳一般去上学时，都会在心底打个问号。他们知道自己寒窗苦读十二年又或者更久，就是为了有朝一日过上这样的生活吗？脱离了农耕的城市经济分工，人和人之间的劳务关系并没有什么实质性的改善。

好在成果多少还是有的。在筛选了一堆基金公司和 PE 之后，他们的居间人今天会带着最符合需求、意向最强烈的合作方来当面沟通。

李浅和余青青走进会议室时，顾柘还歪倒在椅子上。实在没脸不象征性努力一下的他，昨天也一同熬夜了。

他迷瞪瞪地睁着眼："都是通宵开会，为啥你俩瞬间就能和我区分画风？"

李浅丢了张会员卡给顾柘："因为老板您毫无加班经验。公司楼下有个健身房，去洗个澡收拾一下吧。"

算时间居间人也快到了，必须准备好沟通协议和约定内容转战大会议室。行政部和法务们都动了起来，小会议室只剩余青青和李浅在收拾残局。

"李浅，整完这波你想去哪儿散心？"

"我觉得我需要去学个拳击。"

这是真话，她发自肺腑地觉得，工作结束了也不能让自己心里闲下来，人一闲就得出毛病。这毛病叫悔不当初，而人一开始后悔，就容易矫揉造作。

余青青火眼金睛："你就算放不下老狐狸，暴力也解决不了任何问题。"

李浅没好气，她都不能对外人施展暴力了，对自己冷暴力一下也不行吗？再说了，她就是再不要脸，被人当面这么拒绝，也得长长记性吧？"这事儿翻篇了。赶紧伺候完公司的事儿，我好休假！"

居间人先到了，他们聊了一会儿就开始等投资人。

会议室上的时钟缓缓朝前走，李浅看看时间，还剩五分钟，这投资人够掐点儿的。顾柘忍不住打起了哈欠，想轻松一下气氛，问居间人为什么投资方这么神秘，之前一直不肯透露细节。居间人打着哈哈说："你们不是说只要不是厉融就行吗？原来找的那家临时反悔了，就在昨天，我同事找了家更好的。"

更好的？余青青看了眼李浅。

李浅心想，就 C 市这弹丸之地，厉融已经被排除了，之前的虽说居间人不透露，但她也通过李琛打听过了，是家还算对口的上游企业，那这家更好的，又会是怎么个好法呢？

天下没有白来的好事，果然居间人接了个文件，有些尴尬地表示，对方好像，比较了解恒星。刚发消息说，他们上来就砍了30%的估价，正在来的路上，已经快到了。

话一出口，会议室里议论纷纷。

李浅心里一线邪火又蹿起来了："这还没见面，就开始压起价来了？说吧，到底是哪个王八蛋？"

居间人正要开口，此时会议室的门突然被人打开。

众人循声看去，来者竟是宁成明。

他气势迫人，踱步到李浅身边站定："你是在说我吗？"

李浅愕然。好半天回味过来对方是在对号入座了。

他犹如身在自己公司，径直走到主位上，慢条斯理地说道，"首先，我姓宁，不姓王。其次……作废这些不切实际的要求。"

齐伟向他递去顾柘手上恒星整理的沟通文件。

宁成明瞥了一眼，冷笑一声，忽然对着上空抛了出去。隔着纷纷下落的纸张，他看向李浅，缓缓坐下。

"让我们重新来谈条件吧。"

第八章

　　会议室内一片死寂，气氛诡谲。时间的流向仿佛被具象化为细针，正在房间里下着无形的雨。所有人都在低头看文件，内心一致为没有预料到今天的局面而提前请假感到后悔。

　　李浅抬头，只见对面顾柘看得一头汗。而造成恒星当下这种极为不利局面的罪魁祸首，此时正安之若素地坐在两米开外，悠闲得擦眼镜。而这个男人没几天前还大言不惭说得跟他们这辈子都不可能再见，她只要荡涤完自己的记忆，就可以高枕无忧了。

　　别说是展开谈判了，能预见的这就是场甲方对乙方的屠戮小剧场。

　　她合上文件："宁先生，我觉得刨除估价过低这件事，方案里提到的并购后两家具体的人事调整还有待商榷。"

　　"请问你在恒星的职位是？"

　　"董事长秘书，李浅。"

　　余青青和顾柘对视了一眼，拜托，你俩还要自我介绍吗？顾柘捂脸，懊恼自己简直对李浅太不关心了。之前听说宁成明恢复记忆滚回去了，还庆幸，现在一看，这俩随时有可能火山喷发，究竟发生了什么，他连想都不愿想。

宁成明闻言，语气平淡："看来恒星的确很值得观鼎再涨些估价，毕竟，连秘书都这么厉害，想必……作为领导者的总裁，也一定足够优秀到出类拔萃。"

顾柘惊恐地看向李浅，小眼神里充满了惊惧。不要扯上我啊！李浅，快救我，我好怕！

李浅心斥，没用的东西。

"宁先生谬赞。您能在观鼎腹背受敌的情况下，忽悠厉融一道压榨并购恒星，也实在是趁火打劫的个中高手。"

——这、这就是诚心要把天往死里聊啊。

余青青看不下去了："宁总，观鼎的条件我们都看了。不过这里面牵扯到的竞业……是否可以放宽一些？"

"当然。"宁成明放缓了态度，"这部分余总可以同观鼎和厉融的法务，进行共同协商。"

李浅见缝插针："那正好。毕竟五年的锁死期实在太长，我觉得可以考虑……"

"不过！"他出声打断，一点机会也不想给李浅留，"像李秘书这样有能力的员工，正是观鼎想要替恒星留住的人才。你的话……观鼎不想退让。"

李浅被噎得后续的话俱是胎死腹中。这家伙什么意思？已经亮明了不会让她轻易辞职，否则竞业禁止协议绝不会让她有好日子过。她忽感头晕眼花，觉得大事不妙。

宁成明见她面色发白，不露声色："这部分我们可以后续慢慢聊。大家都看了挺久，不妨稍作休息。"

李浅冲进洗手间最后一个档口吐得天昏地暗。好容易抬起头，就见余青青眼神复杂地看着自己。

她给了对方一个白眼："想什么呢？"

"咱俩啥关系，我还能不知道你压力一大就容易干呕吗？不过即便是我，刚才也还是有过那么一丢丢小小的怀疑。"

李浅洗了把脸："把你心里那点小九九都给我按回去，我不喜欢。"

余青青连声答应，和她一通分析。照理说观鼎现在应该是自身难保才对，怎么可能还会有余力来收购恒星呢？

这事儿李浅倒是刚想明白了："是厉融。"

余青青有点不敢信，李浅将手机丢给她，上面有自己刚才和李隽的对话。证实了李浅的猜测。

她擦干净脸："厉融是Ｃ市最大的资本，观鼎和恒星原本又是上下游，明眼人都知道，这是桩合算买卖。之前咱们回避、不考虑的原因，只是出于主观情绪。眼下再等居间人另找合作方，不是执行不了，只是恒星等不了。"

"可是宁成明针对你也太明显了，谁知道后面还想怎么折腾你呢？"

李浅心下亦是有气的，但更气这会儿自己无能为力。她没和余青青说透，如果这节骨眼自己低下头去找李敬凡，宁成明就能顺利被排除在外，然而对方就是算准了她做不到。

她叹口气："算了，反正在学校的时候他就挺难伺候的，我都习惯了。"

"不过，锁死期如果太长，顾柘也没法很快脱身。想想都难熬……"

这也是个不能忽视的诉求，李浅有些烦躁，推门出去："我去透口气。"

她心里分析着，厉融这么做的理由很简单，可宁成明又是为什么？他不是刚表明了对自己很讨厌吗？这买了恒星抬头不见低头见的，总不可能真的是为了报复她这么幼稚的理由吧？

李浅走过茶水间，听见里面有两名员工在聊观鼎和恒星在研发上是有重叠方向的，如果完成并购，裁员是必然的。她记得协商文件里写了裁员率不低于30%，对底层员工来说，受创会很大。

越想越窝火，她一脚踢在垃圾桶上。

"见到我你好像不是很开心？"

是他，李浅头也不想回。前几天见不着心里百爪挠心止不住难过，谁知道今天想锤死对方的心都有了。怎么说？都是世事难料的套路。

她调整好呼吸："开心啊，怎么不开心？恒星开门做生意，来的都是客。何况是您这样的金主爸爸。"

宁成明鼓鼓掌："李秘书不愧是恒星的灵魂人物。是该说能屈能伸，还是厚颜无耻？真叫人叹为观止。"

他这是想将彼此的梁子打好结，上个锁，传送到火星和宇宙同生共死。

她压住心底的白眼，面上皮笑肉不笑："宁先生，我认为人有错就该承认，认了就得站直了挨打。您要是想打，就现在打，毕竟，我自认和您该说的都说完了，且我不喜欢留隔夜仇。"

论嘴上功夫，阴阳怪气、绵里藏针她李浅可没输过好吧，她倒要看看他究竟能把她怎么样。

"说得不错。"他步步走近李浅，她本能后退，不由自主有些紧张。直到她退无可退，他才继续道，"不过，咱们之间的旧账，你说了不算，得我说结束才行。"

话里带了些压迫意味。李浅还没想好怎么反驳，他观察着她的表情："我听说那个顾柘……其实暗地里是个主播？怎么办？和观鼎并购后，受竞业锁死，他五年之内都不能辞职，且公司有行政条例不允许兼职副业。"

"条例是死的，人是活的。宁总，您刚才也说了可以协商。"

"但总有协商不成的时候，不是吗？"

话到这份上，她觉得也没什么继续的必要了。谁料刚一转身，就发现自己刷不开走廊的门了。

刚反应过来，走廊的落地窗户开始自动启动闭合，周围逐渐陷入黑暗。

李浅脱口而出："糟了！"

须臾之间，走廊内漆黑一片，伸手不见五指。

急促的脚步声刚响起，便和什么撞到了一起，黑暗中李浅痛呼，被宁成明气急败坏地制止："你乱叫什么？还不赶紧从我身上起来！"

"啊？对不起啊宁总，我、我这就……"

"看不出来你个子不高，人倒挺沉，该减肥了。嘶……你、你竟敢踩我？！"

黑咕隆咚，反正你也看不见，有仇此时不报，更待何时？她想着，又忍不住踹了一脚："对不起啊，宁总，不是故意的，这黑漆漆的，我可什么都看不见！"

话音刚落，李浅头顶的应急灯"叮"得一声亮起，四下有了微弱的光。而宁成明与她靠得极近，无情的双手正揪住了她左右腮帮上的两坨肉。

她含糊道："撒手。"

他眯起眼："我说这柱子怎么还有点软呢。"

收了手，二人各自摸出手机，发现信号俱在圈外。宁成明环顾四周，刚才走过来的时候没注意，现在才觉察这里竟是恒星的机房控制室外。这样的地方观鼎也是有的，除了需要保持恒温恒湿、独立电源，内部和外延都有不同程度的安保程序。他们此刻受困于此，外面定是一无所知。

倒也不是说就定然束手无策了。宁成明用手机电筒四下照了照，他记得这种电子门都配有手动应急开关，位置应该在……光源找到了目标，灯打在了门上方的一处隐藏暗门上。

李浅也不知该不该夸他俩心有灵犀，她瞥了眼高度："宁总，我觉得，比较合理的方式是您托着我上去开门。"

"你太沉了，我抱不动。"

他上下打量着李浅："不如你蹲下，我踩着你？"

"宁成明，我现在严重怀疑你这是在报复！"

"嗯，对啊。不然呢？"

李浅瞠目结舌。以往在学校，他顶多也就是被人骂残酷冷血、不近人情，这什么时候还多加了一条厚颜无耻？当然，如此坦诚自己的报复心也颇为直率幼稚。她开始后悔刚在黑暗里那几脚，还是踹少了。

会议室里其他人早就坐着等了。见他俩长时间不回来，知晓内情的都捏了把汗，居间人不在其列，他对顾柘道："会不会是宁先生对恒星不熟，找不着会议室了？"

"他找不着，李浅也不该找不着啊。"

余青青对金一道："你去找找吧。"

金一应声，齐伟也起身跟了出去。

同一时间，李浅正被宁成明脱了鞋踩着，她面目狰狞，内心早将对方鞭尸了一百次。"快点！你到底好了没……"

忽然之间，力道松了，她一抬头，他已下来了，只是门还没有开。

"怎么回事，门坏了？"

她见对方被热到解开领带，又突然凑近自己，本能后退。他进一步，她退一步，大气也不敢出，甚至干脆闭起了眼。

直到耳旁传来嗤笑，李浅一睁眼，发现对方伸手来在自己头发上扒拉下来什么东西，疼得人龇牙。

"你干什么？啊，疼！"

宁成明将她头上那根细细的黑色发夹塞到她手里，蹲下身子，"上头锁头卡住了，你用这个试着开一下。这次换我，上来。"

想来应该是他觉得自己再开，她顶不住就得扔了他，所以干脆换人。李浅也不客气，脱了鞋，直接骑上对方肩头。

她摸索着尝试开锁："宁老师，竞业锁死和裁员比真的没法商量了吗？"

"那得看你拿什么条件换了。"

"还要条件？！"

他还是人吗？这种时候还冷静讲条件？！

"你都说我是在报复了，那不给点苛刻条件是不是显得很不写实？"

"行，你说什么条件？"

"你留下，做观鼎的助理总裁，三年。"

李浅侧目，再次为摸不清老狐狸的路数而感到脑部产生了幻痛。要知道，她现在的职位是董秘，折算到观鼎体系里撑死了就是个总裁助理，也就是和齐伟平级的位置。总裁助理和助理总裁，字一样，只是前后顺序不同，含义天差地别。不是说好了要报复的吗？怎么还给她升职呢？他这种安排怎么能不叫人满头问号。都说女人心口不一，宁成明这种捉摸不透的灭霸比之更甚好吧！

"呵，助理总裁，比副总裁还高半级，合适吗？有可能和总裁吵到每天都开不了会哦。"她阴阳怪气地丢出试探。

"那或者留顾柘三年也挺好，就当公司养个吉祥物了。他出去做直播也未必会有前途。"

对手不但比她直接，还比她更清楚打蛇打七寸。无时无刻不在提醒她，放弃抵抗，躺平认怂才是保命大法。

李浅咬牙切齿道："行。"她心想，我今天就"依萍"一回，绝不认输。能扛多久是多久，该说的一个字都不能少。"我可以给你当高级打工仔仅供使唤到锁死期结束，但裁员不得高于20%。"

宁成明纠正强调："是一年内不高于20%。"

"裁员补偿需要$N+3$。"

"可以。"

李浅暗自松了口气，这结果应该和各方都能交代得过去了。但等等，为什么她依旧满腔不爽。这两个字仿佛是让这场沟通尘埃落定了……不，这不是沟通，而是他宁成明单方面的恩准。

她气得手上用力，"咔嗒"一声，不远处的门发出了声响。

"好了。哎、哎、哎，你别动，你等等啊！喂！"

——扑通。

李浅的尖叫惊动了找到走廊外的齐伟和金一。二人应声怔住，看向隐约传出声音的那扇电子门。

金一上前，刚想打开门，却根本推不动，里面有人抵着，低碎人语传出来。

"宁成明你个王八蛋！你是人不是？"

"这么对金主爸爸说话，不符合你一贯的处事风格。"

"我呸！"

"再说一次？"

"对不起。我错了。"

金一面红耳赤，脑补了一万字。她拖着齐伟，两人匆匆回到会议室，离奇且统一地编出宁总和李浅在茶水间，稍后就来这种鬼话。

还没等到有人信，宁成明就带着李浅推开了门。

众人翘首望去，宁成明领带松了，衬衣掉了颗扣子。李浅则头发凌乱，套装上居然还有枚鞋印。可谓形容狼狈。

此时无声胜有声。

每个人脸上都是万字以上爱情动作戏观后感的神色。

李浅觉得还是有必要对自己的风评做最后的尊严挽救："我们商议条款去了。对吧宁总？您应该不至于反悔吧？"

"解除竞业锁死约定，核心团队除李浅以外，统统可以自行决定去留。裁员一年内不超过20%，补偿$N+3$。那今天就没什么可聊的了。剩下的三方法务沟通吧。"

这强行挽尊比不挽更失败。

大众面色变幻反馈的结论，让李浅看起来更像是为了崇高理想而牺牲自我的先烈了。

爱情是什么？都是残酷且无情的交易。

顾柘咬咬嘴唇，险些一个爆哭，涕泪横流。还是怪自己这个废物不中用，竟推出李浅去祭奠青春换取苟来的自由。

李浅瞪他，哎哎哎，不是你想的那样！

余青青捂住嘴："浅啊！苦了你了！"

苦你们个鬼啊！李浅简直想以头撞地。算了，大势已去，现在说什么都是加重谣言的修辞手法。

宁成明对气氛仿佛一无所知，毫不在意。他交代齐伟："你留下和李浅对细节吧。"

他一走，余青青和顾柘就凑上来，嘴还没张，就让李浅一手制止："都出去让我冷静一会儿。"

齐伟等人都出去后，将合约递给李浅："和您确认一下观鼎的助理总裁合约条款。"

她想到刚才宁成明所提到的职位，接过合约翻开："这玩意为什么只准备了我一个人的？"

"宁总说，恒星的总裁是个酒囊饭袋，不值得签团队锁死协议，只要诓到李总您就可以了。所以其实一开始就没准备别人的合约。"

嗯？什么意思？他……压根就没想过留顾柘？

她气到头晕目眩，怒而将合约甩在了桌子上。

＊　　　＊　　　＊

这天稍晚一些的时候，城市外延的某处城郊接合处，一片平房区内，马路上行人稀少。

一名戴着鸭舌帽和黑色口罩的男子正避开摄像头，匆匆走过。

男子异常警觉，遇见任何有闪光的点都会仔细分辨是不是摄像头。他眼神飘忽不定，闪身进入一处小巷，又不断拐弯，脚步之急迫，犹如抱头鼠窜。

终于，他气喘吁吁地打开背处一扇出租屋，进入后等了一会儿，这才靠着门缓缓地坐在地上，摘下口罩，脱去帽子。

正是马昊。

这是间处于拆迁区的危房，里面连张床也没有，只有个破柜子，半敞着。他上前从里面拉出两只圆筒行李袋，丢在地上，挨个拉开。

里面是整整齐齐的现金。

他打开凳子上的啤酒，坐在睡袋上打开，喝口啤酒，看着眼前的现金。那天会议开始后不到五分钟，他就收到了一条陌生短信，上面只有一句话：留下你出城的记录，再坐公共交通系统回来。

没头没尾，但马昊敏锐的觉察，这是个提示。于是他借口去洗手间，径直去地库开车出去后再也没回过观鼎。

他不知道这是谁发的消息，对方兴许不是真的为了帮他，但至少他现在还自由，并没有被铐上手铐。他喝着啤酒，盯着对面灰白色的墙壁，想起了老家的墙上，总是贴着自己以往的奖状，占了**整整一面墙**。

每次得到一张新的，母亲总要拉着自己在它面前合影。那时家里人总是吃得很少，攒下口粮留给他。他每天来回走二十里路去上学，乡里乡亲，人人都说他是个人才，是将来要飞出村庄、光宗耀祖的人。

后来也的确如此，他成了村里的第一个大学生，进城上学时才发现，原来人和人之间是如此不同。课本上说王侯将相，宁有种乎？

有的。

马昊在学校宿舍的小桌台上对着一叠家里寄来的一角、五角的钱精打细算一周饭钱的时候想，怎么会没有呢？他曾以为即便贫穷也能依靠头脑来赢得未来的路。在进入大学后他才发现，小小的一个县城状元在大学里真的是多如牛毛，优秀的人不但比比皆是，意识和天赋更是自己追也追不上的。他是土鸡窝里下不出的那颗凤凰蛋，是戴了眼镜装聪明的盲人。

自卑让他不止一次地陷入担忧，担忧有人觉察他的自卑。然而遮羞布从来就遮不住羞耻，他的窘迫是同学中公开的秘密。在他们各类公开和半公开的挖苦嘲讽之外，有两个人显得毫不在意。

——曹玫、宁成明。

马昊也曾疑虑过宁成明为什么会帮助自己。他原本很难加入曹教授的课题组，却因为他的推荐与坚持获得了名额。曹玫说是师兄对师弟的爱护，可他从来不信。也许到了宁成明的位置，对他这样的存在，不论帮不帮都没什么特别的意义，他只是并不在乎。

而曹玫……同她的相识相处，更像是某种证明，证明自己与这周遭并非格格不入。

在他仿佛徒劳无功地努力时，宁成明将他当成了认真的后辈。曹玫则惯性地以帮扶弱者的同情姿态出现。但马昊不能承认那就是同情。他情愿相信自己对她来说多少是有些特别的。她拉着他玩耍，吃美食，一定是因为他，而非其他目的。

他回想起那时和宁成明在课题室，她总是突然出现，提醒忘了吃饭的他们，已经过了饭点，食堂也早就关门，在马昊想着只能挨饿时，变魔术般地拿出准备好的火锅材料，半强硬地拉他们一起来吃。

那时她得知宁成明愿意带着马昊一起做课题后，那真心而璀璨的笑容是他永不会忘却的美好。他们一起在旁用美食引诱宁成明，对方虽心无旁骛地查资料，但被逼急了，也会反手用纸团丢他们。

于是便会心一笑。

偶尔，只是偶尔，他会克制不住地看向宁成明，内心不断冒出一个念头，告诉他，她会出现在这里，不是为了他，她的笑也不是因为他，而是因为宁成明。

猝不及防地，宁成明也转头看向了马昊。对他说："马昊，无论是公司的钱，还是曹玫，都不是属于你的，你为什么要偷？"

　　为什么，要偷？

　　马昊一惊，睁开眼发现自己不知不觉睡了过去。他忙不迭打开了面前的电脑，调出一个海外匿名账户，那上面八百万欧元的数字未有变化。他这才松了口气，用一台 GSM 制式的手机拨出号码："喂？我要的船呢？"

　　得到肯定回复和时间后，他挂了电话。

　　蓦然，他觉察到了，房间里还有另一个人。他笑了笑，开口道："什么时候来的？"

　　"刚到。"人影从阴暗处走出来，黑衣黑裤，带着棒球帽和口罩，一样的装扮，朝他丢了个大包，是曹玫。

　　马昊打开包，里面是些生活用品。他从里面摸出个小折叠椅，打开了让她坐下。

　　"没人盯着你吗？"

　　曹玫摇头。她没告诉马昊，自己刚去找过宁成明。

　　厉融借观鼎的手并购恒星的事下午在业内传开了。以往父亲的几名老朋友找到她，明确表示了自己也想参与的意象。从她去找对方求资金帮观鼎渡过难关遭拒不过几天时间，形势就逆转了。

　　果然天下熙攘，皆为利往。

　　她明面上去找宁成明当说客，实际却想搞清楚恒星并购后的条件。当然，更多也为试探宁成明对李浅的态度。借着长辈们的疑虑，她问对方执行这个方案，是不是也考虑到了李浅是李敬凡的女儿。

　　"李敬凡女儿是谁不重要，但如果能成为我说服对方的一个理由，也未尝不可。"

这符合宁成明的思维逻辑。因而她觉得他还是他，并没有被什么人改变。但她想知道的并不仅仅只有这些，于是她进一步提出，对并购后恒星的人事打算，比如，自己刚好还缺一名助理。

以李浅当下的职务，来给自己做助理是合理的平调。但宁成明当即否认了这点，他建议曹玫调用 Lisa，李浅则会成为观鼎的助理总裁。

曹玫坐不住了。

她和宁成明、马昊一同创办观鼎，也不过只是法务总监兼副总裁。这空降的助理总裁，比自己还高了半级。宁成明他……到底什么意思？她情绪当即便有些激动，点出马昊的事，加上并购，现在还有空降的高管……员工们不明真相，人心惶惶，会引起公司内部的混乱。这件事，自己不能同意。

但宁成明坚持，言尽于此。

来的路上，曹玫想到了他这么处理的一种可能性："他在怀疑我。"

马昊诧异："谁？"

"宁成明。"

半晌，他闷笑两声："那你还等什么？不如跟我一起走。"见她摇头，马昊面色沉下来："都这个时候了，你还放不下他？"

"经侦还没撤，你现在出去就是死路一条。宁成明现在一心想借厉融的力量让观鼎起死回生。可他不知道，这是一把双刃剑。"

她起身站起来，居高临下地看着马昊，重新带起口罩："即便我注定要退场，也不希望所有人都皆大欢喜。"

马昊看着她背影隐没在黑暗里，勾起嘴角。这就是自己真正喜欢她的原因了。她总是表面看起来灿烂如阳，可一旦不能如愿，是势必要让愤怒仇恨的焰火，将所有欢乐幸福都燃烧成灰的。这阴沉腐朽、黑暗糜烂的内在，总是叫他心生欢喜。

　　这一晚李琛将顾澜送回去，才有空去找李浅。

　　恒星的事他刚听说就去找了李敬凡，想知道宁成明到底给他灌了什么迷魂汤，结果被老爷子一脚踹出来了。

　　出乎他意料，李浅将他让进门，情绪倒是稳当得很："李先生是个商人，和宁成明合作的具体原因就算不清楚，但也能理解。至于恒星现在……还行吧，条件都谈差不多了。客观讲，宁成明比顾柘有领导力，恒星加入观鼎只会更好。"

　　"那他还记得你……骗他的事儿？"

　　"记得是记得。可都是成年人，我骗他是有错在先，但我该道歉也道歉了，他又不是真的喜欢我。身心完好，没啥损失。我俩说清楚了，谁也不欠谁的，该翻篇了。"明白对方是出于担心，她只能避轻就重地给些安慰。

　　"你不是喜欢他吗，确定还要留在恒星工作？"

　　这个话题，李浅实在是不怎么喜欢。避之不谈呢，又显得矫情："恒星从建立到现在，技术团队是我和青青挖来的，行政组是我一手搭的，其他就更不说了，我比谁都想看到它平缓过渡，即便不是在我手中壮大，我也想再陪陪它。至于其他的……忍忍就好，我总会忘了的。"

　　李琛还想继续，李浅赶紧将话题引向顾澜。他这才想起顾澜的事儿说到底也是受观鼎牵连的。

　　被马昊套住的股权已和观鼎成为纠纷，顾澜势必要进行诉讼。如今恒星被并购，那这件事早晚也得由李浅处理。李琛言简意赅地和妹妹将事情交代了，李浅觉得自己定会从中多方协调，但法务的事，在观鼎是曹玫的管理范围。

临到最后，李琛告诉李浅，自己和顾澜准备订婚。至于举行仪式时来不来，她随意。

送走对方，李浅在沙发上坐下来发呆。屋子里早已收拾妥当，某人曾留下的一应物品都被塞进了母亲之前的画室。至于为什么还没扔了或是变卖，她给自己找了个心安理得的借口，不能浪费。可究竟浪费了什么，她却又懒得再想。

想起白天一堆人明里暗里和她表达了慰问，意指老狐狸在她这儿吃了亏，怎么可能这么轻易翻篇？小心别被他坑了还替人数钱。

李浅翻个身在沙发上躺好，心想：我？可能被他坑吗？

＊　　　＊　　　＊

事实证明坑是谈不上，但生不如死倒是毫不夸张。

在宁成明的高压要求下，恒星很快就搬到观鼎处理后续的并购事宜。观鼎在 C 市的 CBD，地段繁华，楼下商场饭店众多，但李浅至今还没来得及开荒，宁成明美其名曰让她迅速熟悉业务，众人已经熟悉了每天的固定节目就是暗搓搓围观宁成明教李浅重新学着如何做一名合格的下属。

此刻他抱着一沓文件迅速翻阅，拿笔在上面标注，李浅站他面前宛如回到当初学校的教员办公室。

"不行，实验室提报的本季度资金申请计划表有三处数据问题，重做。"

李浅抬手接过对方丢来的文件，而后面还在源源不断地飞来。

"这份质检报告有问题，去复核。"

"这份用户行为设计的文件有缺漏，需要补充。"

她在缝隙里好容易挤进去点自己的意见："我之前都是这么写的，执行上完全没问题，宁总要不再看看？"

"在你质疑我的判断之前，最好确认标注的地方已经无可争议，欢迎来我办公室申诉。"

李浅耐着性子翻了一会儿，不得不说老狐狸眼睛还是毒的，随便一划拉，就挑出了可优化的空间："好，我去改。"

即便他说的是有道理，但李浅总觉得对方有过度夸大错误、公报私仇之嫌，忍不住转头去做了个鬼脸。

他头也不抬："墙面是玻璃，你瞪眼睛的样子我看得一清二楚。"

此等景象比比皆是，大厅工位区的员工们短时间内便习以为常。金一刚开始也曾好奇地问过观鼎的老员工，宁总以前就这样吗？老员工咋舌，说老板虽然以前也很严格，但是这回对浅总有点变本加厉。她所写的报告已是模板级别，但宁总竟还能挑出毛病，他又开始考虑是不是要更新自己的招聘求职信息了……

如果只是本职工作上挑挑刺倒也罢了，李浅心态很好地安慰自己，就当自己在学校回炉重造了，和宁成明学学经营思维也是好的，权当自我提升了。可对方显然不这么想，大到业务细节，小到咖啡杯洁净不达标这种事都要找她。

当她明确指出，您放着自己的正牌助理齐伟不用为什么非要来折腾自己时，宁成明竟大言不惭地表示齐伟病了，自己不能使唤一个病人工作，这不仅违反劳动法，还侵犯员工权益，这种事观鼎绝不会做。

您现在不正干着吗？！

余青青疑心她眼下的状态比当初在恒星初创时期更惨。李浅苦笑，言称自己现在每天见着宁成明就是"老三样"。

——采样欠妥、执行难度过高、重做。

这是新老板宁总对她说得最多的话，充满了重返校园之噩梦循环般的熟悉感，甚至会导致她十分反常地偶尔想念以前的废物上司顾柘。但没办法，谁让自己先得罪人在前。她打算就让他得意一阵子，只要顶住压力，等报复自己的快乐过去，对方多少都会感到乏味的。

若只是如此倒也罢了。

余青青没多久就神秘兮兮来找她，说和新同事吃饭时聊了些八卦，要李浅猜宁成明为什么要让她做助理总裁，且还允许余青青继续留下做法务总监，而这位置曾是曹玫的。

李浅笑笑，能有什么？不就是纯粹得不能再纯粹的报复心理了吗？他拆分曹玫原本的权限，也可能只是在做管理结构调整。话一出口，她便觉出不对来。谁会在这时候收回合伙人级高管的实权？公司刚经历合伙人资金丑闻，并购还未完全结束，他还将自己安排在比曹玫高半级的位置上……简直是盼着他们几人打起来。

这并非只是理论分析层面。余青青说，恒星有许多人接到了观鼎的辞退通知。她一打听，发现这波操作属于并购协商沟通之外的，超过了裁员 20% 的部分，且裁掉的人有大部分是曾经李浅带来的恒星老员工。他们接到的都是 Lisa 的电话通知，而 Lisa 身在人事部，但兼任曹玫的助理。

余青青问李浅："这该怎么办？"

"凉拌呀。"

李浅冷静下来，在脑袋里打开了思维导图，一条条把宁成明近来做事儿的路径画了出来，尝试以他的逻辑来推导目的，虽然看似箭头杂乱，但她很快便得出了结论。

——他在怀疑曹玫，出发点应该是马昊的事引起的。

想明白之后，她打开邮件，给 Lisa 写了封邮件，抄送宁成明、曹玫以及相关各部门的员工。内容言简意赅地阐述了她完全理解人事部门专业评估的裁员结果，正值两家公司刚合并，确实需要开源节流。介于子公司也在招人，恒星和观鼎本就在行业内属于上下游，员工对于彼此的业务都较为熟悉。她建议与其外聘，不如将这部分恒星的老员工都调岗过去。相信人事部在评估过外聘人员额外产生的时间成本、试错成本，以及是否符合宁总的战略规划，并向总裁办报备过之后，会得出新的处理方案。

这封邮件看似简单，条理分明，但足以让曹玫撤回原本的决策，留住本打算裁掉的那部分员工。

首先这本就是她暗示人事部进行的不合理裁员，其次她邮件发送的是 Lisa，而非曹玫，但敲山震虎，以 Lisa 的级别，她不会回复明确的反驳邮件，更不会抄送宁成明坚持裁员的方案。

漂亮。余青青鼓掌："你要在宫斗剧里，铁定能活过三集。"

李浅不觉得这值得称赞。职场里的相处之道她并非不懂，过往在恒星时，团队以发展为第一目标，竭力避免这样的氛围出现。如果宁成明是想利用自己激怒曹玫，她的内心是非常抵触的。

果然，曹玫在看到邮件后亦明白了李浅的态度。她将邮件看了好几遍，心下有些感慨这人和外表给人的感觉完全不一样，措辞表达可谓滴水不漏。邮件内容不仅表达了自己的反对意见，还给出了更合理的解决建议，最后一段表述看似给台阶，实则暗示 Lisa 流程并未报备总裁办的点题，而邮件又直接抄送了宁成明和总裁办。堪称职场里的流程正义，无懈可击。

她突然有些理解了宁成明的选择，只是身为女人的骄傲不允许她认同这种选择。曹玫给 Lisa 电话，指示对方按照邮件的意思办，将人都调到子公司去。等程序都走完了，再给李浅回复。

曹玫决心照着对方的意思顺水推舟，表达自己并不想针锋相对的态度。以此来对二人的关系稍作调整。她推测照李浅的思维模式，一定会接下自己主动递出去的"橄榄枝"。

论逢场作戏，女人向来比男人擅长得多。

发完邮件李浅就去资料室翻找观鼎过往的文件了，如果她预判得不错，宁成明有可能会将和顾氏交涉马昊遗留股权的问题交给自己。

这原本是曹玫负责的事，但如果想激化矛盾，这就有可能是他接下来的选择之一。她内心当然是拒绝的，只是不能肯定一定能摆脱他的执念，还是早做打算得好。

她一边翻找资料，一边唉声叹气自己到底为什么会被卷入这个连环死局，究竟何时才能摆脱。她踮着脚半天都没摸到文件，反倒是碰了一旁的文件盒，眼看着东西就要砸到自己脸上，有可能造成轻型毁容事故。

有人一伸手，兜住了。

"谢谢啊，你……"她转头才发现宁成明，感激之情瞬间如泡沫幻灭，"宁总有事儿找我？"

宁成明见她挤出笑容，压了压面上的嫌弃之色："别勉强自己对我笑，法令纹都加重了。"

"冒昧地问一句，您最近折腾我玩得还开心吗？"

横竖四下无人，她也懒得演好下属。散散怨气，有益身心健康。

岂料对方抱臂，全然无所谓："嗯。反正你有锁死期在身，横竖跑不了。对敌人进行降维打击报复，确实对纾解仇恨值很有帮助。"

"能建议您成熟点吗？"

"介于不能任由你在公司内野蛮生长，我觉得不能。"

"就因为您对我的那些……'栽培'，现在公司里人对我态度很奇怪。尤其是曹玫。你就不能管管她？"

"你是不是对公司的上下级关系有什么误解。什么时候助理总裁，可以指挥总裁了？"

眼下机会难得，一不做二不休，李浅决定把话挑明了："那你实话告诉我，为什么利用我架空曹玫？单纯打击报复我，不需要这种方法。"

从他饶有兴味的眼神里，李浅判断对方应该已经看了自己发的那封邮件，概率五十对五十，他不一定会承认。

"两间公司并购整合，做人事上的合理调整顺理成章，有问题吗？"

她心下感慨，真是打得一手好太极。但该说清楚的还是得说，管你听没听，我就是要在你耳边一直叨叨到成功洗脑："既然你不是那个意思，那咱们就翻篇吧。之前的错，我已经认了，道歉也说了。您再生气，前阵子捉弄我也该到头了吧？往后我呢，会踏实当个好下属。咱俩谁也别惹谁。"

"是吗，那你最好反思一下到底是谁先惹的谁？"

"这不都翻篇了吗？"

"过去了也不代表事情就不存在。"

这下可清楚了。宁成明之所以玩这出东一榔头西一锤子，藏着掖着，实际理由不单纯，想打击报复她的同时还能刺探曹玫，一箭双雕。想着不知不觉就将她利用完了，实在可恶！

她有点耐心耗尽，好容易说服自己放下朝前看了，对方却还不依不饶，他到底明不明白，这么做不仅毫无意义，更会让事情没完没了？

心念动的同时，她一把拉过宁成明，将其按在椅子上坐下。

李浅凑近宁成明，一双杏仁眼盯着他，像是在尝试进入他内心深处。眼见对方靠过来，愈发逼近，阳光透过窗帘缝隙，在她头顶笼罩出一层似有还无的光晕。

他忽感紧张，像心思暴露在耀眼天空下，氛围里似乎被渗透了某种甜腻的味道，让人不敢直视，更不敢发出任何声响打破。这是从未有过的体验，足够令他惊异，忘了要本能地规避。

良久，她凑到他耳旁，声纹震动，打破了当下的时间胶囊："宁成明，你对我没感觉，并不喜欢我。我虽然骗过你，但你也并没有真的爱上我，相反，你现在很讨厌我，不是吗？事情过去就是过去了，大家都别再翻旧账了。成吗？"

李浅举起他的手腕。

直到宁成明气得抽回自己的手，又感到自己心跳有所恢复，故作镇静道："你以为和我说句对不起，我就一定得原谅你吗？"

说得也有道理。

李浅怔愣地注视着宁成明，忽而低头笑了，她朝后推开："别说你不接受，我本也不想为这件事说对不起。"

他讥笑："日常谎话连篇到心安理得了？"

李浅摇头，就在刚才，她捏着对方手腕测心跳，但根本感受不到变化。这仿佛就是最能说服自己的答案了。

"我只是不想为曾骗你，却真的爱上你这件事，感到抱歉。"她松了口气，"放心，对我来说，一切都过去了。你现在并不在我的脑容量里。所以，老板，请您往后把我当个好员工，礼贤下士一些，成吗？"

她说完便不再理会他，仿佛并不需要他回答。

等李浅走出资料室，宁成明才回过神来，他脑袋里已不再平静，只剩下黑白噪声的嗡嗡作响，吵得他蹙紧了眉头，她的意思他完全听明白了。可问题是，我的地方，什么时候轮到你说了算了？他忿忿地想。她刚说什么？不想为曾骗你，却真的爱上你这件事，感到抱歉……

宁成明推推眼镜，面上隐隐有些红晕。他忽然意识到，自己的脑子可能出了问题。

第九章

他试图搞清楚自己到底出了什么问题。

已经确诊过的老毛病宁成明心知肚明，情绪认知障碍而已。这么多年根深蒂固与其说是病，倒有点相依为命的意味，更多是对这种状态的熟悉和安全感。让人不安的是最近反常而又陌生的新感触。

所谓改变的分叉点实在模糊难辨，起源应当就是他借助厉融的力量收购恒星之后，不论从哪个层面看，这都是资金危机同时又整合优化了产线的精妙之举，业内许多人明里暗里不乏赞许之声。曹玫的疑点从一开始就没从他心里被抹去，碍于没有实证，关键点就在于如何有效激化对方紧张情绪。

比较顺水推舟的方式是利用李浅。不可否认，这是他首次掺杂了较为个人主观目的的选择。普通做法是平调，让李浅成为曹玫的秘书，可能过不了多久也能获得一定信息。但反其道行之，将她的位置摆在曹玫之上，就是迅速制造出了激化的前提。不论李浅能否解决该职场危机，曹玫都不可能坐以待毙。只要等待，就一定能够捕捉到对方的马脚。且过程中李浅不会愉快，这也是能让宁成明心理上获得平衡的最佳手段。

不管别人怎么想，至少他最初是这么认为的。

虽然李浅不甘于任其摆布，有了些出乎意料的处理，但大体上的发展也都如他所料。只是……只是宁成明觉得自己开始有些不对劲了。

是种陌生的，难以理解的不对劲。逼得他只得去求助自己的心理医生。

"与其说是异常，倒不如说我认为你正在恢复正常。你最近去看过你姨父姨母吗？他们知道这事？"例行检查后，心理医生取出他的病例。

"没有，还没想好怎么和他们说。"姨母罹患痴呆多年，姨父一直陪护身旁，他一般不会去打扰他们。

医生接收宁成明的病例已有六年，对方的病是由童年应激反应造成的，时间过长，很难通过一般的治疗恢复。但近来他很久没有来跟进，再出现时，倒让人觉得有些不同。

医生告诉宁成明，他这种病症本就属于社会认知损伤。童年时父母的非自然死亡对其影响应当是触发的因素之一。而在泰国车祸后发生的逆行性遗忘，让这个因素暂时从他的意识中消失了，目前之所以产生了新的对于情绪的感知，极有可能是因为出现了类似的引导者。可能对方在这段时间内做了些干预行为，和以往他们做的康复训练类似。

也就是说，他因失忆暂时忘却了父母双亡的创伤，而李浅欺骗性的以未婚妻身份介入，带他一同体验的那些虚假的"约会""同居"反倒触发了他对情绪的正常理解认知，让他逐渐恢复了"喜怒哀乐"情绪的理解和表达？

这可能是件好事，然而这个结果他并不喜欢。于是他憋着这件事，没有告诉任何人。

他不说，周围的人也不是瞎子。

宁成明第二天又去找了心理医生，吓了对方一跳，这是数年以来，他最积极的求诊状态。

"为什么我近来总是会突然觉得开心，却又在下一秒感到生气？"

医生愕然："最近会频繁感到生气？"

"会气到心怦怦跳。"

"一般是在哪种情境下？"

"在和欺骗我的女人相处的时候。"

医生觉得自己仿佛要接近他迅速恢复情绪认知的原因了："我接下来没有预约了，你可以详细和我说说。"

十分钟后，她就听明白了。该怎么说呢，她有点犹豫，再三斟酌后，医生决定还是和患者实话实说："成明啊，这个……我个人认为啊，不代表医学观点。你这个情绪吧，可能不是单纯的生气。应该算是……喜欢对方。但对方如果并不在意自己，就可能会产生气闷的感觉。"

我，喜欢对方？

宁成明从诊所里出来，只觉得更生气了。实在不想在内心承认，产生了一种筹划执行得好好的，突然发现自己被带坑里了的微妙感觉。

简直气急败坏，还得面沉如水。

另一边，能试的法子李浅都试了一遍。但就是没法改变宁成明铁了心要拿自己对着曹玫当枪使的想法，也很气急败坏。

明明已经和他说清楚了，自己只想做好工作，不想在公司内部引起不必要的纷争，不管他有什么计划和打算，都不许拉她下水，可宁成明置若罔闻。这不，又将顾氏和马昊的股权纠纷扔给她处理。

曹玫原本分管法务，不管是从对过往的了解还是从尽早解决问题的角度，都应该继续让她跟进才对吧？

李浅陷入愁苦。刚解决了恒星员工的安置问题，眼下再去找曹玫要往期资料处理顾氏股权的纠纷，于对方来说，称得上得寸进尺。

然而曹玫倒很快进入了设定，她深知要对付她，最合适的方法还是顺水推舟。女人之间，总有些仿佛能够迅速熟络起来的小手段。比如，分享某个无伤大雅的秘密。她带着一沓文件来找李浅，主动提供了解决问题需要的铺垫。

"怎么还劳您亲自送来？"

"哎，这也是应该的。我工作没做好，还连累你。"

"曹总客气了，我这……也是实属无奈。"

"李浅，往后你还是叫我玫姐吧，不然听着别扭。"

李浅在心里咋舌，从上次的邮件就能看出来，曹玫就是职场里你最不想遇见的那种上司，本事不小，手段一堆，若是以下属身份跟着她，没准还是能偷师很多的，只是眼下被迫敌对，局面就令人很不愉快了。

"你之前，是不是和宁总有些过节啊？"

李浅心想，果然曹玫以送资料为名，倒也不是全无目的。

"这……玫姐，我C大毕业的。宁总以前在C大不是做过经济学教授吗？大三的时候教过我。怎么说呢……可能从那时候起，就一直看我这个不成器的学生不太顺眼吧。"

"若只是为这个原因，他也太小题大做了。会不会是别的原因？"

"别的？那我还真不知道。玫姐，咱现在也算认识了。我这个性子，确实可能在不经意的时候得罪了什么人，还不自知。也算是我的性格缺陷吧。"

曹玫笑笑，知道对方是不可能轻易说实话的。她脑海里还在想着那张线人提供的照片，看起来当时他们正在某处游乐园。这是以往他从没和自己去过的地方。她下意识地咬了咬下唇，扼制心下不满。不过也由此确定，李浅对宁成明，并没有了解太深："你这算什么，比起成明，我觉得还是他的问题。"

李浅喝咖啡的手顿了顿，带了些困惑地看向曹玫。

她笑道："他从小就有情绪认知障碍，因为这个……也几乎没什么朋友。以往他在公司里对别人也都很苛刻。大家虽然对此多有怨言，但很少有人知道，这都是因为他的病。"

情绪认知障碍？李浅心想，这，倒还真是触及了我的知识盲区。

李浅拉不下脸来去找李琛打探顾澜对于如何解决观鼎股权纠纷的心思，余青青眼看着她处境尴尬干着急。但身为闺蜜实在没法什么也不做，她横竖想来，只能虐顾柘。

自从解决了恒星并购的问题，他就如愿以偿地卸下了总裁的"重担"，成了一名在家专心搞游戏直播的死宅。嘴上说着对不住李浅，但实际该吃吃该喝喝，啥事儿没往心里搁的姿态，让余青青甚是不爽。于是给他电话下了死命令，搞不定顾澜，别说朋友，今后就只能是死敌了。

顾柘嘤嘤啼哭，一边是大魔王亲姐姐，另一边是当下唯"二"能称为朋友的俩人，就算是送死，他也得去试试。

结果自然是出师未捷身先死。

顾柘跑来余青青家，举着胳膊给她看："你看看，她给掐的。我为了友谊可真的是两肋插刀，拼尽全力了。"

"你是她亲弟吗?!"余青青难以置信，嫌弃地找药箱给顾柘上药。

"其实有时候想想我姐也挺不容易的，顾氏转型到现在，她其实没给家里亏过钱。可我爸的观念就是转不过来，搞得我和我姐都很疲惫。"

这是真话，顾柘觉得她姐很有可能就是在和父亲较劲。如果劳烦李浅去求琛哥说一声，可能效果远远好过自己。

可一提到李琛，余青青又没声了。以往 C 大法学系的女神，只有别人追她的份儿，从来没她愁感情的时候，如今这心里的小火苗刚冒出来，就给人硬生生又压回去胎死腹中，试一试的机会都没有，怎么能让人不憋屈。明里暗里当事人可能是都有所耳闻的，但这半个月来，她和顾柘的种种行为堪称滑稽。

从未追过人的她，想试探在李琛心里顾澜究竟是什么样的位置，病急乱投医竟找了一堆总裁修仙文当秘籍，一本正经企图从言情小说里找套路灵感，简直可笑。

最叫人生气的还是顾柘这个没用的"盟友"，帮忙不行，添乱一把好手。余青青摇摇头，算了算了，往事不堪回首，再想只怕是要气炸杀了对方灭口，还是让这些丢人事儿都烂在历史长河里吧。

想到要放下李琛，她心里终究还是有些空落落的，闷闷地问顾柘，他姐和琛哥的订婚仪式定了日子没。顾柘紧张不已，这，是要他说实话吗？他心里纠结到底说实话还是不说实话。被余青青一眼看穿，解释自己还是想亲手给这段心事画个句号。

这厢工作情感双双死结，期期艾艾没人开心。纵观全局，也还没人能独善其身。除了从小看了上百部动漫自以为已经得道成仙的卢凡易。

宁成明这段时日在公司里对李浅的"磨砺"他断断续续都听齐伟

说得差不多了。这往那些恋爱动画里一套，啧啧啧心下明白了九成九。心想谈恋爱果然是法力无边，自己虽然临近二十七，但依然没有以身试法的勇气。暗中观察他哥几天，下了诊断，宁成明还没意识到自己是喜欢李浅的。他正自我做着心理建设，该怎么不着痕迹地告诉老哥呢？

"你今天说发现了曹玫的一些蛛丝马迹？"宁成明心里烦归烦，但全然没往李浅的事儿上想，只觉得是自己病得不轻引起的。他决定多想些工作化解。

卢凡易这几天全在捣鼓这些，因为马昊的证据链比较完整，但若想证明曹玫和马昊是合谋，这部分目前还没有实证，只得到了一条相对蹊跷的线索。"曹玫在开曼银行开了个账户，但用户名既不是她自己，也不是她家任何人的名字，且那家银行还有马昊的账户，虽然现在钱早就被他转移走了。"

宁成明认同这的确是值得怀疑的蹊跷线索，但同样还有个问题，"这不是决定性证据。"

他说得没错，卢凡易决定顺着这条线再往下查一查，难保不会再发现些什么。他抬头看了眼宁成明，表哥正专心致志地给他剪头发。

十六岁时，母亲将这项工作交给了宁成明。卢凡易自那年开始，说什么也不愿意再去学校了。不只是学校，他连门也不想出。举凡是牵扯到需要和人对话、交流，哪怕只是眼神的交汇，都会让他感到烦躁。人真是奇怪的生物，他想，长着同样功能的器官，物种上划为同类，说一样的语言，却能撒不一样的谎。流鲜红的血，却孕育着黑色的心脏。又偏偏喜欢群居，形成了所谓社会。不论自愿还是非自愿，都要聚拢在这个庞大的虚假世界里，不，是地狱里，彼此言笑晏晏，编织着各种各样令人作呕的规则。若有人胆敢变得不一样，就会被看不见的手扼杀，诛灭。

　　他在人群里感到不安，食不下咽，夜不能寐。他觉得也许看不到，就安全了。父亲不甚理解，但束手无策。而母亲则可笑地将这些大部分的罪责都归咎于表哥。在面对他时，总是脸色难看，话也更难听。卢凡易不恨母亲，也论不上讨厌，只觉得她可怜。而被母亲套住的父亲更值得同情。他觉得自己对爱这种行为模式从来都是纸上谈兵，从未真正理解过。小时候便想，也许像表哥这样也很好。情绪，这种主观认知经验，是以人对事物的态度体验以及相应的行为反应，承载着某种个体愿望的表达。而表哥舍弃了它，既不理解，也不表达。这样便再不用接受其他人发来的任何信号了。真正隔绝了任何交流，即便他行走在人群里，即便他与他们说话沟通，但是没有用，没有人和事能够真正走入他的内心。

　　直到现在。

　　很难形容当他发现宁成明对李浅的特别之处时，究竟是何感想。与高兴或是生气相比，更像是松了口气。即便厌恶身为人的自己，也没法摒弃生理上的同类属性。他的情绪是复杂的，和其他人一样的复杂。许多年过去了，他发现自己也在改变，他依然不喜欢人群，但已经学会了接受人群的存在。

　　"哥，不得不说。您这查个内鬼的设计路径，倒是够清奇的。"

　　剪头发的手顿了顿。宁成明眸色暗了暗，他能这么说，就代表对方大抵是觉察了自己的异常。卢凡易没有贬低的意思。齐伟说观鼎今天尤其精彩，宁成明和李浅之间龙争虎斗互不相让。知晓自己被利用架空曹玫，李浅气得脸都绿了。简直是既报复了李浅，又打击了曹玫。用前任打击前前任，这手一箭双雕实在是高。接下来曹玫铁定能被刺激得频频出手，直到暴露。宁成明不能全然苟同，在他的意识里，李浅不是前任，曹玫更不是前前任。他还不清楚自己情绪认知障碍消除了这件事究竟是不是好事，然而随之而来的从未有过的陌生体验让他茫然。

卢凡易决定当捅破窗户纸的那根筷子："照你这么挤对人，换别人给你投毒的心都有了。你看李浅，虽说气得半死，但你交代的事儿哪一件不是超额完成。"

"那是她之前骗我心里有愧。"

硬要这么解释，也能理得通顺。但卢凡易深知不是这么回事。他想劝表哥适可而止。不然回头想兜都兜不回来。那叫什么……哦，追妻火葬场。

从卢凡易家里出来，宁成明心下有了计较。表弟的话让他早上还混沌的思绪有了一线清明，那就是此前李浅说自己并不后悔因为欺骗，但最终却爱上自己的事。她，喜欢自己吗？是假戏真做，还是……他看了眼工作群，半小时前李浅在询问行政谁这个时候还在公司，看来她应该还在公司加班，他在电梯里临时改了主意，直接去了车库。

李浅的确去公司加班了。她刚见完顾澜回来，此前她分析了不少，认为当下顾澜并非不想和观鼎和解。以顾澜的专业水准应当很清楚，观鼎的股权受损只是一时的，一旦调查结束，估值只会比之前更高，完全没必要计较一时得失。真正影响其判断的，其实是顾氏背后的那些股东和亲属。表面上看她是顾氏的掌权人，但实际并没有相应的权限，对观鼎的私下合作因马昊的出走而暴露出问题，已将顾澜置于难堪，如果不对此有所态度，她很难对父辈交代。于是她铤而走险，当面将对方的疑虑和为难都说了出来，并提出了一个建议：此时正是借机脱离顾氏的好机会。

观鼎和顾氏之间不必打官司，你也不必留在顾氏。在外面的天地施展拳脚，比寄居一处做什么都得仰人鼻息要来得自由。

顾澜觉得李浅这人比她哥李琛形容得更有意思。年纪不大，倒是很会玩釜底抽薪，是个狠角色。她没有当场给回复，只告诉自己会考虑。李浅心下笃定，知道顾澜多半已经被自己说服。

回到公司李浅发现即便了结了一桩大事，但实际工作只做了一半。她叹了口气，自我洗脑这都是命，抱了资料去小会议室里画脑图，理业务线的整合思路。两家公司的整合工作刚进行到一半，有些产线应该被砍掉，但有些她还想保住。

她独自干了会儿活儿，脑海中却不由自主地想起宁成明。思绪纷杂，各种时候的他都有。与曹玫交手到现在，风言风语她也听到了些，隐约知道对方才是宁成明曾经的正牌未婚妻。初听到的时候，她不露声色，但内心多少还是有些探究，想起的是那段时期的宁成明，酸涩便抑制不住从心头冲到了咽喉。

他原来有未婚妻啊？那他们过往是如何相处的？是和当初失忆时一样吗？

她想起对方那双冷漠的双眼，在彼时也曾散发出温柔的光，在双层巴士上的那个夜晚，轻柔地吻她说："李浅，我们重新开始好不好？"

根本就没有开始的故事，何来再一次机会。

一切都还是应该归咎于自己的一时兴起，骗了他。他应该是恼恨她的。若是默不作声只当所有从未发生才是不正常的。在这件事里她擅自欺骗，又擅自动心，都是自作自受。

李浅垂下手腕，发现不知何时居然流泪了。上一次这种哭哭啼啼宛如水龙头的行径还是在母亲任玥离开之后，她忙的时候还好，只要停下，就会不带情绪地哭起来，脆弱得令自己生厌。

"砍掉末端产品线，发力芯片研发，公司内不是早就达成共识了吗？"

李浅赶紧悄然拭去面上的眼泪，发现宁成明不知何时倚靠在小会议室的门口，正看着她在白板上梳理出的流程图。

"是，它看起来价值最低，但制作周期短，又有合作成熟的电商渠道 to C，是观鼎变现流程最快的产品。在主力研发的 CORE one 出来之前，它会是集团的供血主力，原则上我不希望它现在被放弃，所以还在想怎么整合人力成本，保住产线。"

这几天他们只有说到工作的时候气氛最融洽。

"我以为你在思考怎么搞定顾澜。"

"如果不出意外，明天应该就能收到对方的回复。她不会起诉观鼎了。"

宁成明点点头，他一直相信她是那个可以看透工作上表面问题，直抵本质的人。在校时就很聪明，却总让他觉得没有用在正途上。几年不见，职场上的成长已经十分老练。他拎起笔，在面板上划了一道："末端的技术人力成本和恒星是相通的，这部分成本可以 cover。其余运营的产线可以并入到 CORE one 的下游。按照这个方案递，周期一年。我会批准的。"

问题迎刃而解。李浅忍不住鼓掌："你是不是有种魔法叫白天让人讨厌，晚上就恢复正常？"

"我是看你认真工作的份儿上，给你点提示。"话不中听，他难得不在意，一门心思想如何才能从她嘴里套出真话，"李浅，我没有刻意想引起你和曹玫之间误会。你相信吗？"

正收拾东西的李浅放下书，笑了："信啊，你不就是单纯想报复我嘛。其他的，都是举手之劳吧？"

宁成明点点头，李浅见气氛比之前好了不少，决定趁势而为："那你现在气消了吗？"

他抬头瞪她："看你做的报表就没有不生气的时候。"

李浅心下松了口气，虽然不知是什么让他改变了主意，但似乎之前那一码事他应该没那么生气了："那看来我还挺有能耐啊，要是论KPI，那这项估计我能得优秀？"

宁成明不置可否。

李浅得寸进尺："老板，您大晚上特地来指导工作，帮助我，这是不是说明咱们以后就是可以好好聊工作的好同事，好上下级了？"

"看你表现吧。"

原本心情大好，但宁成明下一句话又将她打回了原形："李浅，你到底为什么骗我？如果只是为了工作，实在让人无法理解。"

这……难不成要她说实话吗？她想了想，决心豁出去了："其一因为顾柘，你也知道他是个靠不住的顶头上司，你当初一现身，他就吓傻了，觉得恒星会一败涂地，我俩白去泰国了。谈不成合约恒星会怎样，你现在肯定也很清楚，我被逼上梁山，只能想办法。其二你意外失忆，我需要一个能将你平安带出泰国的理由……"

宁成明困惑："你可以坦诚是我的学生，在当时的情形下，我也只能选择相信你。"

她叹口气，就知道没法简单糊弄过去，遂选择如实相告："彼时情况复杂，我目睹车祸后觉得另有隐情，面对调查除了直系亲属，最亲近的就是配偶关系，能够第一时间获得调查结果。再有就是，你也知道，上学时你让我吃了很多苦头，所以我觉得……"

"骗得我信以为真，报复很是爽快？"宁成明接过话茬，面色愈发阴沉。他想起当初自己还很自责是个"渣男"就没控制好力道，捏碎了手里的笔，"我以前就这么招你恨？"

"也、也不全是。就是我……我那时候年轻，不懂事，这不是现在知道了您不是冷酷无情，您只是有病嘛……"

这话怎么都不像在好好承认错误且努力安慰人。

"不是，我不是说您有病，我、我有病。是我当初没领悟到您的谆谆教导，我的错，毕竟，您以前可是要求我们全勤上课、手写论文，执念颇深的魔鬼导师啊……"

宁成明坐在椅子上不吭声，他当时只是想让学生认真对待自己。毕竟大学时间很珍贵，是每个人不可逆转的一段人生轨迹。联想到此前他回校的遭遇，学生们可能大多不理解他的思量，因此也许做得并不妥当。

见他流露出一丝落寞，李浅知道自己说得有些过了。

"不过……宁老师，大家虽然当时都怨声载道，但你没发现吗？你教过的学生，现在都是各家企业里抗压能力最强的一批。"

她将称谓有意换成"宁老师"，让他听出了安慰的意思，没等他再说些什么。有人敲了敲会议室的门，二人抬头一看，竟是两名经侦。

李浅和宁成明在分局里被经侦问了整整一个白天。

其间李琛和顾澜将订婚仪式走了个过场，余青青让顾柘带着自己去会场和李琛见面。她将自己偷摸准备的一本全是李琛作品的评论页打分截图和一些李琛作品的报道、作品获奖时的一些新闻图片等剪辑本送给了对方，就离开了会场。

等李敬凡得知李浅因为被经侦带走而来不了，已经是几个小时后的事儿了。他勃然大怒，觉得就是宁成明拖累了女儿，要儿子们想办法赶紧将女儿带出来，他不能想象自己的孩子在里头被人当成嫌犯一般责问。

李隽早已外围打听了一圈，其实不是什么大事儿，只是经侦分了几条线在查证，刚好发现宁成明那段时间回国前后有些不合理的行为，便去核实他失忆的情况。父亲实在是有些小题大做。他和李琛通了气，一边安排人到时候去接李浅，一边和父亲打着哈哈。

而余青青从订婚会场离开后，就一头冲进酒吧把自己灌了个扎实。等顾柘放心不下找来，已是酒兴正酣的状态。

"你来干吗？"

"我看你心情不好……反正我姐那边也完事了，我就……"

余青青没好气："怎么，你也要来看我笑话？这些日子拉着你作了这么多妖，我就一跳梁小丑。"

顾柘心底苦笑，自己也没好哪儿去。要知道"逐梦直播圈"需要付出这么多代价，他肯定得慎重慎重再回炉重造。

"李浅还不是好几天没跟我说话了，我姐和我爸面和心不和，除了找你这个失恋盟友说说话，我连直播的心思都没有。"

"打住，谁跟你盟友，就地解散！"

"别啊，余娘娘，咱们联盟还是有些美好的回忆的啊。"

余青青翻个白眼，根本没意识到手机震动，李浅刚才给她发了消息。"什么回忆，哪儿又美好了？是跌游泳池里差点淹死还是演个白莲花被人当场拆穿？只要咱俩凑一块儿，倒霉都是 double 的。另外，友情提示你一下，现在我就是个行走的炮仗，最好别招惹我！"

她气哼哼地起身去了洗手间，心想这阵子自己简直过得是人不人鬼不鬼，她只允许自己醉今天一回，从今往后就是崭新的余青青，再不能为任何感情而苦闷了。毕竟，这不符合她法律女神的人设。

等她哆哆嗦嗦半醉不醒地在洗手间补完妆出来，好死不死便听到有人在吐槽主播"浆糊侠"。说他每回直播都带个头套，绝对是个丑绝了的二傻子，还嘲讽他竟敢在网上打富二代人设，简直不要脸。

余青青走到一半都已经快听不见了，结果实在忍不住又倒了回去。

啧啧，说得实在太难听了，太难听了。

他顾柘就算再是个废物，那也是她余青青和李浅的好朋友，就眼前这么一帮整容整得祖宗八代都不认识，肠子通脑子的蠢货可没那资格 diss（网络用语，意为：公开批评）他，严重不配。

于是她言语挑衅了两句，等对方上手来推搡自己，便利索得将手里的坤包一甩手就扔到了对面人的脸上，当场开始给这帮人做起了"普法教育"。

"大姐，你不至于吧，'浆糊侠'是你亲戚还是你男朋友啊，言论自由还有没有了？"

"言论自由？呵呵，你再多说两句就等着收到诽谤、损害他人名誉的法院传票吧！还有虽然'浆糊侠'这人干啥啥不行，但是玩游戏，做主播，他却比谁都热情，你们有什么资格喷他！还有这个人除了老娘能说，你们没资格！"

闻声赶来的顾柘听见这句，差点没敢动得涕泪横流。天哪，他完全想不到，平日里对自己嫌弃得不行的余娘娘心里真把自己当重要伙伴来着！顾柘热泪盈眶，眼见对方摔过来的杯子就要砸到余青青，他想也没想就一个箭步上前，旋身将余青青护在怀里，脸上不慎被划破。

美是救着了，但英雄，不，是狗熊顾柘发现自己脸上被摔在地上的碎片崩破了皮，当即哭天喊地起来："见，见血了……啊啊啊，出人命啦！救命啊！"

一嗓子将对面的人吓得作鸟兽散。

余青青得意地回过头，却见顾柘也倒地上了……嗨，这废物居然晕血。

另一边，经侦部门大抵史上是没有经历过如此乱七八糟的问讯过程，二位警官都有些崩溃。他们调查马昊的案子已有一段时间，对方借助观鼎的平台在外对供应商进行虚假合作的要求，已属诈骗范畴，更别提他私自挪用公款，俱是铁证如山。眼下的深入调查，只是为了搞清楚这件事是否还有其他参与者。宁成明的突然失踪看起来尤为可疑，此前他们已调查了不少间接证据，甚至也与泰国警方、医院通话，发现对方曾处于失忆状态，而李浅则是在此前都没有在案件中出现的角色，是确认宁成明失忆的相关证人。

他们将二人分开，同时问询，虽然得到了想要的结果，但过程总有些不甚理想。

先问李浅："宁成明和你是什么关系？"

李浅啪啪眨眼，一脸懵逼。人生第一次进局里，刚才给自己做了很多心理建设，反思很久觉得自己没有犯法，不必害怕，但这怎么……第一个问题就把她问住了呢？

什么关系？没关系啊，这还有什么可问的。

"我们……应该算师生关系？以前他在校当老师的时候教过我，现在是上下级关系了。他是我老板。"

经侦同志闻言笑了笑，李浅也不由自主笑了，忽然对方轻轻点了点桌子："这不对吧？"

不对？怎么就不对了？李浅咽了口唾沫，看向对方背后贴着的"坦白从宽"四个字，内心惶恐，不是，他们到底想听自己说什么啊？

恒星和观鼎也不过是新近合并的，她对宁成明的过去知道的根本没多少啊！

见她愣神，对方提示："你们是未婚夫妻关系吧？月初一起从国外入境，你看，机场监控显示你们二人感情很好，他还在你家住了一阵子。"

李浅松了口气，嗨，就这？"那是借住。也没规定说朋友之间不能找对方借住几天吧……"

话未说完便被对方打断："提醒一下，对方全撂了。"

她被这种气势煞住了。虽然心里根本不知道宁成明到底有什么好和人家"撂"的，他难不成是说，这一切都是自己骗了他？

喂喂喂，这就没意思了。那段小插曲横竖也只是他们两个人之间的事啊，说出去……他不嫌丢人，她还要脸的啊。

"他、他都说什么了？"

"我问你答。怎么还问起我来了？"

李浅忽然悲从中来，自己能沦落到今天这个份儿上，都是猪油蒙心，一念之差给害的，他宁成明不展现点绅士风度就算了，那还有啥好瞒的，脸是什么东西，为了脱身它算个屁！她抽噎起来，经侦见惯了类似的场面，倒也没太当回事，抽了张纸巾丢她。

她"嗤嗤拉拉"擤了个鼻子，就期期艾艾道："我招，我全招！我是喜欢过他……"接着便是一通手舞足蹈比画，将在泰国至今的种种说了个清清楚楚，经侦同志虽心里纳闷自己怎么感觉仿佛吃了狗粮，但碍于工作，只得埋头不断记录。

说到动情处，李浅涕泪满襟……失忆时浓情蜜意，清醒后冷漠恶毒，怎么会喜欢上这样一个两幅面孔的男人，一会儿冷一会儿热，当这打摆子呢？

经侦同志频频摇头，不停给她递抽纸："也就是说，你承认你们二人的情感，但是现在……"

"总之就是后悔，非常后悔。"

态度诚恳，悔过坚决。

经侦只当自己是台没有感情的机器，只摄取自己想要的信息："依你所言，观鼎财务董威的那份记录是你提供的？这一切全是意外？"

"千真万确。我是为了救人才误入情网……"

谁问你这个了！

"行行行，情况我们了解了。"心下愤慨归愤慨，不想再听岔了，"目前杀手的画像，还需要你配合。至于你所说的其他内容，我们会去核实的。"经侦同志觉得脑壳疼得很，将刚才记录的本子丢过去："没什么问题签字吧。"

宁成明那里也没好到哪儿去。

经侦对他原本的判断就是个极其慎重稳当的人，且患有"情绪认知障碍症"多年。这人没情绪啊，你怎么问？这不跟带了个"测谎仪干扰器"一样吗？一记老拳打过去，永远撞见的是棉花。能问出个啥？

"宁先生，上次见面我就问过你，还有没有别的情况需要和我们说明。"

那时宁成明刚回到观鼎，经侦就来联络问讯，他也只是单纯就马昊的情况做介绍，自然没有说多余话的空间，而且，他觉得现在也没有。

"我说了没有。"

"我记得。不过，你完全没提到自己和李浅的关系。"

"我们的确是旧识，但我不认为这和案情有关。"

宁成明一派风平浪静，无懈可击。经侦随即给他看了一些李浅近来的监控截图后，稍微有些不淡定了，脑海中自动开始串联每天她的行踪。

什么？原来她下班之后还去见了朋友？这个男人不是顾柘，他是谁？以前怎么没发现李浅身边还有别的男性朋友？她从来没和自己说过呢……等等，这又是在见谁，那天她不是和自己说外出去谈工作吗？为什么约在看起来这么浪漫的地方！！！

见他脸上黑一阵白一阵，经侦同志们彼此对视一眼，觉得是时候了："对你们的关系，李浅可不是这么说的。"

宁成明沉默一会儿，遂勉强咬牙切齿道："这女人嘴里没有一句实话。"

"她说她喜欢你。你的意思是她在对我们说谎？"

"这部分没有。"

经侦同志们愕然了。忽然意识到他们触及的是人类关系里最复杂、最说不清道不明的那种狗血戏剧，让人欲罢不能，他们内心纠葛了一会儿，决定还是把话题拉回来。

主问讯人从照片里抽出一张，丢到宁成明面前："这几张照片还有印象吗？"

宁成明低头一看，一张是他在李浅家附近穿着围裙为对方戴头盔的照片，另一张是他在商场里被李浅戴兔耳朵的商场监控照片，还有些其他的照片。莫名地，他头回觉得面上有些燥热，但仍是故作平静，摇了摇头。

"别总盯着姑娘脸，看这儿，这两张照片暗处都有人在跟踪你们，认得吗？"

"认得，他们都和案情无关。"他思索了一会儿，开口道，"不过，不知道有一个人，你们查到了多少……"

经侦同志们不约而同战术性后仰，心里俱是松了口气。行了，看来今天这个狗粮吃到现在，总算是能得到些真正有用的信息了。

余青青花了好大力气，掐人中，扇耳光，总算让晕血的顾柘醒了过来。他抬头一看，发现两人还在酒吧门口，忽而一咧嘴，得意地傻笑起来，牵动伤口，嗷嗷叫。

"顾柘，你到底是蠢还是蠢啊，这帮小兔崽子我一个人就能……都破相了……"

"没那么严重，这是李浅教我的，她说要是有人跟你一哭二闹的，你就哭得更惨闹得更凶，这就叫师夷长技以制夷。"

"她这套歪理邪说也就你会信。"

余青青刚趁着顾柘晕圈，发现李浅给自己打了电话，但等她拨回去，对方却不接了。她算算时候，今天她为了祭奠自己的暗恋时光，不惜花了一天年假，没见着李浅。理所当然以为她肯定是参加完李琛订婚宴后，继续回公司加班了。

她寻思完低头一看，发现顾柘还赖在自己怀里，一脸沉溺弱智的笑容，她面色一红，猛一脚踩上去："起开，干吗呢。"

"电视里都这么演的啊，刚才我还挺帅的吧。"

"行了行了，走吧。"

"去哪儿啊？"

余青青拽着顾柘："你不是好几天没跟李浅说上话了吗？咱们现在就去她家门口等她，我给你俩当和事佬，顺便再喝一轮！"

日落西沉，时近黄昏，鸣鸟归巢，万家灯火。

李浅从警局里出来，发现不知不觉就在里面待了一整个白天，手机一开机电话短信就不断，等她挨个回复解释完，回头发现宁成明居然也还在。

刚想张嘴问你怎么也还在，就发现他白衬衫上糊了一摊咖啡渍。哦，是刚才她进问讯室前不小心洒的。

此刻二人站在警局门口，大眼瞪小眼，李浅实在受不了，主动打破沉默："我和您道歉，赔您干洗费。您说吧，多少钱，我给您转账。"

"那咖啡我还没喝。"

李浅揉揉额角，心想天都黑了，您就不能放过彼此，先回家休息吗？"您就不能先记账，等咱俩情绪都平静一些了，再来算吗？"

"经验使然，我觉得深仇大恨，无妄之灾，最好现结。"

您有个屁经验！骗您一回得记一辈子是吧？加班时候话还说得好好的，这怎么经侦问了几句就又开始翻起旧账了？

想来也定是在人面前没说几句自己好话。他俩不约而同鼻孔里出气，边哼边想。

李浅四下张望，这儿是北区，她记得……灵机一动，决定照宁成明说的，现结现算。

"走吧，赔您咖啡，给您洗衣。"

＊　　＊　　＊

李浅带着宁成明来到了一家 24 小时智能自助洗衣房。他以往在英国留学时，也去过类似的地方，只不过没有眼下这里看起来更为宽敞、整洁。

他低头看李浅从洗衣房内的自动贩卖机里倒腾出两杯热咖啡，自己拿了杯，递了另一杯来，禁不住蹙眉。

"这种不好喝。"

李浅忍住白眼："怎么，自动贩卖机卖的咖啡，就不是咖啡了？"说完将咖啡硬塞给宁成明。

见宁成明还是一动不动，她喝了口咖啡："你不洗衣服了？"

"你想看我脱衣服？"

她"噗"的一口喷出大半，全在宁成明的衬衣上。嗯，这样看起来更值得洗了。李浅不自然地转过身子，呵呵冷笑："谁想看你啊。"

他面无表情地放下咖啡杯，脱下西装、衬衣，露出里面健硕的肌肉。将衣服丢进洗衣机，扫码按了清洗。

"好了没？"李浅不知为何脑海中浮现得都是当初在医院为他换装时的记忆，从锁骨到肌肉，她逐渐面红耳赤，强令自己赶紧失忆。

"你刚才和经侦说的，都是真的吗？"

她忽然觉得好笑。自己在他的既定印象里难道不是个不可原谅的骗子吗？骗子说的话是真是假有那么重要？况且，他具体指的到底是哪一句？

"要不是你先和经侦说了之前住在我家的事，我可什么都不会说的。再者，你说的是哪部分？"

"假戏真做。"

她心底忽然明白了，对方是想听什么样的答案。可是……他难道不想让这些过去吗？记不清哪任语文老师曾说，写作文就像人生，开篇不好，翻盘也难。她没开好这个头，便也放弃了继续描绘结局。

等不到她的回答，他继续道："我原本以为对你十分了解，但最近又感到有些模糊。"

他摩挲着手上的咖啡杯，杯口有枚红色的唇印。他不自觉地翘起嘴角，别过头看李浅，对方也怔愣地看着手中的杯子。

不知刚才在哪个环节彼此又犯了一样的错误。

像那天一样。

"我理解你起初是想捉弄我，报复我。所以后来，你是看到失忆时的我越陷越深，接连做出许多可笑的事，才对我产生同情和关心的吗？"

当然不是，她面色凝滞了。前半截或许是这样，但逐渐沉溺其中，不可自拔的人明明是自己。但她不知该怎么开口，说什么都显得画蛇添足。

倏地，洗衣机发出"滴滴滴"的声音，打破了一室寂静，衣服洗好了。李浅定了定心，抢先上前打开洗衣机门。

"我来吧。"她说着，拎出衬衫，拿到一边的扫码挂烫机上，熨衣服，"最初我是这么想的。可当我发现你信以为真，逐渐打开心扉，还一直努力地想要修复我们关系的时候，我就开始后悔了。"

她语气平稳，听不出情绪，手上动作不停，娴熟而利索，很快便三下五除二地熨好了。取下来，干脆上前替宁成明披上，认真地替他系好扣子。

"对不起，我不该骗你的。你对我生气、不满、拒绝原谅，都是理所应当。"

"我有时也不知道为什么会生气。其实很多时候，我并不想和你……但我不知该怎么面对这种感觉……该怎么说……"

她抬头，在他脸上看到了一种从未有过的茫然。想到此前去专门了解的有关情绪认知障碍的一些释义，她只觉自责充斥了肺泡，让人难以呼吸："我明白，是我为了一己私利，擅自干扰了你的生活。"

他脑海中又变得一片空白了。是那种仿佛坐在某辆车的后座时，那不知所措的、熟悉的空白。仿佛再不用力抓住，就会失去什么一般。

宁成明伸手抱住她："不是，我只是有时不能理解……"

"让我们重启各自的生活吧。你只要记得我是你教过的一个蠢学生就好。"说完，她深深埋首在他胸前，最后汲取了一次他令人安心的气息。随后挣扎着挣脱了他的怀抱。

"李浅。"他伸手想拉住她，却抓了个空，"你……"

她已站在门口，半推着把手，最后望向他："我是个说话算话的人，宁老师，咱们以后只是工作的上下级，谁也不要再逾越一分，好吗？"

说完，她不等他回答，冲了出去。

她一路狂奔，跑得五脏六腑都搅在一起，心脏和呼吸痛不欲生，直到耗尽了满身气力才在某个路口停下，捂着脸在街边哭得站不住，蹲了下来方觉头痛欲裂。

对不起，对不起，对不起……她知道自己会记他到死的。

如果有超能力，如果能倒回时间，如果她能早点了解，哪怕只有一点点，她也不会以伤害他为代价，去赢得任何东西。

因为不值得。和保留他纯粹的内心相比，实在太不值得。可人生又哪里来的后悔药呢？他们出生，活上一阵，然后犯下许多错误，终究在懊悔和假设中度过余下的光阴，若是连回忆也没有，那就什么也不剩了。

看着她的背影跑出去很久，直到消失不见，他才回过神，缓缓扶住桌子，听见自己心室内的回响和阵阵心跳，五岁以来第一次觉得，他活过来了，再一次活过来了。

他想，原来她是真的爱他。

和自己一样。

第十章

　　洗衣房外，曹玫看着宁成明从里面缓缓走出来，上了齐伟让司机开来的车。她坐在车里沉默了很久。

　　这几天她一直在做梦，梦见许多过往之事。同时也在回想她爱上宁成明之后，仗着父亲是他的硕导，近水楼台先得月，等他从伦敦进修回来便订了婚。又苦于他的情绪认知障碍，被对方退婚，恼羞成怒之下姑息了马昊的错误……到底自己是从哪个环节做错的呢？

　　她像一辆被人动了手脚的火车，一路向前，早已失控。无法接受眼下这个看起来宁成明离自己越来越远的结局。

　　即便可能这也是自己一手造成的。

　　一阵尖锐的疼痛从指尖传来，曹玫才发现不知不觉咬破了指甲。内心的焦虑仿佛渗透出的血丝，溢了出来。

　　还要继续吗？一个声音涌现在脑海里。

　　忽然，有人打开了副驾的车门，坐了进来。她不用看就知道是戴着口罩的线人。

　　"怎么约在这里？"

　　车停在老城区的住宅区附近，据他所知曹玫并不住在这附近。时间也不早了，附近倒的确没什么人。大隐隐于市吗？

曹玫没回答，她本来今天是想去分局接宁成明的，但意外看见李浅也在……

"东西准备好了？"

线人自包里拿出文件袋，抽出文档递给她。

"前半段讲的是观鼎业绩一年不如一年，但数据全都是观鼎自己披露的数据，不用担心有人拿这些告我们。"

她接过来翻看："这数字背后的解释权，还不都在你。你换个写法就不是亏损，而是转型期前的蛰伏了。"

"曹总说的是，后面就是普及了一下医学知识，讲一讲宁成明的情绪认知障碍，有可能会转化为精神分裂。剩下的就看合作商们，愿意相信哪一个了。我保证里面没有一句造谣，全都是事实，只是别人看了之后怎么想，我就管不着了。"

线人闷声哼笑。他是真没猜到曹玫会用这手去对付宁成明，众口铄金，积毁销骨。左右舆论是现代最杀人于无形的手段之一，他内心感叹，所以说有些女人既不能招惹也不能得罪，得不到的就要毁掉，非黑即白，太执念的结果就是鱼死网破。

曹玫仔细审视着手里的稿件。这种带有主观意识导向的稿子可以在不知不觉间左右大众思维，有时候可怕的不是事实，而是对事实的解读，春秋笔法全在一念之间。

她冷笑："你还真实事求是啊。"

曹玫将文稿又丢回给线人，他笑嘻嘻地收回去，接了曹玫递过来的厚厚的信封："那就照着约定的时间点发，不改时间啦？"

"按原计划来。"

李浅哭了一路，又在回去的小公园秋千上坐了好一会儿。还回了李琛小二十分钟电话，总算是冷静下来了。觉得自己这一通发泄，怎么整得跟黛玉葬花似的，仪式感颇重。

从小她就是个现实感很重的孩子。有时候心里想要什么玩具，任玥不肯买，她也会哭一会儿，然后就好了。任玥奇怪，问她怎么不难受了。她总是颇为老成地叹气，说难受也没用，你又不可能改变主意给我买。哭就是发泄发泄，哭完了，还得继续和妈妈生活啊。任玥最初还会哈哈大笑，后头也就习惯了。

如果接受生活的无奈也算是种天赋，那她在认清现实这件事上，大概要算半个天才。

果然，她往家走的路上，心情已经转换成了"完了，眼睛哭这么肿明天怎么办"和"我记得冰箱里还有冰块"，以及"算了我还是煮个鸡蛋消肿好了"。

磨磨蹭蹭地走到家门口，就发现余青青和顾柘正丧气满满地坐着等她。

"你俩怎么在这儿？"

见她回来，余青青忙不迭站起来，拎起地上一大袋酒，顺带踹了顾柘一脚："请你喝酒啊，不过，主要还是顾柘也有几句话要跟你说。"

失恋的心情实在是好不起来。她本想张口回绝，但见余青青脸上妆都花了，顾柘脸上更是挂了彩。她想起今天在局里错过了二哥的订婚宴，刚才他打的那通电话也说了个大概，料想今天大伙儿日子都不太好过。

顾柘小怂包欲言又止："李浅，我……"

"进来说吧。"

对方想说什么，李浅心里其实多少是能猜到的。恒星并购这些时日里，她根本不和顾柘说话，一是伺候宁成明根本顾不上。二是多少还有些气他瞒着自己。算算今天，也的确适合都说清楚。

三人径直上了露台，李浅开了上头的小灯，深吸了一口气，坐下来就开始开啤酒，二话不说先猛灌几口酒。看得剩下二人对视一眼，此时方觉气氛不太妙。但好友的默契就是此时无声胜有声，于是也纷纷坐下先哐哐灌酒。

闷声喝了一会儿，见李浅接着又开了一瓶，余青青从旁拉住她："这是怎么了，你悠着点啊。"

"没事儿。我就是今天和宁成明都说清楚了，我们之间，结束了，完了！"

顾柘扬手就是个鼓掌："分了好啊，旧的不去新的不……"话还没说完，头上就挨了余青青一拳头。

余青青揽过李浅的酒，只让她倒了半瓶："你俩去的是派出所，又不是民政局，去交代个情况，怎么把感情也交代了？"

李浅哈哈大笑，笑着笑着，就忍不住心酸地抱住余青青，将来龙去脉说了个全乎。连顾柘听都忍不住唏嘘，反思若不是自己这个蠢货瞎提要求，李浅怎么会招惹上那尊阎王？千错万错，都是没文化的错。

余青青忙安抚李浅："懂了懂了，乖，别说了，姐们都懂！我俩今天就陪你喝到天亮！什么宁成明，什么李琛，什么爱情，都滚蛋！友谊万岁！干杯！"

顾柘也忙不迭从旁附和，爱情和面包，总得先吃上了面包，才能有力气聊爱情。然而李浅不露声色地将顾柘伸过来的酒杯避开了。顾柘心想完了，李浅这意思就是一码归一码，自己的账看来是要另算。

他看看余青青，对方给了个眼色。顾柘赶紧酝酿起哭意："李浅，我呜呜呜去……"暴雨梨花还没施展，就被李浅拍了回去。

"歇了吧，你这招在我这儿没用。也不看是谁教你的。"

顾柘吸吸鼻子，麻溜儿收拾起态度，老实交代："我承认，没跟你打招呼就卖公司是我的错，你有气就撒出来，打骂我都认，别不理我行不行？"

见李浅没反应，顾柘硬着头皮继续道："从一开始我就知道你比我更适合管理公司，是你说高新技术服务业，在未来是很有价值的行业，不仅能提供有品质的就业岗位，还能开发属于我们自己的专利，我当时听到的时候，真的很感动，所以……"

话是这个理儿没错。李浅大学时和母亲任玥也聊过职业的话题。母亲是画家，没有什么所谓企业"螺丝钉"的意识。但学经济的毕业生大抵对社会分工的理解都要远高于其他人。任玥告诉女儿，人活着总是要有个目标的。不用那么伟大，但得打动自己，否则很难熬得过人生里那些猝不及防和漫漫长路。因此李浅毕业后认真地做了一些职业规划，她喜欢公司的业务，喜欢那些拼尽全力也要研发出成绩的工程师们，喜欢专注的同行、前辈。和他们共事，总是打心里希望自己也能做点什么。即便顾柘看起来总是心不在焉，也并不能阻止她自己发光发热。

可这不是当下的主题吧？

"停停停。顾柘，别以为我不知道，当初你为了摆脱家里，专门调查我对什么行业感兴趣，想拉着我一起做公司……你这会儿提这个，难不成还想说，因为是我想做的，所以你干不下去了，我告诉你，这锅我可不背……你这从小到大自卑到不敢承认真实想法的毛病什么时候能改改？"

有些事心知肚明，但作为知根知底的多年好友，他们从没摊开这么聊过。顾柘被戳中软肋，不禁发自肺腑地心酸："是，我以前从来没有自己的梦想，也不敢有。我的能力不如我姐，不如你，不如你们所有人，做什么都达不到家里的期望。还不如不做，反正最终都会变成笑柄。"

"行啊，胆小鬼，现在又开始怪你姐？谁强谁就有错是吗？顾柘，你难道从来没有冷静下来想过，你为什么能够这么顺利地跟我一起出来创业？"

"可是我姐……"

"是，你姐的方式跟我不一样，可能也不是你想要的，但正因为她承担了顾氏，你才能脱身。让你，让我们都在做着自己想做的工作。"

顾柘瞬间就清醒了。他看向李浅，她能对这件事分析得这么透彻，足以说明其实早就知道了自己背地里想做主播的事。而她之所以一直看透却不说透，那只有一个理由——

她在等他大大方方地提出来。

真正好的朋友，不是以自己的意志去干涉、左右他人的想法。而是陪伴在旁，做自己力所能及的事，尽可能地帮助朋友成长。是体谅，更是一种温柔。

"可是，我怕我说了，你就嫌弃我，再也不跟我做朋友了！"

顾柘哭得太丑，被李浅嫌弃，伸手就在他额头给了一记暴栗："你不说，我也很嫌弃你啊。别哭了，丢不丢人。"

直喝到月上中天，顾柘边哭边喝早就不行了，去楼下上洗手间就再也没回来，估计是歪哪儿直接睡过去了。

余青青和李浅一线清明尚存，话题不知怎么的，又绕回到了观鼎马昊一案的调查上。李浅说十有八九经侦已经拿到足够的证据了。余青青心领神会，那这会儿还不收网就是还在摸漏网之鱼。

彼此对视一眼，心下已经有了名字。

余青青说老李，城门失火殃及池鱼，对方已是强弩之末，钱没捞成，感情还被你抢了，不管你认不认，曹玫现在是穷途末路，后头还不知道会出什么招，你要多加小心。李浅晕乎乎地点头，打算不论人家怎么挑衅，都得好好接住。然而她当下真正想解决的，是明天不想上班，不想面对宁成明的问题。

招儿还没想好，她就闷头睡着了。

＊　　　＊　　　＊

李浅请了两天假，宁成明也独自纠结了两天。他跑去问心理医生，搞得医生也很愕然，客户三天两头地把自己当"恋爱顾问"咨询，她是不是应该干脆开门课收费。一来二去医生劝他直接点，既然发现自己喜欢上对方了，而对方听着也还没完全放下他，那不妨就正经表个白。就算人家别别扭扭的，只要他不放弃，挨上一阵子解除了二人之间的误会也就好了，省得自己在这儿患得患失。

这建议听着是很有道理，但宁成明认为执行难度过高。

他心不在焉地去厉融沟通恒星并购的情况，并对李敬凡打探工作以外事情的态度有意忽略，实际脑子里将事情分成了好几个处理区域，有一块地方就始终在假设和权衡如何与李浅说明白。

除了在处理工作的时候，余下的时间他都在发呆。齐伟隐约觉得氛围不好，知道李浅请假，心下猜了个大概，但也只能装眼瞎，不敢插嘴一句。签完字、倒完茶总是匆匆离开，留下宁成明独自感受时间的停顿。

想起最初意识到自己被李浅骗时那种茫然无措后油然而生的愤怒，

更多的却是对记忆中母亲的遗言所产生的那种共鸣。

那年他五岁。对外界的一切都充满好奇。母亲意外发现了父亲的婚外情，在数次挽回无果后，她选在一个风和日丽的午后，以他这个孩子的名义，带着父亲全家一同出游。

她不露声色地让父亲喝下掺了安眠药的水，在开车去公园的时候刻意绕了远路，有心要和父亲对峙。等到父亲觉察出不对时，已经晚了。

他记得天色逐渐黯淡，某辆车的灯光远远地刺入他的眼，母亲的哭泣和父亲的怒喝夹杂在一处，笼罩住了他，既陌生又遥远。等到父亲因药物作用而晕过去时，母亲迎着对面的车，忽然转过头来对他说了此生最后一句话。她说，小明，你要记住，这世上没有真正的爱，都是谎言。

被欺骗不是愤怒情绪的来源，而在于他发现自己对这个谎言深信不疑。而当他发现对方和自己一样为谎言投入了真实情感后，这种愤怒就化为了更多其他复杂的情绪。

究竟该怎么和对方说明呢？要怎么表达，对方才不会曲解自己的意思？宁成明陷入了左右为难的境地。

他忽然十分想念李浅。心里想着，手便自己有了动作。他翻了下线上 OA 系统的打卡记录，发现她请假结束，已经恢复上班。刚站起来打算径直去她办公室，又停住了脚步，觉得这样刻意了。思索片刻，他回身用内线给齐伟打了个电话，要他通知总裁办和市场部十分钟后在会议室开会。

这样就好，他忍不住有些小得意。心想，都是为了工作啊。

会议议题言之有物，倒也不算开得莫名其妙。只是李浅总觉得宁成明的目光意外灼人，但当她回头去寻，对方又显得大义凛然。实在是摸不着头脑，无端端心里发毛。

开到一半，品牌PR部门的负责人小高忽然冲进了会议室，将手里的iPad递给了市场部总经理，众人神色俱是慌张。

感应到宁成明质询的目光，总经理眼一闭豁出去道："宁总，事发突然，必须和您汇报一下。"

他接过来一看，不能是一点不意外。屏幕上正是他与李浅在巴士顶层当晚接吻时的照片，不，与其说是照片倒更像是什么路口监控的截屏。他将文章往上翻了翻，是一篇看似从专业入手分析观鼎的文，但最终的核心竟是揭露他情绪认知障碍的隐私，还煞有介事地分析他之所以在马昊问题出现后选择当下与厉融合作的处理的方式，从李敬凡的私生女下手，实在高明。

阴阳怪气，意有所指。

宁成明抬眼看李浅。她盯着手机在看文章舆论，面色煞白。所有人的神色都异常严肃，就连齐伟翻着评论都冒出了一头汗。

小高拉出了刚整理的舆情监控道："对方虽然只发了这一篇，但现在很多自媒体大号都会跟风对一些大众关心的话题做自己维度的深挖和转发。目前以这个为核心的发稿已经形成了信息矩阵，在渠道上有持续不断升温的迹象。"

相关话题的信息和声音主要围绕类似展开，如《精神分裂总裁的职场恋爱圣经》《真·精分总裁并购恒星只为一个女人？》《非专业总裁的诡秘情史》等……

下面的评论多得是不堪入目的胡乱猜测：

——观鼎那个宁成明虽然帅，但是个神经病，也能谈办公室恋爱？

——哎呀！听说的女的也不干净。求集美们科普！

——这个宁成明据说之前在 C 大就是风云人物，不是说有未婚妻的吗？还是自己教授的女儿……

齐伟见宁成明面色阴沉，挥手让一些其他部门的人退了出去。

余青青建议："宁总，这是诽谤，咱们得马上展开应对。"

小高赞同："舆论还在发酵，您看这篇居然还能找您的看诊记录，我们认为这整件事一定是有人在背后操控。"

宁成明问李浅："你是怎么想的？"

李浅从晃神里回魂："有多少人知道您的病症？"

"不多。但若有人处心积虑地挖掘，也并不难获得信息。关于我的病，近来专家出具了诊断证明，结论是已经痊愈了。"

痊愈了？众人面上神色各异，这倒也是件好消息。至少从扭转舆论来说，倒也不全无办法。

小高看了眼李浅："既然是诊断病症已经痊愈的权威证明，若用官方澄清，我们觉得可能会引起反效果。不妨设计好路径，让网民觉得是自己挖出来的。"

余青青附和。

"不过……"小高欲言又止，看看宁成明，又看看李浅，"李总，现在还剩下一个问题。"

李浅示意他尽管提。

"您二位实话告诉我，你们之间是真的恋爱了吗？"

余青青一口茶没喝下去，差点呛死。李浅黑着脸冷笑，竟和宁成明同时开口道："没有。"

"是真的。"

李浅面无表情地丢了张纸巾给一旁正和小高大眼瞪小眼的余青青，互相递了会儿眼色，余青青无奈地又问了一句："你俩再好好想想。"

谁知宁成明与李浅又同时答道："是真的。"

"没有。"

李浅不搭理宁成明了，直接面向小高："我们没恋爱。接下来观鼎该怎么应对？"

小高深吸一口气："那个……既然是假的，那咱们的策略就得把假的说成真的。"

李浅傻了，宁成明没忍住竟然"扑哧"笑了出来。齐伟叹为观止，心想以前怎么没注意到公司里还有小高这号人物，竟然比他还能揣摩老总的心思，助攻于无形，回头可得和他请教请教。

余青青知道李浅那天宿醉之后休息了两天，这刚缓过来今儿就遭遇了这么刺激的剧情，想必不大愉快。如果不是深深了解宁成明的为人，真的以为这是他请来的"外援"。

唯一状况外的人就是小高，天地良心，他是真的只想兵行奇招，逆转网友对观鼎的不良舆论，专注信息下沉，让网友们关注八卦，转而祝福观鼎分散原有的注意力，的确不失为优秀的策略。

李浅气得胸口疼，一发力按断了手中的笔："你们都出去。"

几人感到害怕，小高看向宁成明，对方安抚道："策略不错，照着执行吧。"小高点点头，飞速和齐伟、余青青撤离现场。

这个转折过于drama，是李浅所没想到的。气到两耳嗡鸣，她有气无力："宁总，您到底想干什么？我们……我们不是都说清楚了吗？"

"你指的是什么？"

"我们从来就没有恋爱，更不是未婚夫妻关系。我们之间……已经结束了。"

宁成明不予回应。

李浅心下一沉，故作轻松道："咱们能都别在一棵树上吊死吗？"

宁成明忽然想到什么，在打开的笔记本上查了起来。不过几秒，他便得到了想要的答案，合上笔记本站了起来。

他扣好西装扣子，径直走向李浅。她无处可退，很快就被他逼近。扑面而来好闻的薄荷味剃须水和淡淡的古龙水味，混合着曾很熟悉的感觉再次淹没了她。

她竭力忍住内心压抑的想念，听见他低沉地说道："既然你觉得我们没有开始，那就无所谓结束了。你说的结束，根本不算，只有我说结束才行。别忘了这点。"他凑近她，一直到耳旁，温热的话语吐露在她颈侧，让她全身有些战栗："还有，既然栽了一棵树，就得对它负责，别惦记森林了。我不会让你有机会的。"

说完他便退开，拿上东西离开了。

直到过了很久，李浅仍没有回过神来。他说的负责是什么意思？对树负责？

宁成明到办公室后给卢凡易打了个电话。他刚才查到曹玫今天上午没来观鼎，刚才又突发了一条年假申请在 OA 系统里，顿觉有些异常。果然卢凡易告诉他自己有了新的发现，要他尽快回去。

李敬凡将电脑丢到了李隽脚下。他几次三番强调，不能让宁成明的事影响到女儿，结果竟还有人敢这么做，他气得话也说不完整。不只是他，李隽、李琛也都对此感到很生气。但他们多少客观些，认为这不是宁成明的主观意愿，而是观鼎的竞争对手所为。

李琛联络了多家公关公司，从外围帮着观鼎打散舆论的风向标。而李隽直接开始打听舆论的源头。

李家出手，业内的反馈甚为及时，很快便摸清楚了对方的来头，只不过是个名不见经传的小财经记者。李琛不解，小财经记者为什么要招惹观鼎这样的大集团呢？何况有点常识的还知道现在厉融也在支持观鼎。

李敬凡要两个儿子亲自出马，问清楚对方的背后主使究竟是谁。

＊　　　＊　　　＊

天光云影黯淡下来，废旧的厂房里漏进了风。曹玫一睁眼醒了过来，没等她坐起来，马昊便从外面走进来，手里拎着份外卖。

她也不多说，打开了就吃。数分钟里，两人没有话说。心知肚明这个时间点找蛇头走水路出去，成功的概率和赌博无异。概率学就是薛定谔的猫，相信便没有退路。

曹玫没有带更多的东西，只有个小背包，这是逃跑不是去旅游，一切从简。作为知法犯法的一分子，若说完全不后悔是不可能的。可如今早就没有了选择，剩下什么便是什么了。

马昊见她吃完，打开了随身的便携电脑："经侦应该也已经发现了你留的东西，咱们从现在开始还剩十八个小时，希望明天这时候就能到公海。"

曹玫推开外卖盒，抬起袖子擦了擦嘴，俨然忘了书香门第的教养："我还有一件事必须做。"

马昊不解。她能选择最后关头和自己走的确意外，可眼下该布的局已布好，他们所能获得的线索都是间接证据，还有更多是顺着宁成明的思维留下的信息，此时已是他们能脱身的最佳时机。她还有什么放不下的？

与此同时，经侦亦获得了两条消息，一好一坏。好消息是，关联马昊的泰国账户今天有了动静，他们顺藤摸瓜已找到了账号。如此一来便可以收网。另一条坏消息，仅针对观鼎，是这个账户的注册人是郑子惠。

经侦同志们费了些功夫才闹明白这个陌生的名字属于宁成明的姨母。

两天前，卢凡易照宁成明的意思，将全部身边人的信息都彻查了一遍，倒真的发现了蹊跷。他的母亲，宁成明的姨母，郑子惠的信息竟被人在暗网上进行了交易。宁成明回想，他去年带姨母到日本疗养过。中途她因病走失，那时和大使馆、同学群以及当地互助团体都求助过。大使馆是不会泄露个人信息的，但非官方团体里的有些人可就不一定了。他们究竟想用这信息做什么？

卢凡易终于找到了答案，他将成果展示给宁成明看。

"有人替姨妈在群岛银行做了账户，还在里面存入了300万欧元？"

"哥，我能拿到这个信息，就说明经侦一定也可以。"

宁成明想了想："但你应该可以反追踪到转出银行吧？"

"马昊父亲在瑞士的账户。"

齐伟义愤填膺："宁总，他们这是想把脏水往您头上泼啊！"

老实说，这件事宁成明并不觉得可怕，他担忧的是姨父姨母被扯进来了，两位老人也都上了年纪，牵动到情绪就不好了。尤其是姨母郑子惠。

"我去疗养院一趟吧。"

眼见宁成明要出门，齐伟看着纹丝不动的卢凡易："你不跟着宁总一起去见你妈吗？"

卢凡易摇头："我没法见她。"

"为什么？"齐伟瞪圆了眼，虽对卢凡易的社交恐惧症有一定了解，但亲妈都怕，还是头回见到。

卢凡易不理会他，齐伟只得自己上，可他刚打算一起出门，便被宁成明制止了。他难得耐着性子和对方解释了郑子惠现在不方便见陌生人。

宁成明本就打算要去看姨父姨母，早就准备了补品在办公室，便回了趟观鼎。眼见李浅还在加班，他心念一动，去她办公室拉了人就走。

李浅莫名其妙，一路无话，车里的气氛尴尬到能让人脚趾抠出别墅。直到经侦打来电话，他挂了电话后才和李浅解释了来龙去脉，说了自己打算去疗养院。

进门前，宁成明简单和她交代了几句，就和刚到的经侦沟通去了。她有些好奇地去了宁成明姨母的病房。

屋内是个套房，有起居室和卧室、洗手间。郑子惠正在卧室坐在轮椅里木木地任由卢谦帮自己洗脸。卢谦帮郑子惠擦了脸，还细心地擦了面霜。

李浅在一旁看着，在卢谦转身想去倒水盆时，上手接了过去，倒在洗脸池里。

卢谦看着李浅，不由得露出微笑："姑娘，你刚说是成明的同事？"

"嗯，我是宁总的下属。"

"你们在一起多久了？"

"嗯？没有没有！我们……呵呵呵呵，就是普通的同事关系。叔叔您误会了。"

卢谦笑而不语，倒也不再坚持："刚才经侦的同志说，这两天网上还有些针对成明的攻击……"

"叔叔，那、那都是他们乱写的，您别信。"

"他当初决定不在学校教书，走出去创业的时候，我就说了。早晚会有这一天。报道我也看了，倒也说得不全是假的。他的确对情绪认知，有些障碍。可是，你在他身边待几日就知道了，他是个好孩子。"

"是，实不相瞒，我是 C 大毕业的，宁总以前还教过我经济学。他那时候情绪寡淡，对人严厉，是个认真负责的老师。如果不是网络爆出来，我们都不会知道他以前……这么辛苦。"

卢谦叹了口气，看向郑子惠。

隔壁房内，经侦正将掌握的部分资料拿给宁成明核实。他仔细看了上面关于郑子惠的账户身份信息，摇了摇头，"我姨母郑子惠罹患阿尔兹海默症多年，没有自理能力，你们都看到了。这个海外账户的收益人更改，一定是有人背后操纵。"

"资料的泄露有头绪吗？"

"应该是去日本看病时泄露的。"他相信自己即便不说，对方应当也已经调查出了泄露渠道。

"之前我们追查马昊的海外账户一直没有结果。这个信息，可以说是最近突然蹦出来的。就好像，是有人刻意要给我们的提示……"

"账户在变更前的信息你们调查过吗？会不会和马昊有关。"

"这点我们应该很快就有结论了。近来曹玫有什么动静吗？"

他没犹豫："她在攻击我，从舆论和调查证据两个维度。"

经侦倒有些意外了："你这么肯定是她做的？"

"知道我患病具体情况的人并不多。而且，她今天刚请了年假。"宁成明想到什么，又补充道，"她应当不会动用任何自己的账户，也可能早就准备了安全身份。"

二位经侦面色一变，都意识到了时间紧迫。

他回到姨母的房间，卢谦忙迎上去："怎么样，经侦怎么说？"

"没什么。他们只是按照流程核实一下，应该是搞错了。"

卢谦松了一口气："又给你添麻烦了。"

"姨父见外了。"

宁成明看了一眼房间内的郑子惠，她正看向窗外发呆，目中一线亮光都属于天边逐渐沉没的太阳。

"姨母今天还好吗？要不要看看小易？"

卢凡易自从母亲进了疗养院，就没有来过。平时偶尔郑子惠恢复了些神智闹着要见儿子的时候，卢谦总是拜托宁成明帮他们和卢凡易视频。情况往往就是郑子惠说，卢凡易听。说不了多久，便又会犯病，还当儿子在上小学。

卢谦看了眼天色，否掉了宁成明的提议："她今天没想起来，算了吧。那孩子也是，一直叨扰你。"

宁成明没说话，看了眼手表。一旁的李浅下意识地觉得该走了，她收拾好东西，刚站起来。二人刚走到门口，卢谦忽然出声："成明，既然来了，要不要看眼……你爸妈再走？"

李浅一怔。半晌宁成明才点点头："也好。"

卢谦带着宁成明来到开间的五斗橱上的一处隐蔽的供台，打开外侧的小门，露出了里面供奉的宁成明父母的相片和骨灰盒。

他站在照片前，沉默着上了一炷香，拜了拜。冲卢谦道了句别，正要离开房间时，变故陡生。

方才一直看着窗外发呆的郑子惠突然转向宁成明，将手边的茶杯骤然扔了过去。口中厉声道："孽障！你爸妈为救你命都不要了！你怎么能说这种话?！"

霎时气氛紧张，李浅暗惊。卢谦反应过来，忙不迭冲上前，抱住了说完就要冲向宁成明的郑子惠。

他看了眼地上的碎玻璃，一言不发地转身，郑子惠愈加激动，双目怒睁，嘶吼道："你果然姓宁不姓郑，亲妈死了，连滴眼泪也没有，你还是人吗?！畜生！你怎么不和你爸一起去死！——"

宁成明僵直了后背，双拳紧握，一言不发。卢谦还在奋力控制着企图挣脱的郑子惠："成明，你快走吧！她、她现在时不时就这样……"

李浅像心里被扎了一刀，她冲上前一把拉走了宁成明。

车行驶在路上，逐渐远离疗养院。李浅开着车，车内一时无言。她脑海中翻腾的都是卢谦和她说的话，原来宁成明爸妈出事时，他也在车上，那年他只有五岁。等卢谦和妻子赶到医院时发现，作为第一目击人和幸存者，他却不哭不闹，毫无悲伤情绪，甚至还若无其事地和大人们要吃的。郑子惠脾气暴躁，加上那时，有些传言说她妹妹，也就是宁成明母亲不是普通车祸，而是自杀，她一时难以接受，自此对宁成明这个侄子是又爱又恨，难以用一般的心态去面对。

最初他们也问了很多人，都说治不好。卢谦便开始教他学习辨别情绪，宁成明很聪明，虽然总也不能真正理解表达喜怒哀乐的意义。但偶尔卢谦想，这会不会对他来说，也是种运气。

就这么长大，始终在自己的世界里不悲不喜，没有快乐，却也免于痛苦。孤独不会难过，至少平安。这么一回想，这大概是作为长辈的自私。他看向李浅，问："孩子，你理解我说的吗?"

来到一处十字路口等红灯，李浅停了车，发觉已经驶离疗养院很远了。她本来是打算来找宁成明聊解决舆论方案的事，一定有更好的办法，不一定非得和自己假扮情侣。没想到却撞见了经侦来调查他的姨父母。

　　这几个月来，事件发生的转折过快，密度容量顶着上她过去五年的总和。上次遇见还要属母亲患病的时候，她别过头，见宁成明仍一言不发地看着车窗外。心里想说点什么，但又觉得自己其实也一样无话可说。

　　绿灯亮起，车刚重新开了没一会儿，一旁的宁成明却突然出声："停车。"

　　"现在？"

　　"停车。"

　　李浅蹙眉紧急在一旁停下了车，还没停稳。宁成明便打开车门，冲了出去。她吓了一跳，也跟着下车追了上去："宁成明！"

　　宁成明难以自控地向前疾行，脑海中是挥之不去的画面，耳旁是嘈杂的争吵。那些童年时被很好地压制了的回忆，如同藏在沼泽下的毒气，翻滚着又蒸腾上来。

　　他看见母亲在水杯里下了安眠药，可他不知道那是什么。父母的争吵让他坐在车后排时宛如外人，像在看电视，没有一丝一毫真实感。他听见母亲要他别相信谎言，感到一阵眩晕。

　　她当时那双愤恨的双目，仿佛阴影一般跟随着他，直到如今。他还听见了医生说的话，他说自己就算掌握了对情绪的认识，也不是说就拥有了正常的情感，只不过是看上去与常人无异。

　　那时姨母面上满是厌烦，劝姨父既然已经尽力了，该放弃就放弃。喜怒哀乐不是能靠死记硬背就学会的。

……

他眼前仿佛什么都看不见，越走越快，像穿梭过了许多不堪回首的记忆。倏然间，宁成明觉得自己的身心都沉了下去，身后不远处是气喘吁吁跟着追入林间的李浅，她眼前一晃，便见他从一处小坡上摔了下去。她吓得大叫一声，忙不迭上前一把拉住仍在滚落下滑的人。

"宁成明！——"

他被这声惊叫拉回，方觉自己不知何时摔倒了。此时正被李浅扶起来，神色慌乱地查看他有没有受伤："宁成明，你怎么样，你回答我！"

宁成明手心有些疼，"嘶——"了一声。

李浅见状用力掰开他两手手心，发现他不知何时过于用力地攥着拳头，将手心都掐破，见血了。

她强忍心疼，从口袋里摸出纸巾，还未替宁成明包扎，宁成明忽然伸手一把将李浅抱在怀里。他抱得极用力，像是要将她揉进自己的骨血里，李浅动弹不得。

半晌，宁成明才有些沙哑道："她说，都是假的。"

"什么？"

"我妈说，世界上没有真正的爱，都是谎言。"宁成明缓缓地呼吸着，逐渐恢复了平静，声音却是冷的，"这是她留给我的遗言。"

李浅觉得他抱着自己，近到能感觉对方的心跳和战栗的颤抖。她反手抱紧宁成明，埋首在他肩头，眼泪夺眶而出。

*　　　*　　　*

天还没黑的时候，李隽和李琛就分头跑了起来。李隽去问小财经记者，究竟是谁指使他在网上散布对观鼎不利的谣言。李琛则找了自己能动用的所有关系，在网上展开了话语权渠道的矩阵，要将风向全部扭转。

李琛一边撤热度，一边找网红直播八卦聊天，潜移默化植入真实情况。最后和圈内老友聊通了让一堆小偶像情侣曝光恋情。一套公关组合拳打下来，群众的注意力早已飘向了更分散的地方。

忙活得差不多了，刚好李隽来了电话。三言两语一交代，都发现了重点在曹玫身上。李琛心念一动："哥，曹玫现在在哪儿啊？"

"这就是问题。我刚得到的消息是，经侦也在找她。可她今天刚刚和观鼎请了年假。"

李琛捂脸，撸了撸头发。这不就说明人要跑了吗？李隽继续问他："你能联系上李浅吗？"

李琛挂了电话就给李浅打，可对方关机。他愣了一会儿，打算去她家里找找。

可李浅不在家。

她正和宁成明并排坐在一条小涧岸边，眼眶红红得替宁成明擦干净手上的血迹。宁成明问姨父是不是和她说了很多？

李浅摇摇头，多倒是不多。但老人给的信息足够让她理解他过往的人生了。她包扎好宁成明的手，看了眼宁成明，换了个姿势看向月光下的小涧。忽然之间想到了自己："你是不是和别人一样，对我和李敬凡的关系很好奇？"

话头起得突然，宁成明倒也是有兴趣的："外界有许多版本的传言。"

她想起母亲不是完全没带回过姥爷家，忍不住笑了："毕竟我妈是个奇女子嘛。"

那是南边的大家族，家里的规矩和利益一样多。孝敬父母，养育子女，在那个家里，并非因为血肉至亲，而是能够从中获利的事。

某一天她忽然带着女儿回去，仿佛是某个节日，屋子里乌泱泱的都是人，男男女女、老老少少，个个穿着考究，面容红润却流露着刻薄色。神情严肃地审视着她们母女二人。

她有些紧张，母亲倒很从容，拉着小李浅对着一位面色不虞的老者鞠躬，敬礼，挨个打了一圈招呼，显得怡然自得。起初是有问必答的，慢悠悠而不经意，具体说的什么早已不记得了。只记得宴席开始后，众人吃着吃着，不知谁与谁发生了口角，气氛就转为互相指责、泼酒，大打出手。这些亲戚之间面和心不和，个个都恨不得能将对方踩在脚底下，好像不是从一个娘胎里爬出来的，倒像是世代仇敌。

母亲毫不意外，见她看得目瞪口呆，便带着她从席上下来，在旁边摸了一把瓜子递给女儿。母女俩凑一块，嗑着瓜子看人打架，相视而笑。

现在偶尔想起来，李浅觉得母亲大抵是对于拒绝联姻，自由和李敬凡恋爱，离经叛道地生下我这件事非常得意的。只不过后来任大小姐很快便发现，养孩子这件事一点也不简单。

她原本就出身矜贵，从没进过厨房，除了花钱买，请人做也没别招，轮到自己，只落了个手足无措。这反而逼得李浅早早就学会了自己做饭吃。独自养活女儿也让从没为钱发过愁的任玥，开始操心算计生活的成本。

可即便如此，她也从没主动接受过李敬凡的资助。他放不下心，偷偷来看女儿，任玥知道了也作不知。她小时候还猜测过，父亲难不成是另一个大家族的长子，双方是世仇，他们就被迫当了罗密欧与朱丽叶？所以母亲才会对父亲是谁这件事，缄口不言。现在想想，她也许只是单纯不想让李浅成为，和她一样的人。因为利益出生，又受制于利益。

原本这些道理，人大了总是要懂的，任玥对此很笃定。她大抵也只是没算到，自己最终会患上渐冻症。

李浅还记得那是初二的上学期，她英语一不留神考了个不及格，正发愁回去怎么跟任玥说。磨磨蹭蹭一路走，一路玩，等到了家才发现母亲竟倒在地上，脚踝附近还有摔在地上的水壶，也不知过了多久。她当即便吓哭了，上前抱住任玥呼喊，想打电话，但又不敢放手，只死死地抱住对方，六神无主，泪流满面。

宁成明见她现在娓娓道来，分外淡然，总觉得心里被抽空了气，闷得人不由得蹙眉。李浅咧咧嘴："直到她去世，我才知道，生病前，她都快答应李敬凡的求婚了。总而言之，她是个让人捉摸不透的妈。优雅、美丽、逻辑清奇、热衷体面，却又总教我，人要灵活，不能拘泥于面子。就像你之前和我说的，她一生都在努力让我变成和她完全不同的人。"

他忽然想起曾和任玥的一面之缘。

彼时李浅大三，每天边打工边上学，还要去医院照顾任玥。总是错过给宁成明交论文的最佳时机。那天也一样，他一如既往地扫视着站在办公桌侧的李浅眼神冷漠犀利，十分不待见她交给自己的论述题作业。虽说方向没错，但对方若是熬夜只能写出这种东西，只会让人质疑他的教学能力。

他心下极其不满，可还没张嘴，李浅接文件的手一滑，便面色潮红，浑身发烫地晕倒在地上。

等到宁成明辛苦扛着她去了校医室才明白，她是因为太忙，顾不上吃饭，也休息不好，还得忙课业，累到免疫力低下，感冒发烧了。

校医认识宁成明，和他一个劲儿地嘀咕埋怨，说让她老实吃饭，别老打葡萄糖对付。孩子不听，照顾渐冻症的妈妈也不能这么拼呀。等校医说完转头才发现宁成明早出去了。

他决定去见一见李浅的母亲，劝她将这部分困难转嫁给孩子父亲，让她好好完成学业。可让人意外的是，任玥不仅知道他，还告诉他这个建议很难实现。主要原因是李浅自己不同意。

任玥觉得，这是她的责任。有时候许多事……好像只要错过了某个时机，就显得不合时宜了。她不恨父亲，只是毫无情感，而这都是身为母亲的错。

那时候他仍没有恢复对情绪的理解，因此很缺乏同理心。所有的理解都来源于纸上谈兵，他觉得没有情感，也未必就不能继续生活。

任玥仿佛看透了他，只道自己是位不称职且极为自私的母亲。

他觉得不尽然。毕竟本质上，每个人都是一座孤岛，不是所有人都需要父母的。任玥的孱弱，让李浅被迫只能选择变强。

任玥笑了，她说："宁老师，我听李浅说过一些你的事，她说你从来也不笑，也不生气，为人像块石头，却又异常精明。今天一见却觉得，你们或许，很像。我的时间不多了。请你就当作没和我见过，别太为难我女儿，好吗？"

李浅听完，神色颇为触动："想不到你们还聊过这些。她和你说她很自私？可我从来没有这么觉得。"

"人不能选择父母，父母亦无法选择子女。一切都是在人性主导下的社会群体家族游戏。自利原则里，任何人的自私出发点都有充分的理由。"

李浅想了想："你妈妈……因为自己的遭遇教导你谎言不可信，也只是希望你不要遭受同样的痛苦。你可以拒绝原谅，但不能为此惩罚自己。"

"所以我拒绝了一切喜怒哀乐和……那些谎言会带来不真实情绪转化的情感。选择一个人走在无尽日夜，只相信科学能够理解、可以解释的，不对任何爱恨喜恶和人产生好奇。"

她好像懂了："可是……这样，不会觉得孤独吗？"

孤独？

宁成明脑中划过某个灼热的夏日夜晚，他待在姨母家，弟弟和姨父都在。一切忙碌而充实，他融入其间，又仿佛置身事外。独自捧着西瓜坐在阳台，看日落，听风声。倏忽间，好像过了一辈子，又似乎只过去了一分钟。

"那时习惯了。"他摇摇头，继而目光温柔地落在李浅身上，"现在想想，在遇见你以前，真的很孤独。"

此刻月光轻柔，笼罩二人，微风轻掠过彼此之间。她眼眶发热，如鲠在喉，像落水后急于抓住什么般，接住了他投来的拥抱。

而他轻轻吻住了她。

如久别重逢，若鸣鸟归巢。

李琛在李浅家没见着人，就进入了没头苍蝇模式。他找来了余青青、顾柘，几人汇集在顾家的一处会所里，找不到李浅以及她可能有危险的恐慌像是会传染，很快就让所有人都陷入了不知所措。就连理智如余青青，也开始给自己 ABCDE 的前任们电话，到处打听。

手忙脚乱了几个小时，直到问着齐伟，才得了消息说李浅和宁成明在一起，他刚将人送回家，这才让所有人都松了口气。

可挂了电话众人心里便各自犯起了嘀咕，暗自吐槽这两人谈个恋爱动静还挺大，真是不知怎么掐的时机。

与此同时，李浅站在巷口，目送宁成明驾车离开，这才发现自己手机没电关机很久了，想到有可能会有人找自己，她匆匆朝家走去。

可还没到家门口便被人叫住了。

"李浅。"

她下意识地扭头回应："哎。哪位？"

昏暗的巷内灯光下，看不清来人的面目，她被迎面而来的木棍敲得失去了意识，软倒在地。

第十一章

天光在海平面上四散而开，空气里有咸湿的味道。波流下隐藏的层层暗涌将白色的浪花泡沫推搡到码头的栈桥边。

C市在F省的最外延，夏天来得早，每日的天空似乎也总是亮得更早一些。醒来时意识裹挟着腹中饥肠辘辘，唤醒了一切，她闭着眼睛，白光隔着眼皮，多了一层灰蒙蒙的蓝，仿佛还可以再睡一会儿，假装仍未回到现实。她刚想转动一下头，顿觉头疼欲裂，额角的位置尤为具体，尖锐的疼痛突兀得让人犯恶心。可意识又过于沉重，她浑浑噩噩地想睁眼，却又沉沉睡去。

直到太阳在天上缓慢爬升，又下落至天光泛黄，码头上货卸货的声音从很远的地方隐约传来，空气里有层淡薄的烟味窜入了嗅觉。李浅睁开眼，朦胧中看见马昊坐在对面的木头货箱上。

"你好啊，李小姐。"他打着招呼，扬起不怀好意的笑容，"抱歉啊，也没和你商量就拉你出来旅行。"

李浅从木板上坐起来，全身都僵硬得酸疼，但根本顾不上。这里不知距离码头究竟多远，应当是处仓库的角落，四周只有一扇窗户，玻璃上污迹斑斑看不清外头，除了她身下的木板，和对方坐着的木箱，没有更多的东西，狭小而憋闷。

她下意识地去摸自己的口袋，却摸了个空。像是对她的意图了如指掌般，马昊得意地亮出了手中的手机："你在找这个吗？为了旅程的安全，我就暂时代为保管吧！"

情势已经很明朗了。破旧厂房看不清外面日头的高度，但光线逐渐朦胧让她意识到自己恐怕昏迷了一整个白天。

她观察着周围，清晰地意识到自己必须拖延时间，和马昊说些什么。但又抑制不住的懊悔，怎么会想到事情还能这么展开？几个小时前的梦里她还在回顾和宁成明之间的情感进阶路径，醒了就得面临这么个状况？上一分钟还在庆幸自己的恋爱不是全盘皆输，下一秒就得为谈个恋爱挑错了人买单了吗？！

老天爷真是不疼人，早知道人生还会经历绑架，她除了爱情片，一定会多看点警匪片补补脑子，学习下临场演技什么的。算了，死马当活马医，宫斗剧未必对男人没效果。她心一沉，决定闷头上。

"马总，您是个聪明人。"李浅故作轻松地环顾四周，"怎么都混到如今危如累卵的姿态了，也没看清事实啊？"

马昊冷笑："李小姐想说什么？不妨直说。"

"这里就你一个人，让你冲锋陷阵的人怎么还在安坐后方，坐享其成啊？"昨晚在车里，宁成明和她说了经侦的调查进度，应该已经准备收网曹玫，"严格来说，您犯的错误称不上重罪，如果请个好律师，东山再起也不是没可能。现在却要为别人的目的走更多弯路，也太不明智了吧？"

他已听明白了李浅的意思，不禁为她能在此时还能冷静地打算用语言挑拨离间而暗暗吃惊，之前倒是有些小看了她："开弓哪有回头箭？你还是担心担心自己，能不能活到旅途结束吧？或者，你猜猜宁成明会不会来救你？"

人蛇的事早几十年在 C 市也是时有发生，多在下属的村镇里，老式的宗族大家庭人口众多，生计困难，自然会想到出去。可偷渡路上意外丛生，病死海上也是常有的事儿。她小时候也会听家门口的邻居老人们说这些故事，但真的轮到自己，要说心里一点不怕，真是自欺欺人。

心里沉甸甸的，连呼吸都会觉得疲惫。她努力压着那些恐慌的情绪，告诉自己，他一定会找来的。一定会。

李浅冷下脸："马总，您大概是错估了我和宁总的关系。如果是想对付他，绑我真的毫无作用。我劝你……"

马昊打断她："有没有用不是你说了算的。你如果再不闭嘴，我就只能用物理手法让你闭嘴了。"说完，他举起一旁的棍子扬了扬，见李浅不再开口。他嘲讽得笑笑，上前拿起一旁的绳子，再次捆紧了对方。"我要是你，有力气就多睡睡觉，一会儿的旅程你可未必能睡得着。"

李浅闭了眼，任凭对方使劲将她的胳膊捆绑起来，疼了也不吭声。以现在这个季节，他们若真打算走水路出去……她心里算了算日子，明天就是休渔期，今天倒真是最后的机会。

马昊刚要给李浅绑好捂住嘴的绳子时，曹玫走了进来。马昊问她，"都谈好了？"

"等天黑。"她说着来到李浅面前，"李小姐，别来无恙？"

李浅心里冷笑："曹总，这个点儿还要寒暄，就不必了吧？我很疑惑啊，你们跑路，带上我有什么意思？"

"你该不会以为我是因为宁成明才绑你来的？"

不然呢？李浅心里打了个问号，她一直觉得曹玫身上像有种九十年代台湾言情剧一般的气质，好端端的书香门第大小姐，非要围着宁成明这一棵树吊死。不跟着马昊乱捣鼓也不会过得很差，究竟为什么要铤而走险，她是真的理解无能。于是咂咂嘴，只想铤而走险，再嘴贱一回："不至于吧，输得不够漂亮，姿态就不好看了。"

曹玫笑了："你以为你赢到了什么吗？宁成明的心？你不会真的以为，他有爱一个人的能力吧？他呀，从五岁开始，就学会了演出所有情绪的表达方式，比如生气，比如嫉妒，比如难过，比如高兴。坦白说吧，李小姐，我觉得咱们都是受害者。"

"谈恋爱这种事，本就是你情我愿，明月照沟渠的时候您可以选择不玩，被害妄想症这种事，我肯定不会对号入座。哦，对了，您可能不知道，他现在已经学会爱了。"

"爱？"曹玫忽然哈哈大笑，一时间竟难以停下来，过了好一会儿才稳住情绪，"爱、爱这个东西，是门学科吗？还要学？那你说这门课得上多少年啊？九年义务教育不够吧？"

"爱这种情绪虽说是本能，但爱的方式的确是要学习的啊。曹总您学了这么多年法律，难道不知道有多少用错了爱的方式，夫妻反目成仇铸成大错的判例吗？哦，对不起，我忘了，爱的方式这门课，您的成绩也是不及格。且……也没人给你补考机会了。"

曹玫死死盯着李浅，一言不发。哎，这明显就是被戳了痛处。李浅想，完了，用力过猛，自己这嘴贱的毛病发作得真不是时候。冷场了，这下面还怎么套话？

马昊见状，笑笑，将手里的绳子绑上，让李浅闭了嘴。

"我父亲常说，君子和而不同。李小姐可以和我持不同观点也没关系。"曹玫笑眯眯地蹲在李浅面前，"但有件事我的确要和你说清楚，带你来，并不是因为宁成明。而是蛇头需要一份十年的卖身契做路资，我们觉得你很合适。"

呜呜呜？李浅瞪圆了眼，真是网文里的女反都不敢这么写呢！也太毒了吧？！

　　"时间差不多了。"曹玫见她目中惊愕，获得了一定满足，看向马昊，"她的手机处理了吗？"

　　"在这儿，早就关机了。"马昊将手机丢给曹玫。

　　她将手机反过来调过去的仔细看了看，微微变了神色："她身上没别的手机了吗？"

　　马昊不解："只有这个，怎么了？"

　　曹玫有些不安地举起手机，"这不是她的手机，是宁成明的。"

　　十个小时前，李家接到了警察通知李浅被曹玫挟持。李敬凡差点心梗发作，登时乱作一团。李琛第一反应就是找宁成明算账，这前脚刚确认完人和他在一起，后脚人就给挟持了？他急匆匆地带着顾澜赶到分局门口，正好遇见刚和警方沟通完信息的宁成明。

　　"宁成明！"他一声大吼，喝住对方。上前一把拎住对方的领口，"我妹妹到底在哪儿？"

　　宁成明面色平静，只是眼角微微泛红，泄露了些许疲惫，态度却是冷静的，"现在还不知道，但也许很快就会知道。"

　　"我妹妹要是有个三长两短，你、你就完蛋了！你知道吗？"李琛气得发抖，恨不能踹他几脚，扬起拳头正要砸下去，被身后的顾澜拉住了。她斥了句："你自己先别乌鸦嘴了。"

　　忽然，一群警察冲出大厅，院子里的警车从后院响着警铃开出。三人见警方出动，想必是获得了一定线索。齐伟将车开到了宁成明身侧，他利索上车，要齐伟跟在警车后头。

　　刚才他一进分局，见着经侦就告诉对方，昨晚和李浅从疗养院回来后，他将对方送到家门口的巷子，便没有再进去，人定是在那时间点之后被劫走的。警方给他看了附近的监控，发现了一辆白色面包车，在宁成明离开后半小时进出了该区域路段。警方要他想想有没有别的线索，他说有。他将自己的手机丢在了李浅包里，那上面有表弟卢凡易自己研发的追踪系统。

于是中二宅男卢凡易头回被人从家里带到了警局里，要求追踪李浅的所在。虽然马昊关闭了手机，但电池内仍有余电，他愣是靠自己安装的装置与附近的信号塔发信，逐渐缩小了目标所在地。

而社恐卢凡易战战兢兢的在一群人的眼鼻子底下完成了任务，大松了一口气，却因此获得了警方信息大队的青睐，被要求招募已是后话了。

宁成明坐在车里，尽力想控制自己平静下来，可面白如纸泄露了他的恐惧，让一旁的齐伟更是慌得不行："宁总，那个……那个……李、李总她肯定会没事的。"

他别过头看车窗外，心底第一个冒出来的念头居然是，她如果不在了，那这世界便也没什么意思了。

重逢以来的这两个月来的事一幕幕地在眼前浮现、掠过，像是出荒诞的滑稽剧，却比过去的几十年都要让他感到充盈。自失去父母后，他除了摄取知识，从没觉得与世界有什么所谓关联，直到她和她的谎与他狭路相逢。让人意外坠网，又莫名投入，循循善诱，娓娓道来，像小时候在街边看着并不有趣，但吃到嘴里却甜得腻人的棉花糖，忽然间就让世界充满了热忱。

他气急败坏，却又止不住期待。眼下虽生死两茫茫，但他想，以后她在哪，他就只能在哪儿了。

笃定得毫无畏惧，心亦比以往任何时候都充实。

夜幕黑沉沉地落下，明月高悬。

李浅被曹玫拎着，走在高大的集装箱缝隙里，隐藏在阴影中。初夏的码头，晚风不凉，却也足够让她冷静。

直走到外延，临近海边，她才真正看清周围，这里不是港口，距离那儿尚有很远的距离。远处星星点点的灯火汇集之处才是夜晚忙碌的港口。

马昊借着月光看了眼手表。李浅左右转动眼珠，她发现自己现在离海很近，只有不到二十米的样子，如果她奋力跑过去一跃而下，是不是至少可以拖延时间，阻止对方带自己上船。

"你想都别想。"曹玫挡住了她的视线，嘴角翘起，"他们马上就来了，虽然临时改了上船点，但结果不会有差池。"

四周无人，唯有虫鸣响应曹玫的得意："我早该如此的，哈哈哈哈……当什么乖乖女，做什么好孩子呢？"

马昊看见曹玫在月光下轻跃着，转了个圈，深深呼吸了一下，腥臭的海风仿佛自由的味道，解除了她身上某种枷锁，她伸手揪住李浅的脸颊，逐渐用力："你知不知道，你真的很讨厌，自以为是还喜欢多管闲事。真不愧是私生女，有人养没人教的东西……我能让你有最后的利用价值，你可要好好感谢我哦。"

李浅被捆得死死的，否则这会儿大概已经咬破了对方喉咙。她佯作挣扎，被反作用力带得摔倒，顺势捡起了身后的锋利小石子。

马昊又扔掉了一根烟，忽而低声道："不对劲。"

曹玫警觉："怎么了？"

"时间已经过了，他们怎么还不来？"

"别急，再等等。"

话音刚落，右侧沿海隐隐传来声响，曹玫面上一喜："是他们。"只见远远开来了一艘小艇，马达声和着水声，逐渐靠近。

马昊连忙上前，举着手电筒开开关关打起了暗号。

眼见小艇越来越近，艇上开了束光照来，而周围骤然响起了警笛，数十辆警车从天而降，将几人团团围住，对面小艇亦用喇叭喊话，"曹玫、马昊，你二人涉嫌挪用公款及绑架，劝你们放弃抵抗，立即投降！"

警车车灯刺目的照来，曹玫忽然摸出一把刀，抵在李浅颈部，对所有人嘶吼道："都别过来！——"

"曹玫！你冷静点！"宁成明从后面冲上前。身后的警员低声提示道："别激怒她。"他缓了缓："你到底想要什么？"

曹玫冷笑："我想要什么重要吗？你眼里从来就没有我。钱你不在乎，名声你也不在乎。我在你身边的那些时光，那些我……最宝贵最好的时光，你在乎过吗？"她忽然笑了，尖声笑着，嘶吼道："是要我承认我无能吗！？是我没本事，是我没能耐，没办法治愈你……就不配和你在一起吗？！"

"是我配不上你。"宁成明缓缓道，"教授刚去世的时，明明是你最难过最脆弱的时候，我根本就没意识到你的心情。我那时不通情理，冷酷也无情。不能很好地回应你，郑重地对待你的情感。是我的错，我向你道歉，对不起。"

见他说得真挚，目中露出了从未有过的悔恨神色，曹玫有所触动，泪流满面，她握刀的手微微发颤："晚了，成明，太晚了……我、我的心，早就……什么也不剩了……"

他忽然沉声道："可是感情这件事，人是没法欺骗自己……"

曹玫尖叫："住口——"她拉着李浅，步步后退，眼看着就要双双跌入海中，紧要关头，李浅终于挣脱了手中绳索，反手一把拉住曹玫。

她挣扎着扯下了嘴上的布巾，扬手对着曹玫就是一耳光。

"啪"的一声在警笛阵阵的背景音里格格不入。打得曹玫愣住了，眼眶中的泪水都止住了下落。

"曹教授要是活着，大概也要被你气死了。"李浅喘了口气，"你给我记住了！就算宁成明不爱我，我再难过，也会活得精彩，活得像个人。且永远不会输给你这种只会把问题推给别人，自己躲在黑暗里猖猖狂吠的败犬！"

曹玫怒而上前，还想与其撕扯，却被李浅精准打击，又一巴掌拍翻在地："你就在铁窗里好好反省反省你的人生吧。"

李浅转身寻找宁成明，却顿感头部剧痛。原来是曹玫趁其不备，捡起地上的砖头砸向了她。警员们涌上前，控住了曹玫与马昊。

李浅眼皮昏沉，头痛欲裂，陷入黑暗前，她总算搜寻到了那个焦急的身影，正向自己跑来。

*　　　*　　　*

小院里天还黑着，李浅从床上坐起来觉得口干舌燥，迷迷糊糊摸索着打开床头灯，磨蹭了一会儿才决定去厨房倒水喝。

她喝完水正想回去继续睡，便听见画室传来动静。她一个激灵，冲进画室，便见任玥好好地坐在画板前，只是一旁的画架摔倒了。看她慌张的神色，任玥温柔地笑了。

——李浅方才意识到，她这是在做梦。

"妈？"

"我没事。突然梦到了，就想画一画。"

好久没梦见任玥了，她就势在一旁的凳子上坐下，看了眼画，只见上面画的是李浅和另一个面目模糊的男子。"妈，你这画什么呢？"

任玥转过头，得意一笑："可能是你未来的男朋友、老公，我的女婿吧。"

李浅愕然："你这梦做得也太离谱了吧。"

可倒也不是真的惊讶，毕竟任玥总是不走寻常路，超出预料的，才是她熟悉的。果然母亲对此不以为意，继续认真画了几笔后，看向窗外。

"我不想让你和我一样，童年被父亲宠溺，衣来伸手，饭来张口，难以自理。长大后又受制于繁复的大家族，为他人左右命运，所以自作主张地带着你出走，可事实是……我只不过是让你按照我的意愿活罢了。你不知道父亲是谁，被迫从小学会生存、照顾他人，被迫学着……笑对生病的我。浅浅，对不起。"

她回头看着女儿："你恨妈妈吗？"

李浅摇摇头："恨是没恨过，觉得您矫情倒是真的。"

任玥一瞪眼："好哇，知道我现在不在了，你就敢说实话了是吗？"她伸手开始咯吱女儿，李浅避之不及，硬扛下攻击，笑得上气不接下气："救命啊妈！我错了，我重新说，重新说好了吧？"连连讨饶之下，任玥才罢手。

她喘匀气道："其实，生活着哪来那么多为什么啊？我的人生终究是自己的。不论这世上有没有人爱我，又有多少人在乎我，我都必须是最珍惜自己的那一个。要成为拥有快乐精神和坚定信念的人……是妈教给我的啊。"

任玥摸了摸李浅的头："妈真幸运……好希望，能把这份幸运也留给你。"

她一低头，却忽然觉得头上轻了，再抬头，却发现任玥站在了露台方向。母亲拉开了窗帘，晨曦的光洒进来，不知何时天已亮了。母亲回过头，对李浅笑了笑，目光落在画板上。她顺着目光看去，画板上李浅身边的人逐渐有了清晰的轮廓。

李浅再回头，母亲已消失不见。

露台外，天光大亮。

画板上的人露出了眼镜的轮廓，清冷的外表，抿紧的嘴角，俨然正是宁成明。

李敬凡站在走廊里，余怒未消，却又紧张李浅的状况，孩子从码头回来后至今未醒，他问刚做完检查的家庭医生："赵医生，真的没问题吗？会有后遗症吗？会失忆吗？"

"您放心，李小姐头部受到冲击，有一些轻微脑震荡，但这也是常见状况，一般休息一周左右就能恢复，很少会出现后遗症。"

还要一星期？！

眼见李敬凡火气又窜了上来，一旁的李琛赶紧将他拉住，压低声儿道："爸、爸爸爸……咱换个地方说，别吵着小妹。"

李敬凡气急败坏地低声道："宁成明那个臭小子呢？他干什么去了？"

"不知道啊，大概是被经侦叫走问话了吧……"

李琛拉着李敬凡下楼，对着身后不知是谁比了个"OK"的手势。

没过一会儿，见李敬凡被李琛带走了，宁成明从楼梯上层走了下来，进了李浅房间。

一推门，便和刚醒的李浅撞了个正着。

她一脸骑虎难下，仿佛在思忖这会儿再倒回去装睡也不合适，那究竟该说点什么好，内心还在纠结，宁成明问道："醒了？医生说你没什么太大问题，休息一周就好了。"

瞧瞧，这自然的态度，这不以为意的神色……李浅马上扶额："哎呀，头还有点疼……那个，好像有些记不清了。我在哪，你、你是谁？"

这一手倒叫宁成明措手不及了，医生不是说是轻度脑震荡吗？难不成……他有些紧张，上前扶住李浅脸颊，凑近对方观察她的眼神："还疼？你真不记得我是谁了？"

忽然靠近的俊脸让李浅猝不及防，心跳加速，逐渐脸红。她刚就是想开个玩笑，这岂不是更骑虎难下？既然话已出口，面子阵仗不能丢，只得梗着脖子装无辜点头。

岂料宁成明眼镜片上闪过一抹寒光，嘴角骤然翘起。听他轻哼一声，李浅刚有种不吉利的感觉，便听他娓娓道来："你叫李浅，你昨天从楼梯上摔了下来，这是你自己的房间。我是宁成明，是你男朋友，哦不对，是老公。"

什么什么什么？

他这是打算玩"以其人之道还治其人之身"？

李浅愕然了："老、老公？"

宁成明脸不红心不跳："咱俩结婚一年了。"

她面上讪笑："呵呵，是……是吗？"心想，拉倒吧，您要想和我比忽悠人的重点根本不在这个谎吹得有多大，而在于脸皮的薄厚程度。

然而他仿佛没有在怕，继续道："是啊，你从刚毕业就开始追我，一年前跟我求了婚。"

闻言，李浅略有些按捺不住了："我追你？我求婚？"喂喂，她头回知道，人一有了喜怒哀乐谈起恋爱就连脸皮都不要了啊！

倏地，宁成明思索："对了，我们之间好像还有个……"

她吓着了，彻底懵圈，有啥？难不成他还要胡诌他俩之间有个孩子？！我的妈，要不她还是当场承认自己输了得了。这玩意比不得，再比下去她身家清白就荡然无存了。

见李浅有些慌乱，宁成明一脸"尽在掌控"的小得意，看了看手表："哎，时间差不多了。老婆，要不要吃个早点？"

可以了可以了可以了。

再演下去，她别说早点，今天一日三餐都要吃不下了。她气鼓鼓地瞪了宁成明一眼："我想起来了。"

"想什么了？"

李浅脸色一变，后仰装出一副娇羞的疏离："宁总，您靠我太近了。"见她不露声色地打落了自己的手，他面色不虞，她什么意思？

"宁总？"

李浅一本正经，故作刚想起来的样子："对啊，我想起来我是C大毕业，创业做了恒星夸克公司，后来公司被您的观鼎并购，我现在是观鼎的助理总裁，而您是我的总裁。"

"就只有这些？"

她沉吟片刻："还有我的闺蜜是余青青，死党是顾柘，爸爸李敬凡，哥哥李隽和李琛，嫂子是顾澜。还有什么遗漏吗？"

哼，道高一尺魔高一丈，我就是你宁成明的魔，你给我记好了！

他回过神来了，意识到李浅的意图，当即想到了什么，决定将计就计："我去给你拿点药，服完药你应该就能想起来了。"

见他从容离去，李浅再次生出了不吉利的感觉。躺下时头再次疼了起来，她鼻子一酸差点没疼哭，心想曹玫这棍子给得可真够狠的，可惜没亲眼见着她伏法……

李浅摸到床头的手机，想问余青青当下情况。

余青青正在拘留所里等着见人。身为观鼎的法务总监，她被公司委任为马昊和曹玫辩护，有些情况也好跟进了解。可曹玫拒绝了，她声明不需要律师辩护。接到李浅电话，余青青知道她身体无碍，便放下心来。了解到曹玫自从被捕她就拒绝配合。李浅不解："难道她以为负隅顽抗就能逃过法律的制裁吗？"

余青青冷笑："可能有些人，总是觉得只要自己不承认，支撑着她的幻想就不会破灭吧。但证据确凿，也不需要她假意的忏悔，她只需静待审判就好。"

挂了电话，警员便通知余青青可以进来见马昊了。

余青青进去丢下一叠资料，开门见山："你就庆幸李浅命大吧。这教唆他人绑架共同犯罪，一般原则处五年以上十年以下有期徒刑，并处罚金。"

马昊笑笑："不用替我辩护。"

余青青翻了个白眼："你们连这也要串供？"

"她什么都不会说，对于宁成明，尤其是曹玫那样的人来说，我不过是颗随时可弃的棋子。她在乎的只有她自己的事，至于是马昊还是牛旱的，她无所谓。我今天坐在这里，对于我的家人来说，就是死了。"

余青青没好气地笑了笑："都这个时候，你为什么还要管别人的看法？"

"人活一口气，树活一张皮。"

来的路上，她还在奇怪，马昊这样的人为什么会犯法。此刻她忽然就懂了："你将自己的价值，寄托于他人给予的虚荣上了。要真懂什么是尊严，你就不会去妄想绕开法律将不属于自己的东西收入囊中。"

马昊嗤笑："你一个女人懂什么？我们男人，如果永远活成他人的附庸，那还有什么意思？"

"哎，真可笑，宁成明之前还觉得你认真踏实。不过……我这种女人大概就只懂品行端庄，活出自己的精彩吧。您说得都对，您高兴就好。"余青青理了理资料，"行，我知道了。我会委托我师兄替你辩护。警方掌握的证据不少，这时候最好实话实说。既然我是观鼎的法务总监，该替你争取的，都会争取，职业道德我们还是有的。"

他闻言笑得一脸释然："呵，没什么可争取的，愿赌服输。"

"你用的那些违法手段，也配在这里谈输赢？"她撂下这句话便起身离开，马昊面色铁青，气得砸了桌子。

手上的镣铐叮当响，震颤了他往后余生。

李浅躲在病床上，一脸抗拒，斜倪手里拿药走进来的宁成明。"宁总，您公务繁忙，吃药这种小事，我自己来就好了。"

宁成明置若罔闻，将水杯端到李浅面前。

她严词拒绝："我不吃。"

"时间到了，你吃了药休息一会儿，自然就会想起我是谁了。"

"我知道您是宁总啊。这有什么想不起来的？"

他径直拿出此前在家时，她送的"喂药宝盒"，李浅瞪直了眼。好家伙，好家伙！都学会搬道具了，他有样学样，可真够快的！

"想起来了？"

她慌忙摇头掩饰："没有。"是这下更不敢想起来了。谁知道后面还有什么可怕的环节在等着她。

他上前向她展示："没有吗？这可是限量李浅专享版的二代喂药宝盒。"

李浅这才发现这和此前自己那个稍有不同，宝盒上有日期，1~30

天，看来是按照月份来的。宁成明顺着数："今天是 11 号。"

他抽出 11 号小盒子，递到李浅面前，示意她取出来。

她本不想配合，可想想还是将主动权掌握在自己手里会好些，只得不情不愿地抽出纸条，谁知刚打开看了一眼，她便下意识地要撕。

李浅反应快，宁成明比她还快。二人争抢过程中，眼看他就要抢到纸条，李浅妄图将纸条塞入嘴里，被宁成明眼疾手快，将李浅床咚，控住了对方双手。

再次受制于人实在可怕，李浅不敢言语，眼见对方越靠越近。她干脆别过头，闭上了眼："哎哎哎，宁总，您、您、您自重点成吗？"

他一把夺过纸条，展开一看，只见里面写的是：吃药欠宁成明一个拥抱，不吃药欠宁成明一个吻。

宁成明心下好笑，骤然发现齐伟这个小助理当得还真是不赖。虽然有时候是迟钝了点，但关键时候总是能超常理解自己的心思。

李浅觉得自己这时候必须、只能装孙子，不然被人吃干抹净分分钟的事儿，便委屈巴巴道："我可不记得和宁总之间除了工作关系之外，有什么别的关系。这纸条也太奇怪了！"

宁成明眯起眼睛看李浅，她缩了缩头。

此时，敲门声响起，李敬凡来了。

"浅浅！爸爸来了！"他一把推开床前的宁成明，十分不满，"不是说让浅浅安静待一会儿吗？小子能请你出去吗？我想和女儿单独待一会儿！"

李浅见他出去，大松一口气，面色登时缓和了许多，扭头发现李敬凡有些局促地站得远远的，露出慈父的憨笑道："爸爸昨天带你回来，有些擅自做决定了。"

她这才有心思打量房间。嚯！这铺天盖地的粉色少女风，让人险些当场破防："感觉这里，像个高中生的房间……"

"你不喜欢的话，随时可以改！"

李浅笑笑，父女间一时无话。好半天，李敬凡总算找了个话题："医生说你还是多休息几天比较好。这两天我安排家里人给你做些好吃的，你想吃什么？"

"都行，我不挑食。"

"哦好，那让他们看着做些清淡滋补的就行。"

眼看着气氛又快尴尬起来了，李浅想起昨天自己回家时随身带着的东西："我的包在哪？"

"包？你是说昨天遇袭的时候丢在家门的那个吗？"

见她点头，李敬凡起身将一旁的包递给李浅："昨天警方拿过去取证了，后来还回来了，是你的包，爸爸也没翻过。"

李浅接过，踌躇了一会才开口："其实，我有个东西早就想给您了，您最近不是要过生日了吗？就当生日礼物吧。"

她从包里掏出一个包好的画框递给李敬凡。他本还有些奇怪，可一眼便瞥见了画上熟悉的笔触，怔愣着接过来，便又有些哽咽了。

这是幅以前没见过的画作，应当是任玥带着李浅后来独自又画的，画上是头发花白的自己和任玥。

执子之手，与子偕老。对他们来说，这是不需要任何其他人、其他事物来证明的事。

他激动得有些颤抖："浅浅，谢谢你的这份礼物。"

"我之前，梦见妈妈了……她问我，恨不恨她没有从小告诉我爸爸的事。我说不恨。爸爸很少出现，可我现在知道他心里有我。虽然还有些不习惯，但我觉得……会慢慢习惯的。"

李敬凡眼眶有些泛红，点了点头："浅浅，以后就住在家里好不好？"

她想了想，最后重重得"嗯"了一声。

李敬凡喜上眉梢，却又想到什么："还有件事，你不要怪爸爸啰唆，我有些关心，你对宁成明……"

李浅往被子里缩了缩："我自己会解决的。"

太尴尬了，太尴尬了，这比上学时候被老妈翻出自己偷看言情小说还要尴尬十倍！

李敬凡见状也不再多言，只点点头退了出去。

＊　　　＊　　　＊

和李家的气氛正相反，卢凡易好容易活着从局里的信息大队回来之后发现，家里为什么看着更古怪。

饭桌上所有人都沉默寡言，明明刚解决一件大事好不好！可原因他多少也听齐伟说了，他暗示齐伟，这事儿得他去开导老板啊，他可不想触他哥霉头。想到此，卢凡易在桌下踹了齐伟一脚，并给了对方一个眼神。齐伟怒而想回踹，却尴尬踹空。他干巴巴得开口道："宁总……听说李浅谁都记得，可就是不记得您了？"

空气里仿佛出现了宁成明"铮"地丢眼刀的声音，齐伟噤声。

万事开头难，卢凡易见齐伟冒死开了这个头，自己便顺理成章接过了话茬："正常，李浅不是被打着头吗？出点问题养养就好了。"

谁知道宁成明立即怼了回去："你的头才有问题呢。"

余下二人二脸懵圈。

卢凡易嘟囔："这不是给你找台阶么？说她什么都记得，就是不承认你俩的情侣关系。"

宁成明忍不下去了，丢下饭碗："忘了我也可以让她再想起来。"

齐伟十分好奇："宁总您打算怎么做？"

"强调既定事实，以其人之道还治其人之身。这局我赢定了。"

齐伟看看卢凡易，虽然没怎么听懂，但他们都觉得好厉害的样子，感觉接下来又有好戏可以看，饭桌上的气氛顿时又变得轻松了许多。

与此同时，心里跟明镜一样的还有李家的二公子，李琛。顾澜忙活了一天工作，站在窗前朝外看，只见李浅正在院子里吃水果："你妹那边怎么样了？"

李琛挂了电话，笑得鸡贼："我妹装失忆和宁成明斗法呢！我算明白了，高智商谈恋爱都一个路数，费劲。反正他刚是和我说清楚了，能配合的我配合。"

"你倒是对宁成明这个准妹夫，没什么意见吗？"

"主要我有意见也没啥用啊。我妹喜欢他，我能怎么办？再说，都什么年代了，自由恋爱行不行？父母之命的包办婚姻，没一个有好结局的。"

顾澜不屑，走向小沙发，开始收拾起自己的东西："二少爷这是话里有话呀？"

李琛一拍脑袋，哎，真是说话不过脑子，自己这嘴哟……说谁包办婚姻呢？简直搬石头砸自己的脚。他赶紧黏上去，抱住顾澜："咱俩不能算，咱俩这是青梅竹马，缘定今生，我就是给我爸一个做主的机会，让他以为自己出了力，不能让老人家觉得自己不被儿女需要了。"

顾澜难以置信："李二少爷你在干吗？"

"在讨老婆原谅呀！"

李琛掰过顾澜的脸，亲了上去。

接下来的日子，李浅度过了一段幼儿园以来最最最舒心的时光。

每天除了吃吃吃，就是睡睡睡。再不然就是看看电视追追星，每天嘻嘻哈哈，快乐无边。好几回她都忍不住想自己怕不是已经到了天国。她人生头回知道，养病居然还能这么快乐。若不是担心自己脑子真的养成残废，她简直快想不起自己身为打工人的使命。这都要归功于自己的自驱力高，换了别人可真的经受不住诱惑。

她再次感慨任玥实在是了解女儿，要是从小就过这种日子，她铁定会被养成废物，别说宫斗剧三集，一集都活不过去。

在婉拒了父亲安排的司机后，她强烈要求坐公交车去公司，再不走走她可能都会忘了怎么调动四肢，以后走路顺拐了可怎么办。

已经接近盛夏，天气晴好，李浅心情也跟着好得不得了。一路心里哼着小曲儿，坐公交车晃悠到观鼎附近，结果愉悦的心情 BGM 在下车那瞬间就戛然而止了。

这、这什么玩意儿？

——公交车站牌上并不是寻常的 KFC、电子产品抑或是化妆品的广告，竟大大地贴着她李浅和宁成明谈"假恋爱"时的合照？！

李浅盯着愕然地看了一会儿，刚一转身，又猝不及防地发现对面大厦的 LED 屏上也是分外熟悉的画面。那不是她和宁成明照的大头贴吗？！倏忽间，那屏幕上的画面还被更新成了另一张二人合影。

居然还是滚动播放？！

身边的围观群众开始了窃窃私语，对比她与照片的样貌。李浅瞬间怒从心头起恶向胆边生，转身飞奔入观鼎大厦。

余青青、齐伟正给宁成明汇报工作到一半，"砰"的一声，李浅冲入宁成明办公室："宁成明你什么意思？！"

余青青和齐伟立即整齐划一地合上自己手中的文件，默不作声地起身出去，带上门。

宁成明一脸淡然："我不知道你具体指的是什么。"

李浅气得哆哆嗦嗦，手指窗外对面大楼的 LED："那什么东西啊？"

"我在按照自己的逻辑，让你回忆起我们的关系啊。"见他说得一脸天经地义，反倒让提问的李浅显得被动。

他补充道："医学上说，短暂的记忆丧失是可以通过精神刺激来恢复的。"

真想知道他这个逻辑是怎么说服他自己的。李浅宛如看智障般，艰难开口："你、你就不觉得那玩意挂在外面丢人吗？"

宁成明坦然得仿佛天下无敌："两个人一起挂的话，就不丢人了。"

完了。

这是练成铁壁铜墙、金刚不坏之身了。

她揉揉脑袋："好，我明白了。我换个沟通方式。你到底怎样才能把我那张丑照撤下来？！"

他恍然："原来你介意的是照片不好看，而不是和我一起拍？那很简单，我们可以现在重新照一张，然后换上……嗯，我一会儿直接电话广告商，十分钟之内就可以换掉。"

是可忍孰不可忍："宁成明，你的脸呢！？"

"动画片里说，追女生的时候，不能要脸。"

动、动画片？！好，行，可以！李浅七窍生烟，气到跺脚，转身出去。

宁成明在后头还追了一句："我说真的，你不满意，我们可以现在就重拍！"

李浅狠狠关上门。

好一个以其人之道还治其人之身，她承认，她有罪。宁成明能从一位师德稳重、教学严谨的"好"教授，以及一位要求严苛、一丝不苟的"好"老板进化成如今这样脸皮比城墙拐弯还厚实的人，她必须负百分之二百的责任。

李浅忿忿地怒视余青青："别告诉我这馊主意也是你出的啊！"

余青青一脸幸灾乐祸，已经懒得憋笑了："什么叫也啊……哈哈哈哈……齐伟说，是他弟的建议，翻了好几个帖子学的呢！"

"你还不赶紧让 PR 去把那傻乎乎的东西给撤了！"

"哎，他不发话谁敢啊？"

李浅一脸崩溃状，瘫倒在沙发上："苍天啊，还是赶紧来个人让他恢复原状吧！"

"这有什么难的，你要点个头，给他个名分，人肯定恢复正常。"

"这是追人吗？！我怎么觉得这在逼宫呢！"

余青青公正发言："你这也太明显了，装失忆还分层次，谁都记得，就不记得和他的关系，谁信啊？"

"我错了，本来就想开个玩笑，谁知道老狐狸这么夸张，如今骑虎难下，简直自作自受。"

"那以你往常的做派，是不是道个歉也就完事儿了？"

李浅连连摆手："不行，我才不要自投罗网呢！哎不管了。今天公司没法待了，我去拜访供应商。我热爱工作，工作使我快乐！"

她逃也似的从观鼎出来，坐在出租车里看着窗外的树影发呆。在心里想象如果任玥真的知道了这件事，会怎么想。她肯定要问自己想法的吧？可是李浅说不好，她晓得自己喜欢他，但真就要这么开始吗？他的病真的全都好了？若是……若是他对她其实没感觉，都是病症带来的错觉该怎么办？

原本心大的李浅，忽然发现到了这种时候，自己的心也一样，小得根本装不下这许多问题。

她仍在纠结着，不知在找什么依凭能让自己在某个瞬间就义无反顾了。

另一边宁成明倒是确定无误，早已展开了下一步的计划。

等李浅用工作麻痹完自己几个小时后，独自从洽谈的咖啡店里走出来，又开始烦恼时，接到了居委会的阿姨电话，要她赶紧回老房子里去看看，像是出了什么事。

她没多想，径直往回走，等到了巷口，天色也黯淡下来。李浅心中好奇，是出了什么样的问题，能让八百年都不出现的居委会阿姨打电话。

院子外悄无声息，她像往常一样推开院门，走过花草繁茂的小庭院，和那颗任玥十多年前种下的老枇杷树。院子里虫鸣渐起，像许多年前一样，她放下心来，以防万一，还是进了客厅，一打开灯便愣住了。

——此前宁成明恢复记忆离开后，被她收拾干净的那些痕迹，又都回来了。

她有种仿佛宁成明还在的错觉。就是她刚带他回来的那些日子，她下了班回到家，他仍没有恢复记忆，她也总是小心翼翼，生怕某句话便会戳破谎言。是偶尔会骤然心动，又冷静告诉自己不能心动的日子。

李浅微微观察便发现了缘由。

屋子里的摆设被人动过了。与以往一样，却又有许多不同之处，那些合影、照片都还在原来的地方，只是里面的照片，不再是当初她造假P图用的那些，而是后来和宁成明摊牌后，他们在观鼎工作时拍下的。

李浅走到楼梯口，发现了一枚画出来的小箭头，正指向露台，她欣然走了上去，原来露台也回到了原本当初宁成明布置的样子。

地板上的那些荧光石，植物的点缀与摆设也全部回来了。她和之前一模一样的灯饰开关，忍不住按下去。

和当初一样，不同色彩、不同形状的宛如萤火的灯点缀在其间，宛如星河，十分浪漫。

她看见小秋千架上，垂下了一封信。便犹豫着摘下，轻轻打开了：

　　李浅你好，这是我恢复记忆后写给你的第一封信，但绝对不会是最后一封。我第一次见你时，并没有被你深深吸引。你像只刁钻的小狐狸，上课睡觉，下课不好好写作业，总是和我作对，实在讨厌。

　　后来发现，事实也不尽如此。你那时的遭遇，并不轻松。世上多得是并不互通的悲喜，我并不能理解你那时为什么还能笑得出来。老实说，我连人为什么笑也分不清楚。

　　或许一切都是命中注定。

　　我失忆，你出于私心骗了我，而我信以为真。记忆真奇怪，能让人忘掉许多，却又让我记得我们在一起的每一个画面、瞬间，清晰得好像昨天。

　　我从你那里感受到得喜怒哀乐，比过去任何时候都多。因为你而感到的快乐，在发现一切都是谎言时，转为了愤怒……明明是最好的时光，为什么会是假的呢？这打破了我的逻辑和认识，也让我感到难过。在给自己找了许多借口之后，我决定一箭双雕，以牙还牙。

起初看着你愤怒、挣扎、反抗，我觉得有趣。但渐渐地，我发现这其实并不是我想要的答案。重新拥有喜怒哀乐的我，又一次因为你，不知该如何表达了。不过好在，我想明白了。

李浅，人生海海，何其有幸。狭路相逢，我很爱你。

她看着信，眼中逐渐湿润，信里提到的那些时光碎片历历在目。身后传来脚步声，不必回头她也知道那是谁。

与此同时，远处的屋顶上，有四个人并排站着，手中均拿着望远镜，正看向李浅家露台。要想在短时间内将老房子恢复成当初的样子，仅仅只靠宁成明一个人当然是不够的。找了李琛，李隽就知道了，那李敬凡自然也会跟来。

此时四人看了半天，不得要领，李敬凡已有些不满："这小子到底墨迹什么呢？"

刚才阵雨袭过，屋顶上凉风阵阵，李隽着急出门看戏，只穿了个背心，"爸，你不觉得有点冷吗？"

"废话，天都黑了，能不冷吗？"

李琛琢磨："我觉得他是不是想先勾起李浅的回忆，攻心为上啊！"

顾澜发现动静："嘘……正戏来了！"

几人赶紧往前又凑了凑，屏住呼吸继续观察。

远处露台上，李浅擦了擦眼角，转身看宁成明："这些，是你做的吗？"

他走近李浅，拉起她的手，放在自己的心脏处："这里是我学会情绪表达后，最让我开心的地方。李浅，我爱你。"

"想你的时候，这里会疼。然后就在身体里散开，钻进鼻子里，酸得让眼睛受不了。想嘲笑自己，但又没力气。怎么办？这里现在已经都是你了。"

他微微一笑："之前你总骂我坏，可是李浅，你让我这么难过……我们俩到底谁坏？你先招惹我的，既然骗了我，为什么不干脆骗一辈子？"

李浅一低头，眼泪就流了出来。

太可怕了，她觉得余青青说得对，理智型男女谈恋爱，就像老房子，一旦着火，那就是火烧连营，风火山林，灭都灭不掉，只能仍由情感将彼此的理智都烧干净。但是没关系，她又不怕他的感情，就像兵来将挡水来土掩，他若愿意一直走下去，她也必然奉陪到底。

"你果然很讨厌，为什么要抢我的台词？"

他狡黠一笑："怎么样，是不是全想起来了？这回忘不掉了吧？"

李浅一把抱住宁成明："都被你讲完了，我还能说什么？"

他反手紧紧抱住李浅，笑了起来。她破罐子破摔地想，罢了罢了，我骗你，你骗我。咱们以后就互相骗一辈子好啦。

宁成明捧起她的脸，眨眨眼："你也不说话，我们做就好了。"

"好你个鬼啊！唔唔唔……"

他低头以吻封缄，好让她再也不能说出圈住他心的俏皮话。嘘……这时候哪还需要什么语言呢？

对面楼上四只望远镜齐刷刷放下，李琛轻轻吹了声口哨："刚差点没急死我。"

李敬凡当即打了个大喷嚏，不甚乐意，带着些赌气地丢下望远镜，转身下去了："刚差点没急死我。"

剩下三人互相看了一眼。老父亲嫁女儿，复杂又纠结，这心理也太可爱了吧？

李隽感慨："怕宁成明辜负浅浅，而且……爸到底还是舍不得小妹。"三人边说笑边离开，李琛揽住顾澜："他这是只恨自己没有持枪执照！"

夜空中一轮明月静挂。

"你看！"李浅指着月亮，对宁成明说，"月色真美！"

她拿脑袋在对方颈窝蹭了蹭。既然你都说这么爱我啦！那么我就"勉为其难"地和你也表个白吧！

嘻嘻。小狐狸眯起了眼，心里充满了小得意。

*　　　*　　　*

一年后，十月流火的罗勇府。

豪华酒店依山傍水，植被繁茂，别墅区房型的游泳池边，李浅和宁成明正一身清凉打扮，坐在一处遮阳伞下。

与这度假氛围不融合的是桌上堆着的那些文件。李浅正手执一份，看得一脸苦大仇深。过了好一会儿，她怂怂地将文件丢入桌上："宁老师，宁总，我有个疑问。"

宁成明亦在看文件，头也不抬："李总请说。"

"不是你说这里对咱们有特殊意义，非要来这儿度蜜月的吗？可我这仔细一盘算啊，第一天到了，你拖着我就去参观致胜的代工厂，紧接着第二天你又拉我去行业论坛。今天可好，架着我从早看邮件到现在了。你确定这是在度假，而不是诳我远程办公？"

看样子，她对此已是怨念颇深。宁成明闻言放下文件，指了指天和泳池："蓝天、泳池、酒店、阳伞。你和我，咱俩单独在一起，这怎么就不是度假了？"

这姿态、这语气……李浅当即明了："你就是在诓我。行，你赢了。"她不多废话，收拾了文件，作势往回走。

宁成明一看再这么下去老婆就跑了，赶紧起身搂住："急什么？我其实给你准备了惊喜，你就不能耐心等等？"

李浅这火气是冒得快去得也快，听见有惊喜，双眼立时散发出精神："什么惊喜？你快点说了才是喜，别到时候只剩下惊了。"

宁成明从后抱住李浅："我订了家很不错的餐厅，咱们现在就去？"

"好呀好呀，赶紧的，说有饭吃，我现在就饿了！"

另一边，李家大宅内，顾澜正挺着有些轮廓的肚子，一边吃李琛递过来的水果，一边听顾柘发来的语音短信。"姐，我想好了！回头我要是有了儿子就起名叫顾得猫宁，女儿就叫顾德阿芙特露！"

顾澜嘴里的水果一口没咽下去，差点呛到："你女朋友都没搞定，做什么梦呢？我看就叫顾得白差不多得了！"

顾柘秒回："我觉得这次我可以的！"

顾澜丢下手机，一脸忧心："这都一年了，我弟还没把人追到手，也太不争气了！"

话音刚落，李隽满头是水地回来了。李琛热忱招呼："哟，哥，你这是怎么了？"

李隽面色阴沉地坐下，一言不发，宛如撞鬼。

李琛看看顾澜，夫妻同心，顿觉不妙。李琛刺探："你不是去见灵泛的创始人了吗？"

李隽冷笑，有些阴森可怖，又咬牙切齿道："对，就是那个姓付的不知天高地厚的男人！我不过就是给他提了个建议，居然敢当场泼我咖啡？！他是不是觉得厉融是做慈善的？"

顾澜好奇："那大哥……你提的是什么建议啊？"

"以灵泛现在的状态，我不过和他要50%的股权，怎么了？过分吗？"

李隽看向对面二人，企图寻求理解，谁料对面二人整齐划一地点了点头。

"有点黑。"

"是太黑了！"

李隽发狠："我已经注意上这家了，谁敢做他们PE，给我等着！"

家里乌糟糟的，人口一多每天都叽叽喳喳的，李敬凡忧愁得从书房走出来，嫌弃地看了眼客厅方向，难过地想也不知道浅浅什么时候才能回来啊，家里很无聊啊！混蛋宁成明到底将我女儿带到哪里去了！？

李浅穿着当地新买来的背心和短裙，和宁成明并肩走在异国的街道上，感受着对方目光流连在裸露的地方，继而欲言又止的神色。她内心不禁有些美滋滋，嘚瑟得想：怎么样？是不是被本资深美少女的魅力震慑了？五迷三道的？

她轻飘飘地走在前面花枝招展，得意洋洋。可没过一会儿宁成明便将衬衫脱下来，罩在李浅头上。

"哎哟，你干嘛！"

宁成明凑到李浅耳旁，一脸正直道："你这么穿，老了会得关节炎的。"

"喂！——宁成明！"

宁成明快步反超李浅，走在了前面。李浅气得停了下来。"我不去了。哼！我回去换衣服。"

"哎，你要现在回去就赶不上我预定的位置了，难道让我在大街上随便找个美女吃吗？"

"也不是不可以。毕竟宁总也勉强能算半个已婚钻石王老五嘛。"

两人甜甜蜜蜜地拌着嘴来到一处长椅："你在这儿等我一会儿。"

宁成明笑笑转身，李浅在后面急道："哎，你把我一个人丢在这儿，不怕等会儿有帅气的小哥来找我吗？"

他哈哈大笑，并不认同："怎么会有人找已婚妇女搭讪呢？你想多了。"

可等宁成明买完了两只冰激凌转回来，远远地却看到李浅在很开心地和另外两名坐在长椅上的男子聊天。一名男子佯作和李浅拿出手机问路，另一名则边偷看李浅的锁骨，边伺机偷李浅的钱包。

他面色一黑："李浅！"

李浅回头瞬间，宁成明手里的冰激凌便糊到了一旁男子的脸上。另一名男子站起，正要动手，他手里另一个冰激凌也丢到了对方脸上。

熟悉的警察局，熟悉的警察，李浅万万想不到事隔一年后，自己竟再次又回到了这个地方。

她局促得和宁成明坐在警察面前，一旁坐着脸上挂彩的两名男子。

异国警察絮絮叨叨，说出了万年不变的流程："事情经过已经搞清楚了，谁先动手的不重要。现在你们有两个选择，一是通知领事馆走他们的调解流程，二是按照我们当地的规矩来。"

真是驾轻就熟。李浅和宁成明互相看了一眼，忽然相视而笑。她凑近他耳边说了些什么。

宁成明得意一笑："就照你们的老规矩来吧。"

下一秒，李浅和宁成明便甜蜜地抱在一起拍起了比心照。二人还各种变换姿势，在镜头前尽情展现情侣之间的风格，沙雕中透着甜蜜，生生将照片拍出了婚纱照的效果。

异国警察一边翻白眼，一边机械式按快门。他以往总听追华语电视剧的女同事说大陆甜宠剧会将单身狗骗进来"杀"。这么一想，还是故意打架来警局拍婚纱照的更狠一些。

见警察一脸狗粮吃到噎住的神色，宁成明嘴角弯弯，笑得宛如狐狸，低声问李浅："咱俩这回谁赢了？我吗？"

"想得美。"

他掐了一把对方笑得同样宛如狐狸的圆脸，搂上去亲了一口，心想：也是，一辈子那么长，现在怎么分得出胜负？

（全文完）